Andrea Fischer Schulthess

Motel Terminal

Roman

Dieses Buch wurde unterstützt durch die Stadt Zürich.

Stadt Zürich
Kultur

Verlag	Salis Verlag AG, Zürich
	www.salisverlag.com * info@salisverlag.com
Lektorat	Patrick Schär
Korrektorat	Ina Serif
Umschlagbild	Adrian Ochsner
Umschlaggestaltung	André Gstettenhofer
Satz	Salis Verlag AG
Gesamtherstellung	Friedrich Pustet, D-Regensburg

1. Auflage 2016

ISBN 978-3-906195-41-4
Printed in Germany

Für Adrian, Lena und Serafin.

»Die Gesetze fragen wenig nach den Beweggründen.«

Nora oder ein Puppenheim, Henrik Ibsen

Merets Tagebuch

Drei Tage nach meinem elften Geburtstag

Jeder Mensch braucht ein Geheimnis. Sagt Mama. Jetzt habe ich auch eins. Das hier. Mein Tagebuch. Ich habe es aus dem Papier zusammengeklebt, das Mama mir bringt, damit ich zeichnen kann. Sie will ständig, dass ich zeichne. Wer zeichnen kann, kann sich die ganze Welt ausdenken, sagt sie. Ich finde das etwas komisch. Woher soll ich wissen, wie die Welt aussieht? Alles, was ich sehe, ist ja hier drin. Oder vor meinem Fenster. Und das kann ich mir nicht mehr ausdenken, es ist ja schon da. Alles andere kenne ich aus meinen Büchern. Die Dinge, die dort drin gezeichnet sind, kann ich mir auch nicht mehr ausdenken, das hat ja schon der getan, der es gezeichnet hat. Oder fotografiert, wie in dem Buch mit der Puppe und den Teddybären, in dem alles aussieht wie richtig, aber ohne Farben.
Mama sagt trotzdem, wer zeichnen kann, ist wie Gott. Warum sie das die ganze Zeit sagt, kapiere ich nicht so richtig. Sie glaubt ja gar nicht an Gott. Das hat sie mir selbst gesagt.
Ich schon. Denke ich. Tante Julie erzählt mir manchmal von ihm. Sie sagt, dass er die ganze Welt gemacht hat, aber sie sagt auch, dass er sehr nett ist. Lieb. Sie nennt ihn den lieben Gott. Man kann immer mit ihm reden, wenn man will, sogar mitten in der Nacht, wenn man nicht schlafen kann. Das stört ihn überhaupt nicht. Man

darf auch laut mit ihm reden oder ganz leise. Es reicht sogar, wenn man alles nur denkt. Er hört es trotzdem. Darum rede ich nur in meinem Kopf mit Gott. Ich will nicht, dass Mama es hört und wieder wütend wird, weil es immer so schwierig ist mit mir.

Das einzig Blöde an Gott ist, dass ich Angst habe vor ihm. Julie sagt, dass er alles sieht und weiß. Ein bisschen erinnert er mich an Mama. Sie weiß auch immer alles, was ich tue, esse, sage. Sie macht mir auch manchmal Angst.
Aber Gott weiß sogar noch mehr. Er weiß, wenn ich fiese Dinge denke oder sauer bin auf ihn, weil er etwas nicht so gemacht hat, wie ich es mir beim Beten gewünscht habe. Zum Beispiel, wenn ich die Elstern vor dem Fenster den ganzen Tag nicht sehen kann, obwohl er genau weiß, dass das Unglück bringt.

Im Ernst, manchmal denke ich, für was soll ich überhaupt beten, wenn es ja sowieso nichts nützt? Aber vielleicht hat Gott auch einfach zu viel zu tun und kann nicht alles auf einmal machen. Mama sagt auch, dass ich viel zu ungeduldig bin.
Dann fühle ich mich gemein, weil ich wegen so was Kleinem böse auf Gott bin. Oder auf Mama. Ich probiere darum immer, nicht böse auf die beiden zu werden. Das Doofe ist nur, wenn ich etwas ganz fest nicht tun will, passiert es mir irgendwie wie von selbst. Das ist, wie wenn mich mein Ausschlag juckt und Mama mir verbietet zu kratzen, damit er sich nicht entzündet. Dann gebe ich mir ganz fest Mühe, es nicht zu tun, aber

irgendwann passiert es einfach. Dann kratze ich so fest, bis alles blutet.
Mit Gott ist es ähnlich. Plötzlich denke ich gemeine Worte und ich sage ihm, dass ich ihn blöd finde und dass ich ihn hasse und solche Sachen. Und danach habe ich Angst, dass er wütend ist auf mich und mich bestraft. Darum muss ich ihn ablenken, damit er alles vergisst. Ich sage ganz schnell dreizehn Mal hintereinander »xyzxyzblabla, xyzxyzblabla, xyzxyzblabla, abc, Amen.« Das funktioniert natürlich nicht richtig, weil Gott ja eben alles weiß. Die ganze Sache macht mich nervös. Darum probiere ich manchmal einfach so zu tun, als gäbe es ihn gar nicht.

Lieber Gott, wenn du das hier gelesen hast, sei bitte nicht böse. Ich weiß natürlich, dass es dich trotzdem gibt.

Prolog

Sonntag, 28. Juli 2013, das Ende

Wie eine Puppe sieht sie aus. Ihre Haut scheint kaum Poren zu haben, liegt weich und cremefarbig über ihrem Schädel. Umgibt ihn als Hülle, schmiegt sich an das Jochbein und den Kieferbogen, als wären darunter nicht Knochen, Tod, das Ende.
Ich liebe sie. Alles an ihr. Von den hellen Härchen auf ihren kleinen, runden Zehen bis zu dem schimmernden Wirbel über ihrer hohen Stirn. Und in ihrer Mitte liebe ich den perlrunden Knopf auf ihrem jungfräulichen Bauch. Er gehört mir mehr als alles andere an diesem perfekten Geschöpf, der Liebe meines Lebens. Er ist das Zeichen unserer ewigen Verbundenheit.
Wenn ich lange genug auf ihren Hals schaue, fast die Luft anhalte dabei, sieht es aus, als ob ihr sauberes Blut noch immer unter der Haut pocht, hell jede Zelle nährt, damit sie für immer bleibt, was sie ist: meine Prinzessin. Niemand wird sie mir rauben, kein Ritter, kein Räuber und auch sonst keiner aus der Welt da draußen.

Ich brauche Luft, Leere, muss denken. Ich gehe hinab in Merets Zimmer. Öffne das Fenster vor der Glyzinie. Unter der schlafenden Fassade liegt das ewig gelbe Stück Rasen mit dem leeren Bassin. Daneben wartet das Skelett der maroden Kutsche auf seine Braut. Ein blinder Fleck unter einem Himmel aus Anthrazit. Hier

spielen längst keine Kinder mehr. Die sind anderswo. Liegen wahrscheinlich vor den Fernsehern, während ihre Väter die Samstagsräusche ausschlafen und ihre Mütter in der schwülen Luft von Liebe träumen.
Hinter dem Ginster hockt der Kater. Er beobachtet alles mit seinen gelben Augen. Zwei Elstern hüpfen im Laub auf dem Beckengrund und schütteln mit wohligem Tremolo die Parasiten aus ihrem Gefieder. Irgendwo hinter dem Kompost höre ich ihre Brut betteln. Sie ist nimmersatt und ohne Dank.

Ich schließe das Fenster und setze mich an den niedrigen Tisch, an dem ich so oft mit meinem Mädchen gesessen habe. Ein schimmernder Streifen Erdbeermarmelade von ihrem letzten Frühstück zieht sich noch über die Tischplatte. Ich schiebe meinen Arm darüber, spüre, wie die Haut haften bleibt, die Erinnerung an den Härchen zieht. Dann lege ich meinen Kopf auf den Tisch.

Kapitel 1

Freitag, 19. Juli 2013, 08:26

Der Himmel war verschmiert. Hinter der radlosen Kutsche im Hof färbte er sich zu Sorbet; Himbeere mit Mango. Nur Steiners Hahn krähte irgendwo. Dass der nicht schon in einem Suppentopf dümpelte, war ein Wunder, der musste längst zäh sein wie Gummi. Den Steiner gab es ja schon ewig nicht mehr. Armes Viech, dachte Nora und wusste selbst nicht recht, ob sie den Hahn oder den Schwerenöter mit dem roten Kopf meinte. Alle Alten sterben weg, und was bleibt, ist ein braches Feld, eine behinderte Kutsche, ein einsamer Hahn und dieses staubige Labyrinth hier, in dem ich das tue, was man leben nennt. Und warum? Damit ein Kind ein Kind bleibt. Und wozu das? Sie hatte es vergessen.

Nora lehnte ihre Wange gegen die warme Tasse mit Sprung in ihren Händen. Parzival, der gelbäugige Kater, zwängte sich zwischen ihren Beinen hindurch und wollte sich ihr auf die Füße legen. Sie schob ihn mit der rechten Fußspitze weg, ein Maunzer krächzte aus seiner Schnauze. Wenigstens einer, der noch aufmuckte. Sie selbst hatte schon lange damit aufgehört. Was nützte es schon.
In diesen stillen Stunden, bevor sich die unerträgliche Weite des neuen Tages ganz entfaltete, kauerte sie sich unter den letzten Zipfel Nacht. Er war das Versprechen,

dass eine neue Dunkelheit sich um sie legen und sie ein Kalenderblatt weitertragen würde, wenn sie nur die nächsten paar Stunden hinter sich brachte, tat, was es zu tun gab. In diesen Momenten wusste sie, dass Großvater nie ganz gegangen war. So einer wie der lässt sich auch vom Tod nicht daran hindern, andere zu überschatten und ihnen das schiere Sein zu vermiesen. Überall hockt er, in jedem düsteren Winkel dieses Hauses, in der fettigen Luft und selbst im Licht. Auch nach vierzehn Jahren unter der Erde war er hier noch immer Herr im Haus.

Über ihrem Kopf hörte Nora den Tag erwachen. Die sanfte Stimme der Großtante sprach zu Merets Kontrollfensterchen. »Liebes? Bist du wach? Möchtest du Saft oder Milch?«
»Egal.«
»Auch gut. Zieh dich schon einmal an, Schätzchen, Mama kommt gleich hoch und bringt dir was.« Nora kannte diese Worte wie ihren Puls: Mama kommt gleich zu dir. Mama, das bin ich. Ich bin Mama. Mama ist alles, was ich bin und sein werde, dachte sie und goss Milch in den kleinen roten Topf mit dem krummen Boden. Die Flasche wog tonnenschwer in ihrer Hand, zog ihr Schultern und Nacken nach vorn, während die nikotingelbe Decke ihr von oben die Luft aus den Lungen drückte.
Sie war noch nie gern in diesem trüben Haus gewesen. Und hier wohnen hatte sie erst recht nie gewollt. So weit weg von der Stadt, vom Leben und der Leichtigkeit. Das Einzige, was hier im Kaff pulsierte, war die Autobahn drüben hinter dem Feld.

Am schlimmsten war es gewesen, als Nora noch ein Kind war. Damals hatte das Motel noch Gustav gehört. Sie hatte den Großvater zwar kaum gekannt, wer hatte das schon, aber seine Frau, die Anni, die hatte sie immerhin geliebt. Dreiundfünfzig Jahre lang hatte die runde kleine Frau neben dem Alten existiert, bis dass der Tod euch scheidet eben. Er hatte kaum jemals mit ihr gesprochen, nur dann und wann ein paar Forderungen geblafft oder sie unsanft am Oberarm gepackt, wenn ihr warmes Herz wieder etwas gar begriffsstutzig war. Er bestieg sie, wenn es sich ergab, aß, was sie ihm hinstellte, und trug, was sie für ihn wusch und bügelte. Als der Krebs kam, nahm Anni all ihre Wärme mit unter die Bettdecke im dämmerigen Schlafzimmer im zweiten Stock und lag dem Ende entgegen. Gustav ignorierte das und schlief unten im Wohnzimmer.
Nur Tante Julie, Annis Zwillingsschwester, ging noch zur Großmutter hinauf und streichelte sie in den Schlaf. Ab und zu kam der Arzt und schüttelte den Kopf. Die Kinder kamen nie. Sie hatten wohl nicht die Kraft, in die Trostlosigkeit des Kaffs einzutauchen, vielleicht hatten sie auch Angst vor dem trauerbösen Vater. Oder sie waren ganz einfach zu faul. Wen kümmerten schon ihre Gründe, Tatsache war doch, dass Anni nicht nur am Krebs zugrunde ging, sondern am Leben im Allgemeinen und an gebrochenem Herzen im Besonderen.

Erst als Anni tot war, da liebte Gustav sie. Und zwar so gnadenlos, dass er sich mit ihrer Leiche im Schlafzimmer verschanzte und keinen reinließ, sechs ganze Tage lang. Vielleicht war es ja gar nicht Liebe, sondern Trotz.

Wenn er Anni schon nicht mehr haben konnte, so sollte auch sonst keiner sie bekommen. Die auf der anderen Seite der Tür waren ja doch nur geldgierige Aasgeier, vom Amtsarzt über den Bestatter bis zu den Gören. Saupack, allesamt, mieses, das nur ans Geld dachte. Fast pietätloser als das Amt, dessen Steuerrechnung für die Lebensperiode, die Anni noch angebraucht hatte, schon zwei Tage nach ihrem Dahinscheiden im Briefkasten lag. In der Schweiz hat das Amtliche halt schon immer Vorrang gehabt vor dem Emotionalen, meinte Julie. »Wenigstens in diesem Punkt versteht der Gusti die Menschen um ihn herum.«
Als alles Reden nichts half und die Großmutter anfing, unter der Tür hervorzustinken, erschien das Amtliche in Form zweier junger Männer in fabrikneuer Uniform. Und so kam es, dass zwei Polizisten aus dem Kaff etwas taten, was noch keiner von ihnen je hatte tun müssen: einbrechen und sich mit einem zornigen alten Mann um seine verwesende Frau rangeln.

Seit Jahren war nie mehr jemand in den zweiten Stock hinaufgegangen. Behauptete Julie zumindest verlässlich nach dem zweiten Baileys. »Der Geruch jener Tage hängt dort noch immer, sag' ich dir. Der von Annis faulem Fleisch, der von Großvaters Wut und der vom Adrenalin der jungen Polizisten.« Ja, und vielleicht auch der von deiner Scham darüber, dass du und deine Schwester diesem Haus so wenig Gutes hattet geben können, weil Gustav euch überlegen gewesen war, immer und in allem, dachte Nora manchmal. Aber laut gesagt hätte sie das nie. Denn über den eigentlichen Grund für ihre gemeinsame Abscheu vor dem zweiten Stock sprachen die beiden nicht.

Gustav erschien nicht zur Beerdigung seiner Frau und sprach fortan nie wieder ein Wort. Zwei Jahre später gab auch er den Löffel ab – und Tante Julie fing endlich an zu leben.
Ohne ihren Schwager war das Haus heller, farbiger. Sogar die Luft wurde leichter und der Staub tanzte ausgelassener in den schmierigen Sonnenstrahlen zwischen den Gardinen. »Weißt du, Gustavs Schweigen war manchmal so laut, dass es von innen her gegen meinen Kopf drückte und mir in den Ohren stach«, erzählte sie Nora, wenn sie sich mal wieder einen zu viel hinter die Binde gekippt hatte. Dabei presste sie dramatisch ihre Handteller an die Schläfen unter den gelblichen Haarfäden und neigte den Kopf nach vorn. So verharrte sie, bis sie sich sicher war, dass ihr Publikum auch wirklich verstanden hatte, was sie hatte durchmachen müssen. Dann setzte sie sich wieder kerzengerade hin, legte ihre Hände in den Schoß, neigte den Kopf leicht nach rechts und nickte gewichtig. Wie ein Schulmädchen, das beim Lehrer petzt, fand Nora und wand sich betreten. Was für eine läppische Vorführung, dachte sie – und wollte der Tante doch tröstend über den Kopf streicheln, vielleicht aus Mitleid, vielleicht aus schlechtem Gewissen, weil die Alte so viel für sie tat, während sie ihr nur knapp die Einsamkeit linderte und sie aufrichtig liebte. Sie ließ das Streicheln immer bleiben. Julie war zu alt und zu hölzern, um noch jene sanfte Zärtlichkeit zu lernen, die über einen trockenen Klaps oder das hastige Kopulieren

mit dem Steiner hinausging. Zu viel Gustav. Das dörrt jeden aus.

Auf der heißen Milch hatte sich eine Haut gebildet. Nora hob sie mit den Zinken einer Gabel ab und schleuderte sie mit einer knappen Bewegung des Handgelenks in den Abfluss. Sie füllte die dampfende Flüssigkeit in Merets Sonntagstasse, die mit der Kaiserin Sisi darauf. Seit vor ein paar Monaten die Schiefe-Turm-von-Pisa-Tasse auf dem Küchenboden zerschellt war, hatte Sisi auch am Freitag Dienst, Doppelschicht quasi. Nora schabte mit einem Esslöffel einen dicken Batzen Honig aus dem Glas und rührte damit so lange in der Milch, bis er sich ganz aufgelöst hatte. Gedankenverloren steckte sie sich rasch den tropfenden Löffel in den Mund und drehte ihn so, dass die Zunge sich in der süßen Wölbung festsaugen konnte.
Obwohl es noch so früh am Tag war, legte sich schon frische Hitze auf die nie ganz verglommenen Schichten der vergangenen Tage. Und heute sollte es noch schwüler werden. 38 Grad hatte ihre App angezeigt, und sie hätte am liebsten geheult. Nora hasste den Sommer. Er war ihr schon immer viel zu organisch und unruhig gewesen, die Hitze machte sie matt, die halb nackten Menschen mit viel zu viel schwitziger Haut überall ekelten sie an.
Hundertmal lieber erfrieren, als den Hitzetod sterben, dachte sie zum wiederholten Mal und stellte sich vor, wie sie noch an diesem Abend in den Zug nach Bern steigen würde, im Rucksack eine Flasche Wodka und zwei, drei Schachteln Benzodiazepine. Von dort würde sie über Brig nach Mörel weiterreisen und sich von der

letzten Gondel auf die Riederalp tragen lassen, weg von all dem hier. Sie würde bis zum Märjelensee wandern, ganz ohne Eile, und dann, wenn der Himmel nochmals durchsichtig und weit wurde, bevor er sich um die Erde schloss, würde sie sich irgendwo in eine Nische im uralten Eis legen, wo keine Wanderer sie finden würden. Zuerst würde sie die Tabletten schlucken und warten, bis sie sicher im Magen aufgelöst und ins Blut gedrungen wären. Erst jetzt würde sie sich auf ihre Jacke legen und am Schnaps nuckeln, das Firmament als Verheißung über sich, ganz langsam, damit die Kälte ihr in die Knochen kriechen konnte, ohne dass die Schmerzen sie noch erreichten. Nach und nach würde sie abtauchen und nie wieder erwachen.

Aber die Gletscher schmelzen einem ja auch unter dem Arsch weg, bis ich mich endlich mal zu was durchringen kann. Andere machen zwei Schritte vor und einen zurück, ich stehe einfach wie ein Esel auf dem immer selben Fleck und warte, dass etwas passiert.
Ärgerlich drehte sie den kalkigen Hahn mit dem blauen Punkt auf, bis das Wasser eine kalte Glasstange war, in die sie ihre Pulsadern schob. Sie teilte sich und umfing ihre Handgelenke als kühlende Manschetten. Nora schloss die Augen und stellte sich vor, wie das kalte Blut sich langsam in ihrem Körper ausbreitete und die hektischen Moleküle immer langsamer machte, bis alles in ihr wieder ruhig und ordentlich war.

Julie kam in die Küche, ihr Morgenmantel wie eine zimtfarbene Watterüstung um ihren winzigen Körper gewickelt, als ob die Hitze für sie nicht gelte, und streifte Noras Wange rasch mit dem Handrücken: »Ah, du hast uns gehört, fein. Ist der Honig bereits drin?« Ohne die Antwort abzuwarten, tunkte sie den kleinen Finger in die Milch und leckte ihn mit ihrem Zünglein ab. Sie glich dabei einem Leguan, der aus seinem krustigen, spröden Echsenmaul eine feuchte, marzipanrosa Zunge hervorschnellen lässt. Sie nickte zufrieden. Dann erst sah sie Nora an, die sich die Hände an dem harten grauen Tuch abtrocknete, das an dem Haken mit der gelben Plastikblume hing. »Schläfst du heute eigentlich nochmals hier oder kommt er schon aus London zurück?«

»Er« war Noras Mann Stefan. Julie sprach seinen Namen niemals aus. Sie mochte ihn nicht. Überhaupt duldete sie keine Männer mehr in diesem Haus. Nach Gustavs Tod und Stefans einzigem Besuch damals vor der Hochzeit war der Steiner der Letzte gewesen, den sie noch ab und zu hereingelassen hatte. Und der war nichts als ein harmloser Feigling gewesen. »Das einzig Große an dem war sein Schwanz«, hatte Julie einmal gesagt. »Das wusste der ganz genau, ha, und wie. Darum rechnete er auch immer damit, dass ich ihm nie lange böse sein konnte. Und mit seiner Alten machte er es genauso. Meine Güte, was hat der alte Dorfhengst uns Weiber herumdirigiert mit seinem Prachtding. Eigentlich schade, dass es jetzt unter der Erde verrottet. Ich könnte es weiß Gott ab und zu gebrauchen.« Dann hatte sie gekichert, ein greises Mädchen mit Sehnsüchten aus einer anderen Zeit.
Wer will das schon wissen, hatte Nora damals gedacht und war peinlich berührt unter irgendeinem Vorwand

zu Meret hinaufgegangen. Sex war kein Thema, über das sie sprach, nicht einmal mit Stefan. Lästig genug, dass es ihn überhaupt gab, man musste sich nicht auch noch außerhalb des Schlafzimmers darüber unterhalten. Seit Vaters Tod hatte kein Mann mehr sie wirklich berührt, nur noch ihren Körper. Den hatte sie Stefan mit der Hochzeit zur Verfügung gestellt. Sex gegen finanzielle Sicherheit für sich und Meret. Das war machbar.

»Stefan kommt heute Abend zurück. Ich esse noch mit euch zu Mittag und gehe dann mal los.« Nora wischte den Tassenboden sauber und stellte Sisi auf das Tablett, auf das sie bereits eine Packung Cracker, eine abgepackte Portion Butter, ein Einzeldöschen mit Erdbeermarmelade und ein abgepacktes Plastikmesser gelegt hatte. Umständlich stieg sie damit über die schmierigen Näpfe von Julies Kater Parzival, die aus irgendeinem unerfindlichen Grund immer im Weg standen, wie das fette alte Viech selbst, und ging über den engen, getäfelten Flur zur Treppe. Licht gab es hier schon lange keines mehr. Das brauchten sie auch nicht. Die beiden Frauen kannten jede Stufe und jeden Schatten mit ihren Körpern. Und Meret würde hier ohnehin nie mehr vorbeikommen.

Sie stieg langsam zu Merets Kammer hinauf, das Tablett mit beiden Händen fest umfasst. Die Stufen knarrten ihr Lamento, Fuß nach Fuß, bis der Spannteppich es oben verschluckte. Im ersten Stock war es still, wie immer. Um diese Zeit schlief auch Elvis, und man hörte nicht einmal das Quietschen seines Rads. Nora schaute kurz durchs Kontrollfensterchen gleich neben der ersten Tür rechts. Meret lag noch im Bett. Nora stellte das Tablett auf das halbrunde Tischchen mit den mürben Trockenblumen, drückte dreimal auf den Dispenser und desinfizierte sich gründlich Hände und Unterarme. Sie spürte, wie jeder Keim auf ihrer Haut zerplatzte. Jetzt war sie rein und bereit für ihre Prinzessin.

Merets Tagebuch

Einundzwanzig Wochen und fünf Tage vor meinem dreizehnten Geburtstag

Vorgestern ist Elvis gestorben. Das war ein bisschen unheimlich, aber nur ein bisschen. Eigentlich sah es aus, als würde er nur schlafen, aber ich habe trotzdem gemerkt, dass er anders war. Ich brachte ihn einfach nicht wach, obwohl ich die Körnerpackung schüttelte, das hat sonst immer geholfen. Da hab' ich gleich gemerkt, dass etwas nicht stimmt. Und auch sonst war etwas komisch mit ihm. Es war, als hätte jemand ein Loch aus der Luft ausgeschnitten, dort, wo er lag. Das war natürlich nicht wirklich so, weil man aus der Luft ja keine Löcher schneiden kann. Ich habe es zur Sicherheit sogar probiert. Es geht wirklich nicht. Eigentlich schade, dann könnte ich mir ab und zu ein Loch machen und ein bisschen weg von hier. Zum Beispiel zu dem Bassin unter meinem Fenster.

Mama hat den Kleinen in einem Plastiksack weggebracht und behauptet, er sei jetzt im Himmel. Ich glaube, das hat sie nur gesagt, damit ich nicht traurig bin. So was macht sie oft. Ein anderes Mal hat sie nämlich gesagt, wenn wir tot sind, sind wir wie Rauch, der langsam davonfliegt, bis er einfach weg ist. Aber vielleicht ist es bei Hamstern ja anders. Auf jeden Fall ist der alte Elvis jetzt weg.

Gestern hat Mama mir den neuen gebracht. Wie immer hat sie einen ausgesucht, der fast so aussieht wie der vorherige. Dann ist es, als wäre nichts passiert, sagt sie immer. Darum haben auch all meine Hamster denselben Namen. Elvis. Das war auch eine von Mamas Ideen. Sie hat gesagt, wenn man einem Hamster zu sehr nachtrauert, soll man sich gar nicht erst einen kaufen. Die leben halt nur zwei, drei Jahre. So ist das eben. Ich gebe mir darum fest Mühe, dass es mich nicht traurig macht, wenn wieder einer geht. Ich will nicht, dass Mama mir keinen neuen mehr bringt. Sonst habe ich ja niemanden mehr zum Reden, wenn sie weg ist.
Aber es ist gar nicht so einfach, das Traurigsein kommt einfach, ob ich will oder nicht. Vielleicht sollte Mama mir doch besser eine Katze bringen, so eine wie Parzival, aber netter. Er will nämlich meinen Hamster fressen, das weiß ich von Julie.
Es kommt eh nicht darauf an, was ich will. Etwas anderes als ein Hamster geht ja doch nicht. Katzen müssen immer nach draußen, die kann man nicht einfach mit mir zusammen hier einschließen.

Wenn ich es mir recht überlege, machen die neuen Hamster meine Traurigkeit meistens nur noch schlimmer. Vor allem der neue Elvis (also Nummer vier). Der sieht zwar fast gleich aus wie Nummer drei. Aber er ist völlig anders. Viel weniger nett. Er versteckt sich die ganze Zeit in seiner blöden Kokosnuss, und wenn ich sie hochhebe, macht er sich ganz flach und zittert. Das ist doch doof, ich tue ihm ja nichts. Trotzdem benimmt er sich, als wäre ich eine von den Bösen da draußen oder so. Aber er tut mir auch leid. Ich werde einfach ganz lieb sein zu ihm, dann merkt er, dass ich zu den Guten gehöre, wie Mama und Julie.

Als ich ihn heute auf die Hand genommen habe, um ihn zu streicheln, hat sein kleines Herz so schnell geschlagen wie Mamas Finger, wenn sie damit auf den Tisch trommelt, weil ich zu langsam bin mit meinen Hausaufgaben. Das mit dem nervösen Herzen kommt davon, dass die meisten Hamster lieber allein sind, sagt Mama. Ich kann das nicht verstehen. Ich bin immer traurig, wenn sie geht.

Kapitel 2

Freitag, 19. Juli 2013, 12:07

»Was willst du jetzt schon wieder bei diesen Hexen? Du bist ja voll krank im Kopf, Mann!«
Der junge Steiner wischte sich mit dem Unterarm den Schweiß vom Stirnspeck und zog einen schneckendicken Rotzbatzen in seinen Gewaltschädel hoch, bevor der sich im Schnurrbart verkriechen konnte. Der Typ musste längst bis unter das Deckengewölbe voll sein mit der Pampe, dachte Nico und grinste. Würde so einiges von dem Scheiß erklären, den sein Lehrmeister ständig laberte …
»Ich frage mich, warum du denen immer den Arsch hinterherträgst. Wenn du bei mir nur halb so pflichtbewusst wärst, könnte aus dir glatt noch was werden. Schau mich nicht so unverschämt an. Wenn du meinst, es interessiert mich auch nur einen Mückenfurz, was du aus deinem armseligen Leben machst, hast du dich geschnitten. Es ist mir nämlich scheißegal. Nur damit du's weißt. Es ist deine Mittagspause, nicht meine. Und jetzt hau ab!«
Nico verneigte sich, gerade zurückhaltend genug, um Mike nicht noch weiter auf die Palme zu bringen.
»Spätestens in einer halben Stunde stehst du hier wieder auf der Matte. Ist das klar? Und dann kümmerst du dich darum!«, donnerte Mike hinter ihm her und stocherte mit seinem wurstigen Zeigefinger in Richtung

eines roten Opel Corsa C, der schon über der Reparaturgrube bereitstand.
Nico nickte. »Geht klar, Chef.«
Steiner entließ ihn nie ohne einen Vortrag aus der Werkstatt, nicht mal für die offiziellen Pausen.
Nico ließ die Metalltür hinter sich mit etwas zu viel Schwung zuscheppern, steckte sich eine Zigarette an und nuschelte für die unbekannten Zuschauer aus dem freien Mundwinkel: »Lieber Hexen als Prolls.« Gelächter vom Studiopublikum.
Er schwang sich auf sein Rennrad, ein altes Bianchi, das er selbst in liebevoller Kleinstarbeit zurechtgemacht hatte. Beschäftigungstherapie. Er sprang über den Randstein und pedalte los. Endlich durfte er grinsen. Es zog ihm förmlich die Mundwinkel an die Ohren, ohne dass er sich dagegen hätte wehren können. Jemandem den Arsch hinterhertragen. Mann, was für ein Bild! Am besten auf einem Tablett. Aber warum auch nicht, das war sicher allemal aufregender, als Tag für Tag neben Mikes zwiebeliger Achselhöhle unter Autos rumzuliegen. Der Mensch hatte ja keine Ahnung, wie komisch er war.

Der Himmel hing wie ein feuchter Lappen über der Ebene, legte sich über die Autobahn, die verlorenen paar Fachwerkhäuser zwischen den Wohnblöcken und den Kasten. So nannte die alte Julie das Shoppingcenter, welches Breitenach seit fast fünfundvierzig Jahren überragte wie ein maroder Science-Fiction-Tempel. Eine Schande sei das, sagte sie immer. Vor dem Kasten und den Wohnsilos sei es schon fast gemütlich gewesen hier, verschlafen, aber dafür familiär, grün und gesund, behauptete sie.

Nico konnte sich nicht vorstellen, dass es jemals anders gewesen sein soll, mit oder ohne Kasten. Er lebte seit bald achtzehn Jahren hier, und schon immer ist ihm alles vorgekommen wie in Aspik gegossen; reglos und konserviert. Jede Bewegung schien unendlich Kraft zu kosten, selbst die Grashalme bewegten sich langsamer im Wind als anderswo. Aber vielleicht lag es ja an ihm selbst, sagte er sich ab und zu. Glauben mochte er das allerdings nicht, dafür war der Hunger in ihm zu groß und er spürte viel zu körperlich, wie seine innere Energie im Widerspruch stand zu der verschandelten, verschlafenen Landschaft um ihn herum.
Er schaltete sein Rad in den höchsten Gang und trat fest in die Pedale. Er liebte es, wenn die Muskeln pumpten und pulsierten, wenn er ihre rindfleischigen Faserbündel bildlich unter seiner Haut spürte wie auf dem Anatomiebild im Flur seiner alten Schule. Sein Keuchen schmolz ihm einen Tunnel durch den Aspik und er glitt darin durch die Zeit. Selbst das Rauschen der Pappeln dröhnte tief und unendlich langsam hier drin. Ein Generalbass, der stetig unter dem Scheißkaff wummerte. Lange würde er eh nicht mehr bleiben. Kein Jahr mehr, bis er seine Lehre ausgestanden hatte – und dann fuck you, Breitenach!

Nico bog in den Feldweg ein, der im rechten Winkel am langen, zweistöckigen Motel aus den Sechzigern entlangführte und hinter dem alten Wohnhaus daneben abrupt vor einem Gewirr aus Brennnesseln, Efeu und toten Ästen endete. Unter dem Gestrüpp sah man das halbe Wasserfass und die gesprungene Tafel mit der

Aufschrift »Motel Terminal« kaum mehr, in der Julihitze hatten die Zucchinipflanzen alles überwuchert. Nico schaute möglichst nicht hin, er wollte lieber nicht wissen, was sich hier in den vergangenen Jahrzehnten sonst noch alles angesammelt hatte. Dieses Haus hatte etwas Schauerliches, in diesem einen Punkt hatte Mike ausnahmsweise mal recht.
Den Blick starr auf das Schloss gerichtet, kettete Nico sein Rad an den Lattenzaun, der die kleine Wildnis eingrenzte wie ein Zwinger, und ging zwischen den Häusern hindurch zum Eingang beim verwaisten Parkplatz des Motels.

Die alte Julie erwartete ihn schon. Wie immer lehnte sie mit verschränkten Ärmchen kokett am Türrahmen, hinter sich den düsteren Flur, aus dem der Geruch nach Irisch Moos, Katzenpisse und Brunettes in die Sommerhitze hinausdrängte. Nicos Kehle schnürte sich zu und ihm wurde schwindlig. Das musste daran liegen, dass er seit gestern Abend nichts gegessen und viel zu viel geraucht hatte. Zudem war er völlig nass geschwitzt.
»Hallo, mein Schöner. Wie immer meine Rettung in letzter Sekunde. Ohne dich wäre ich zahnloses Ungeheuer schon längst verhungert«, spulte Julie ihre ewig gleiche Begrüßung ab und ließ dabei ihre obere Zahnprothese vorschnellen, wie eine Schublade, die aus ihrem Gesicht sprang, so rasch, man könnte sich auch getäuscht haben.
»Immer gern«, sagte Nico und lächelte schief, während er die Plastiktüte mit dem Desinfektionsmittel, den Babybreigläschen und den Marmeladeportionen aus seinem Rückenbeutel nestelte.

Julie war schon ok, aber nur auf gesunde Distanz. Etwas an diesem freundlichen, alten Weiblein stieß ihn ab. Er meinte, ihre abgestandene Körperlichkeit zu riechen, wie Fleischkäse, der zu lange in einer warmen Küche gelegen hat. Der alte Steiner soll ja sogar was mit ihr gehabt haben, vielleicht war sein Sohn drum so schlecht auf sie zu sprechen, das elende Muttersöhnchen. Der schlief sicher heute noch jede Nacht bei seiner Mutter im schokobraunen Siebzigerjahre-Plüschbett mit dem eingebauten Digitalwecker, der irgendwann vor der Jahrtausendwende stehen geblieben war. Und keiner wusste, wie man an die Batterie rankam. Aber die Vorstellung brachte Nico höchstens einen lauen Kick. Vielmehr musste er an Mihaela denken, seine Mutter, die jeden Abend auf ihn wartete, weil er alles war, wofür sie lebte. Nico schwang seinen schwarzen Haarvorhang nach rechts und schüttelte die Vorstellung von nackten Alten und leeren Müttern aus seinem Kopf.

»Magst du etwas trinken?« Julie fixierte ihn mit ihren Äuglein, und Nico hoffte insgeheim, dass Mikes Gerede über Hexen wirklich nur dummes Geschwätz war. Er hatte Durst wie ein Bierbrauer am Morgen danach. Aber die Begegnungen zwischen ihm und Julie folgten seit Jahren einem immer gleichen unausgesprochenen Protokoll. Sie bot an, er lehnte ab. So wie in amerikanischen Filmen, wenn die Leute sich ständig fragen: »Hello, how are you today?«, dann jedoch stets anständig genug sind, einander nicht mit einer aufrichtigen Antwort zu behelligen.

Also log Nico höflich, wie Julie es von ihm erwartete: »Danke, aber ich hab' grad was getrunken in der Werkstatt. Ich muss eh gleich los, wir haben noch ein Auto reinbekommen, das muss bis morgen fertig sein. Sie kennen ja den jungen Steiner. Wenn ich zu lange wegbleibe, flippt er aus …«
Julie kannte Mike nicht. Aber der alte Steiner hatte ihr genug von seinem cholerischen Nichtsnutz von einem Sohn erzählt, um Nico ein verschwörerisches Lächeln zu schenken. »Klar. Und sag deiner Mutter, dass wir am Wochenende vielleicht Gäste haben in der Sieben. Sie soll vorher noch rasch ein, zwei Stunden alles richten.«
Natürlich war das nicht nötig. Es war nie nötig. Kein Mensch brauchte zwei Stunden, um ein dürftiges Kämmerchen mit einem Pressholzbett, einer lecken Dusche und einer Schale Kondomen sauber zu machen. Abgesehen davon, dass eh längst keiner mehr kam, um sich hier den Nachmittag um die Ohren zu vögeln. Aber so war Julie eben, sie gab seiner Mutter auch jetzt noch Arbeit, als es eigentlich längst nichts mehr zu tun gab. Offensichtliche Almosen wären für sie nie infrage gekommen, das fand sie würdelos, und seine Mutter hätte so was auch nie angenommen. Aus demselben Grund. Nico war Julie dankbar für ihre Rücksicht und ihre Diskretion. Musste sie wohl damals als Stunden-Motel-Wirtin gelernt haben. Natürlich sagte er ihr das nie, es hätte dieses feine Gefüge aus dem Gleichgewicht gebracht, und das konnten sie sich nicht leisten. Mit Mihaelas bisschen Schwarzarbeit in der Altenpflege und seinem Lehrlingslohn wären sie nie über die Runden gekommen ohne Julies kleinen Zuschuss. Und die Alte wusste das sehr

wohl. Allerdings fragte Nico sich, wo sie eigentlich das Geld hernahm, um Mihaelas Alibi-Putzübungen und seine kleinen Erledigungen zu bezahlen. Wenn er es sich recht überlegte, hatte er keinen blassen Schimmer, wovon sie und ihre schöne Nichte lebten. Geschweige denn wie. Vermutlich hatte die einen Job in Zürich. Ihr silberner Audi A3 war oft tagelang weg und ihre Kleider sahen auch teuer aus.

Julie steckte Nico kokett zwei gefaltete Zwanziger hin für den nächsten Einkauf. »Hier, Süßer, der Rest ist für dich.« Im Schein steckte wie immer ein Stück Papier, das sie aus einem alten Umschlag ausgeschnitten hatte. »Kartoffel-Karotte, Kartoffel mit Rahmgulasch und Muschelnudeln mit Tomaten und Zucchini, je vier Gläschen plus zwölf Tüten Multivitaminsaft« hatte sie in ihrer altmodischen Krakelschrift notiert.
»Danke, geht klar. Ich komme wieder so um dieselbe Zeit.«
»Und vergiss den Strohhalm nicht.«
»Wie könnte ich auch.«
Er würde sich hüten. Vor zwei Jahren hatte die Alte Nico mal in den Laden zurückgeschickt, um die mangelhafte Tüte gegen eine mit Strohhalm einzutauschen. Warum, wusste er bis heute nicht. Aber er erinnerte sich noch genau, wie die Verkäuferin mit der übertünchten Akne und dem Riesenbusen die Brauen hochgezogen hatte. Unter ihren Achseln waren dunkle Schweißringe gewesen, und die Taschen an ihren Zahnhälsen hatten die Farbe von geplatzten Kirschen und waren mit einem gelblichen Belag gefüllt. Trotzdem dachte er oft an sie, abends in

den langweiligen Stunden zwischen den Laken. Er hatte irgendeinen Stuss gestammelt von wegen kleinem Kind daheim, das noch nicht ohne Halm trinken könne. Mann, hätte er sich selbst eine scheuern können, nun dachte die womöglich, dass er eine Minderjährige geschwängert habe. Gratuliere. Aber das war eh egal. Sie arbeitete ohnehin nicht mehr in dem Laden, und die form- und farblose Schürze, die jetzt an der Kasse hockte, interessierte ihn herzlich wenig. Genauso wenig wie Julies Beweggründe.
Er stellte schon lange keine Fragen mehr. Vor ein paar Jahren, als er noch mager und unsicher gewesen war, hatte er mal von Julie wissen wollen, ob sie ihre Breichen nicht lieber selbst einkaufen wolle, das wäre doch viel billiger, als ihn dafür zu bezahlen. Er hatte es gut gemeint. Das war das letzte Mal gewesen, dass er Julie etwas gefragt hatte. Sie hatte ihm tüchtig den Kopf zurechtgesetzt: »Ich wüsste nicht, was dich das angeht. Sei froh, dass du etwas dazuverdienen kannst. Ihr könnt es weiß Gott brauchen. Deine arme Mutter krampft sich ja halb zu Tode.« Damals war Julie Nico wirklich fast wie eine Hexe vorgekommen, nur für einen flüchtigen Augenblick, aber den Schatten dieses Gedankens war er nie mehr ganz losgeworden, selbst wenn sie gleich wieder ihr maisgelbes Lächeln im Gesicht gehabt hatte.
Nach diesem Vorfall hatte er sich tagelang wund und klein gefühlt. Er hatte damals schon lange verstanden gehabt, dass seine Mutter eine Illegale war, eine, die es eigentlich nicht geben durfte, eine, die unsichtbar zu bleiben hatte. »Du darfst niemals auffallen. Hast du verstanden? Egal, was du tust, du musst es gut tun

und ohne Widerrede. Und wenn jemand mit dir einen Streit anfängt, dann gibst du nach«, hatte sie ihm schon früh eingebläut und ihn mit ihren hellgrauen Augen angeschaut. Er hatte genickt. Auch wenn er nie so recht verstanden hatte, warum sie unbedingt hier leben wollte. Seinetwegen hätten sie irgendwohin gehen können, Hauptsache weg von hier. Ausgesprochen hätte er das nie. Schließlich hatte er schon mit dem ersten öligen Spritzer Muttermilch eingetrichtert bekommen, dass seine Mutter nur für ihn lebte, atmete, arbeitete. Also tat er, was sie verlangte.
Auf dem Pausenhof stand er abseits unter der klebrigen Kastanie und aß sein Brot mit Zacuscă. Später bestrich seine Mutter die Schnittchen mit Gala-Käslein, ihrer Vorstellung vom typischen Schweizer Znüni und Sinnbild ihrer Anpassung bis hin zur Selbstaufgabe. Während ihr blasser Junge mit dem gebügelten T-Shirt sich vorstellte, er sei unsichtbar, spann er virtuelle Fäden zwischen all den Grüppchen aus Mädchen und Jungen, bis er sie alle ganz eingewoben hatte und vor ihren Blicken in Sicherheit war. Nur, dass er das eigentlich gar nicht wollte. Wie gern wäre er zwischen die Fäden geschlüpft, hätte sich hineingedrängt in den Kokon derer, die dazugehörten, statt immer alles gut zu machen und sich aus allen Streitigkeiten herauszuhalten. Er wollte Fußball spielen, Arschlöcher verprügeln und Mädchenröcke anheben wie alle anderen auch. Damals beschloss er zu sein.

Julie drückte seinen Unterarm und riss ihn aus seinen Gedanken: »Danke, Süßer. Und Grüße an die Mama.« Sie zog sich ins Haus zurück und schloss die Tür sanft vor seiner Nase, bevor er etwas erwidern konnte. Nico blieb noch einen tiefen Atemzug lang stehen und schaute zu dem Fenster hinter der knorrigen Glyzinie hoch. Mike hatte einmal behauptet, dort oben hocke der Geist des alten Gustavs und verwünsche alle, die ihn erblickten. Trotzdem musste Nico jedes Mal einen verstohlenen Blick wagen. Schließlich war Mike ein hysterischer Fascho, ein kümmerlicher Kerl im Körper eines Pitbulls. Die Sorte konnte ihn schon bald für immer kreuzweise am Arsch lecken. Noch elf Monate.

Betont trotzig schlenderte Nico zur Betongalerie des Motels hinüber. Im verbeulten Automaten mit dem Schutzgitter gab es noch immer ein paar Dosen Cola, einige Snickers und Kondome. Viele Regale waren leer, da und dort hatten sich kleine Spinnen und Schaben häuslich eingerichtet. Trotzdem zog Nico sich eine lauwarme Cola und ein Snickers. Er nahm einen großen Schluck und biss in den Riegel, den Rücken an die sonnenwarme Wand gelehnt. Die Schokolade war pappig und klebte am Gaumen. Er schob sie mit der Zunge nach hinten in den Rachen und schluckte, während er das leere Bassin zwischen den Stoppeln der Wiese betrachtete. Wofür das alles wohl gut war? Unvorstellbar, dass hier je ein Kind drin gebadet haben sollte. Julie hatte ihm mal erzählt, dass das Motel früher eine wahre Goldgrube gewesen sei, ein Geheimtipp gleich an der Grenze zum Kanton Zürich. Im Gegensatz zur Stadt durfte man in Breitenach auf der anderen Seite der Kantonsgrenze schon in den Sechzigern ohne Trauschein zusammenleben. Darum war der verschlafene Fleck für

ein paar Jahre zu einem Magneten für jene Generation geworden, die mit der Biederkeit der Nachkriegsjahre brechen wollte, ohne auf die Nähe der Stadt zu verzichten. Jetzt, wo man ein Auto hatte, waren solche kleinen Freiheiten plötzlich greifbar. Na ja, so richtig rebellisch wirkte der Ort hier nicht gerade. Im Gegenteil. Breitenach war die Architektur gewordene Biederkeit.
»Den Fünfer und das Weggli« hätten die gewollt, hatte Julie ihm erklärt. Jaja, und Weggli hätten sie ja weiß Gott genug gekriegt hier bei ihr, hehe. Nico hasste es, wenn sie so frivol daherredete.
Aus jener Zeit der Weggli stammten laut Julie auch der Kasten und die ganzen Wohnsilos, unter anderem jenes, in dem er mit seiner Mutter in einer Zweizimmerwohnung lebte. Die Blüte des Kaffs war nur von kurzer Dauer gewesen. Kaum kippten die Zürcher in den Siebzigern ihre Zwingli-Moral über Bord – oder wenigstens den Teil mit dem Konkubinat, besser als nichts –, versank Breitenach wieder in der Bedeutungslosigkeit, nur war es nun unwiederbringlich verschandelt. Wer Lust auf ein Abenteuerchen hatte, fuhr nicht mehr extra hierher. Im Gegenteil. Breitenach wurde zum Ort für jene, die sich nichts Schöneres leisten konnten, ein Vorstadtghetto.
»Es gibt ja auch wirklich keinen Grund mehr, in dieses Drecksloch zu kommen«, sagte Julie ab und zu und stemmte ihre Ärmchen dorthin, wo mal Hüftchen gewesen sein mussten. Dabei ließ sie offen, ob sie ihr Motel meinte oder die ganze trübe Gegend hier. Das brachte Nico wieder auf die Geldfrage. Sie schien kein bisschen besorgt um ihre entgangenen Einkünfte. Ihr fehlte eher

das Verruchte, das Lebendige. »Früher ging es wenigstens noch zur Sache. Manchmal habe ich ein Bett drei Mal pro Nacht vermietet, natürlich immer frisch bezogen. Ich könnte dir Sachen erzählen, mein Schöner«, hatte sie gesagt und ihr bröckliges Altmädchenlachen gelacht. Zu Nicos Erleichterung hatte sie es dann doch nicht getan.

Und überhaupt, das alles erklärte noch immer nicht, wozu das Bassin mal gut gewesen war, dachte Nico. Wer nahm zum Vögeln schon seine Kinder mit? Das Ganze war ein Witz. Er stieß sich von der Wand ab. Zeit, Mike zu beschwichtigen. Er ging betont langsam zu seinem Fahrrad. Hinter der Glyzinie sahen ihm zwei Augen dabei zu.

Kapitel 3

Freitag, 19. Juli 2013, 12:58

Meret löste ihre Nase von der Scheibe. Durch die getönte Sichtschutzfolie sah sie nur nach draußen, wenn ihre Augen ganz dicht am Glas waren, sonst schimmerte ihr auf der kupferfarbenen Scheibe nur das blasse Gesicht entgegen, das sie vom Badezimmerspiegel kannte. Und um diese Jahreszeit sah man noch weniger als sonst. Die Glyzinie hatte ihr Fenster fast zugewuchert, Ranken und blasse Blütentrauben verengten den Blick auf Himmel, Wiese und Bäume. Das Zimmer zog sich im Sommer immer tiefer ins Haus zurück, kroch rückwärts durch einen grünen Tunnel ins Dunkel zwischen der niedrigen Decke und dem durchhängenden Boden. Wie Alice in dem Buch, das Meret nicht mochte und doch lesen musste, weil die Mutter es so wollte. Alice war auch durch einen Tunnel gefallen, nur dass sie dann so viel Spannendes erlebt hatte. Hier war alles immer gleich. Wie gern hätte sie so ein Fläschchen gehabt, mit dem sie sich winzig schrumpfen könnte. Vielleicht könnte sie damit durch das Schlüsselloch in den Flur hinauskriechen.

Aber so blieb ihr nur, sich auf die Zehenspitzen zu stellen, ganz dicht am Fenster, und mit abgeschirmten Augen nach draußen zu spähen. Am liebsten mochte sie das Loch in der Wiese. Das Bassin. Es war grau und eckig und sah hart aus. Dort saßen oft die zwei Elstern aus der Linde neben dem Haus. Die waren fast immer zusammen und hatten Zauberfedern. Manchmal waren sie schwarz, manchmal grün und manchmal, an besonderen Glückstagen, sogar ein wenig rosa. Heute waren sie da. Meret war erleichtert. Vogelfreie Tage waren trübe Tage.

Einmal hatte sie die Mutter gefragt, wozu das Loch in der Wiese eigentlich gut sei, aber die hatte nur den Kopf geschüttelt und ihr mit ihren trockenen Fingern das Haar aus der Stirn gestrichen.

»Da ist nicht wichtig, meine kleine Prinzessin. Nichts ist wichtig da draußen. Es ist nur sehr gefährlich dort, das ist alles. Mehr brauchst du nicht zu wissen.« Also hatte Meret nicht weiter gefragt. Sie wusste schließlich, was passierte, wenn sie sich der Mutter widersetzte. »Ich muss dich vor dir selbst beschützen, Liebes, sonst verstehst du es nie. Und eines Tages schadest du dir mit deiner ewigen Fragerei und deiner Neugierde«, sagte sie dann. Und nahm eine Packung mit einer dünnen, langen Nadel aus ihrer Handtasche. Es knisterte, wenn sie diese aus ihrer Hülle schälte. Dann nahm sie ein Wattepad und drückte aus dem Dispenser Desinfektionsmittel darauf. Sie putzte damit die Nadel und tupfte es schließlich sorgfältig auf Merets linken Oberarm, damit kein unsichtbarer Keim durch das Loch in sie hineindringen und sie von innen her kaputtmachen konnte. Das Böse kam nicht nur aus der Welt da draußen, es konnte sogar in einen reinschlüpfen.

Nun hielt sie Meret am Ellbogen fest und stach die Nadel langsam durch die Haut. Zuerst blieb sie kurz auf der

Oberfläche stehen und drückte eine Delle in die Grenze zwischen innen und außen, bis sie diese mit einem kaum hörbaren Knacken zerteilte und tief ins Fleisch hineinglitt. Die Mutter stach immer ganz flach, damit das Häutchen um den Knochen nicht verletzt wurde, wie sie Meret mal erklärt hatte. Denn das tue noch viel mehr weh, hatte sie gesagt. Und: »Das wollen wir ja nicht, Kleine. Es ist schon traurig genug, dass das überhaupt nötig ist, Meret.« Das schmerzte fast noch mehr als die Nadel. Dass Mama sie Meret nannte und nicht Prinzessin. Und dass Meret schuld daran war, dass Mama wieder traurig sein musste. Umso dankbarer war sie Mama dafür, dass sie so umsichtig war und sie nur so sanft bestrafte, wie es nötig war.
Die Mutter ließ die Nadel jeweils so lange im Arm, bis Meret Tränen die Wangen herunterrannen. »Damit du wieder weißt, was Schmerzen sind. Denn so viel kann ich dir sagen: Wenn die da draußen dich finden, tut es hundertmal mehr weh als dieses harmlose bisschen Stechen hier. Merk dir das.« Die Mutter sprach immer sehr weich, wenn sie Meret bestrafen musste, und schaute sie dabei nicht an. So, als wäre Meret nur ein dummer, kleiner Arm, der nichts dafür konnte, dass er die Welt nicht verstand.

Die ersten Male hatte Meret versucht, möglichst tapfer zu sein und nicht zu weinen. Das war ihr nicht schwergefallen. Die Mutter hatte ihr das Weinen schon lange verboten. Wegen des Lärms, damit die da draußen nicht hören konnten, dass es Meret gab. Bald hatte sie begriffen, dass es bei der Nadelstrafe anders war. Da war es besser, möglichst rasch zu weinen, lautlos natürlich, dafür mit dicken Tränen. Dann ging es schneller vorbei und die Mutter zog die Nadel flink wieder heraus, wickelte sie in die Verpackung, steckte alles in ihre Tasche zurück und gab Meret ein weiteres Wattepad. »Drück es noch einen Moment auf den Arm, damit keine Käfer reinkommen.« Sie strich mit den Daumen die Tränen von Merets Wangen und saugte zuerst den rechten, dann den linken mit einem Schmatzer trocken.

Meret hätte gern gewusst, wie die Käfer aussahen, die nicht in das kleine Loch in ihrem Arm kommen durften. Ob es jene winzigen, braunen waren, die manchmal zwischen den Holzdielen hervorkamen und wie halbe Apfelkerne durchs Zimmer fuhren. Leise und vorsichtig. Doch seit die Mutter mal einen von ihnen zwischen Daumen, Zeigefinger und Mittelfinger zermalmt hatte, mit kleinen kreisenden Bewegungen, und gesagt hatte, sie solle weniger krümeln beim Essen, sprach sie lieber nicht mehr über die Kleinen. Sie mochte sie irgendwie. Sie schienen immer etwas zu tun zu haben und nie darüber nachzudenken, wohin sie unterwegs waren und warum. Sie erinnerten sie an den komischen Menschen mit den halblangen schwarzen Haaren und dem weißen T-Shirt, der meist am Tag der Sisi-Tasse und am Tag der Sternzeichen-Schütze-Tasse kam, auf der stand, dass Meret ein fantasievoller, offener, wahrheitsliebender Mensch sei und nicht gern allein. Sie fragte sich immer wieder, ob Mama das überhaupt mal gelesen hatte, denn dann wüsste sie ja, dass Meret es schlimm fand, dass sie oft allein war. Aber es war ihr dann doch nie so wichtig

gewesen, dafür eine Nadelstrafe auf sich zu nehmen. Vor allem, weil sie die Antwort ohnehin ahnte. Mama hatte es sehr wohl gelesen, sie konnte einfach nichts an ihrem Leben ändern und sie hatte es doch schon hart genug. Wenn Meret sie danach fragen würde, würde sie darum nur wieder traurig werden und sie nicht mehr ansehen und nicht mehr mit ihr sprechen.
Der komische Mensch wirkte irgendwie ganz anders als Mama. Wie die Käfer kam er einfach und ging und tat seine Dinge so ruhig und klar, als gäbe es gar keinen anderen Weg. Interessant sah er aus, irgendwie anders als Mama und Julie. Und nicht gefährlich, obwohl er doch einer von denen da draußen war, die sie holen wollten. Aber Mama wusste sicher besser, was gut war für sie, und sie wollte nicht, dass Meret ständig am Fenster klebte, wie sie es nannte. Sie hatte bestimmt ihre Gründe dafür.

Dennoch hatte sie auch heute schon seit dem Frühstück auf ihn gewartet. Als er endlich gekommen war, hatte die heiße Luft wattige Fetzen von Worten und Gelächter an ihrem geschlossenen Fenster vorbeigetragen. Kaum hörbar waren sie von Meret weggeflogen, doch als sie die Augen geschlossen hatte, hatte sie dieselben Geräusche durch das Treppenhaus hochsteigen hören, doppelt, klarer, echter. Dann war die Tür ins Schloss geklickt, wie immer. Was jeweils folgte, war der heilige Moment. Wenn alles wieder reglos war da draußen, blieb der Mensch nämlich oft noch ein Weilchen drüben unter dem Balkon des Motels stehen, aß etwas und starrte auf das Loch in der Wiese. Die Tage, an denen er wie heute blieb, brachten sogar noch mehr Glück als ein guter Elsterntag.

Freudig schlich Meret zum Fenster zurück. Sie versuchte, möglichst flach zu atmen, damit das Glas nicht beschlug. Schon hörte sie Mama auf der Treppe im Flur. Schnell rieb sie den Abdruck ihrer Nase von der Scheibe, setzte sich an den niedrigen Tisch und beugte sich über ihr Heft. Die Mutter drehte den Schlüssel und kam ohne zu klopfen ins Zimmer. »Hallo, meine Prinzessin.«

Nora ließ sich auf den zweiten Stuhl fallen und blies sich in den Ausschnitt ihres hellblauen Sommerkleides. Unter den Brüsten klebten zwei Halbmonde aus Schweiß. »Das ist ja vielleicht eine Bruthitze hier drin.« Sie stemmte sich gleich wieder hoch und öffnete das Fenster mit dem Schlüssel, wedelte mit den Armen noch mehr heiße Luft ins Zimmer, verschloss es wieder und seilte das Band mit dem Schlüsselbund in den Graben zwischen ihren Brüsten ab.
Dann setzte sie sich wieder zu Meret an den Tisch. »Wie kommst du voran, Schätzchen?« Sie tippte mit dem Finger auf die kleinen Kästchen mit den riesigen Zahlen, die Meret bis vor dem Mittag hätte zusammenzählen sollen. Das Buch war neu und roch nach Leim. Jedes Mal, wenn sie eine neue Seite aufschlug, hoben sich die Blätter störrisch an und Meret musste ihren Handballen auf den Graben dazwischen drücken, bis sie es in dem dünnen Kartonstreifen hinten am Buch leise knacken hörte und das Papier nachgab, sich brav niederlegte, damit Meret die Aufgaben darauf lesen konnte.

Schriftliche Addition hieß das aktuelle Kapitel. Wofür das gut sein sollte, verstand Meret nicht. So viele Dinge gab es doch gar nicht, als dass man sie hätte mit so großen Zahlen benennen können. Da war sie sich ganz sicher. Gestern Abend hatte sie ihr ganzes Zimmer untersucht und alles gezählt, was sie gefunden hatte. Elf Farbstifte, zwei Filzstifte, einen Bleistift, fünf Bücher, dreiundzwanzig Blatt Zeichenpapier, ein geheimes Tagebuch hinter dem Spülkasten (einer), ein Schreibheft, ein Tisch mit vier Beinen, zwei Stühle mit zusammen acht Beinen, eine Zahnbürste, eine Zahnpastatube mit einem Deckel, ein Becher zum Spülen, ein Trinkglas, ein Kissen, eine Decke, ein weißer Kissenbezug mit fünf Flecken darauf, ein weißer Deckenbezug mit einem Flecken darauf, ein weißes Leintuch ohne Flecken, eine Matratze mit zwei großen und einem kleinen Fleck, ein Bettgestell mit fünfundzwanzig Leisten (eine davon zerbrochen), ein Kontrollfensterchen, ein Fenster nach draußen, eine Tür, ein Fenstersims, ein Fenstergriff (abgeschlossen), ein Türrahmen, ein Türgriff, ein Schlüsselloch, vier Wände, eine Decke, ein Boden, ein Foto mit drei Pferden darauf und unzähligen Grashalmen, ein Foto von Mutters Mutter als junge Frau mit Hosen, die unten wie zwei Glocken aussahen, und geraden langen Haaren (auf dem Bild nicht zählbar). Eine Kette mit einem Anhänger aus zwei Wassertropfen mit Augen, die sich aneinanderschmiegten (von Mamas Vater), eine Trennwand, dahinter eine Kloschüssel mit Brille und Deckel, die Wassertropfen im Klo (nicht zählbar), ein Waschbecken mitsamt Wasserhahn, eine Duschkabine mit durchsichtigen Wänden, ein Shampoo, eine Seife, ein Dispenser mit Desinfektionsmittel, eine Kommode, drei Lampen mit insgesamt sechs Batterien drin (zwei zum Rumtragen, eine zum Hinstellen), drei Packungen Wattepads, zwei Stoffbären (einer klein, einer groß), eine kleine Schere mit runden Spitzen für die Nägel, eine größere Schere mit runden Spitzen für das Papier und die Wolle, ein Leimstift, drei Unterrichtshefte (die vollen nahm Mama mit), vier Schulbücher (Mathe, Grammatik, »Die Pfahlbauer« und »Tiere zeichnen leicht gemacht«), eine echte Puppe und ein Buch mit einer fotografierten Puppe in einer Sprache, die sie nicht verstand (»The Lonely Doll«). »Alice im Wunderland«, sieben Bände »Die Chroniken von Narnia« (mit sehr vielen Seiten), acht Unterhosen, acht Paar Kniestrümpfe, sieben Kleider (zwei davon mit langen Ärmeln, die kamen in Paketen, die mit Julies Namen angeschrieben waren und bunte Kleber mit gezackten Rändern hatten), zwei Baumwolljacken, ein Paar Pantoffeln, eine Wolljacke, ein Heizkörper mit zweiunddreißig Rillen, ein Wecker, eine Häkelnadel, ein Knäuel lila Wolle, eine Haarbürste, ein Topf mit Creme, ein CD-Player, vier CDs (Elvis, The Beatles, Kim Wilde und Vivaldis »Vier Jahreszeiten«). Ein Hamster, ein Käfig, ein Trinkgefäß, ein Fressnapf, eine halbe Kokosnussschale, Strohhalme (zu unappetitlich zum Zählen), Futterkörnchen (sie hatte angefangen, sie zu zählen, aber es war sinnlos, ihre Anzahl änderte sich ja jeden Tag).

Und dann gab es natürlich die Dinge, welche die Mutter ins Zimmer brachte und dann wieder mitnahm. Zum Beispiel die Safttüten und die Gläschen mit dem Essen und die Esslöffel. Oder die Tages-Tassen für die

Milch am Morgen und für die Schlafmilch am Abend. Aber auch die fertigen Zeichnungen, die vollen Hefte, schmutzige oder zu klein gewordene Kleider. Hinzu kamen die Dinge, die verschwanden, weil Meret sie aß: der Brei, die Bananen, die Orangen, der Zwieback, die Joghurts, die Marmelade oder die Käsescheiben.
Trotzdem. All diese Dinge zusammen ergaben niemals so große Zahlen wie jene im Heft. Außer vielleicht, wenn man alle Haare und Gräser einzeln zählte und noch dazu alle Blätter der Glyzinie vor dem Fenster, die Seiten der Hefte und Bücher, die Wörter und Buchstaben und die Käfer zwischen den Bodendielen.

»Prinzesschen, du bist heute ja gar nicht bei der Sache«, sagte Nora und lächelte. Es war nicht das enttäuschte Lächeln, das Meret so fürchtete, sondern das müde. Meret mochte es zwar auch nicht, aber Mama wurde dabei selten wütend. Nora hakte sich mit dem kleinen Finger eine Haarsträhne aus dem Gesicht und sagte: »Na ja, ist ja auch kein Wunder bei diesem Wetter. Geh und dusch dich kurz kühl ab. Das macht dich wieder munter. Danach musst du die Rechnungen leider allein fertig machen. Ich geh' gleich los.«
»Und wann kommst du wieder?«
Nora stand auf und zog Merets Kopf sanft an ihren Bauch. Ihre Hände waren zwei warme, feuchte Schalen, eine lag auf Merets Rücken, die andere schloss sich um ihr Haar. Nora drehte ihren Oberkörper sanft nach rechts und nach links und wieder zurück, wiegte das Mädchen, das längst viel zu groß geworden war für dieses Zimmer.

»Bald. Und irgendwann nehme ich dich mit und wir gehen zusammen weg.«
Nora küsste Meret auf die Stirn, schloss kurz die Augen und dann die Tür hinter sich. Meret spürte die warmen Flecken auf dem Kopf und auf dem Rücken, wo Mamas Hände gelegen hatten. Sie würde nicht duschen.

Kapitel 4

Freitag, 19. Juli 2013, 15:42

Nora fuhr rückwärts aus der Einfahrt des Motels. Als sie das Auto wendete, spürte sie Merets Sehnsucht im Nacken. Irgendwann werde ich mein Versprechen wahr machen und ihr die Tür öffnen, sie an der Hand nehmen und mit ihr unter den offenen Himmel treten. Dann sind wir frei. Bloß wann? Und wie? Sie wusste es nicht und hatte es noch nie gewusst. Alles war einfach immer geschehen, hatte Tag für Tag stattgefunden und sie beide mitgetragen.

Dennoch, das Versprechen blieb. Es war ihr Mantra und es flutete mit der gleichen Unabdingbarkeit ihr Sein, mit der sie atmete. Nicht weil sie sich dafür entschieden hatte, sondern weil es ihr beschieden war. Sie lebte nun mal. So war das eben.

Früher hatte das Geheimnis, das nur sie, Meret und Julie teilten, sie ausgefüllt. Die Gewissheit, das Richtige und einzig Mögliche zu tun, hatte ihre Schritte gelenkt. Doch seit ein paar Monaten flimmerte es im Kern dieser Ruhe. Das Geheimnis lag in ihr wie ein schlaffer Schlauch mit einem Leck. Ein Teil von ihr hatte schon seit Anbeginn der Zeitrechnung, seit Merets Geburt also, gewusst, dass sie nie mit ihr unter den freien Himmel treten würde. Dieser Teil hatte das nie gewollt und würde es nie wollen. Damit hatte sie fast dreizehn Jahre lang gut gelebt. Doch nun breitete sich dieses Wissen in ihr aus wie ein Pilz, der sich unbemerkt in ihr niedergelassen hatte und nun seine unsichtbaren Fäden in sie trieb, immer tiefer und tiefer. Und als sie es endlich bemerkt hatte und ihren eigenen Lügen nicht mehr glaubte, war es schon zu spät gewesen.

Je näher sie der Stadt kam, desto dickflüssiger wurde der Verkehr. Nora öffnete die Fenster und neigte den Kopf ins Freie. Atmen. Heute würde Stefan nach Hause kommen. Es war ihr fünfter Hochzeitstag und sie wusste, dass sie sich in den Fäden ihres Pilzes verheddern würde. Wenn nicht heute, dann bald. Denn Stefan wollte Kinder.
Beim Gedanken an ihren Mann seufzte sie und ließ sich ruhig in die Stadt treiben, je zäher der Verkehr, umso besser. Ihr wahres Ziel lag nicht am Ende dieser Straße. Zu leben, ohne dass es wehtut, wäre schon genug, dachte sie.

Nora seufzte und fuhr an der Siedlung beim alten Wehrturm der Stadt entlang. Mit fünfzehn hatte sie einen One-Night-Stand gehabt mit dem Typen, der damals den Turm bewohnt hatte. Er hatte sie nach einer durchsoffenen Nacht in die armtiefen Mauern mitgenommen. Sie waren sich in der Hafenkneipe begegnet, ein Relikt aus den Zeiten, als es noch kaum Möglichkeiten gegeben hatte, nach Mitternacht weiterzusaufen. Irgendwann hatte ein Typ im zerknitterten Anzug sie gefragt, ob sie noch mit zu ihm nach Hause kommen wolle. Er sah aus wie eine geschrumpfte Variante von

Sylvester Stallone und hatte eine viel tiefere Stimme als die Jungs in ihrer Klasse. Das hatte sie interessiert. Aber vor allem war sie mitgegangen, weil sie es aufregend gefunden hatte, in einen echten Mittelalterturm entführt zu werden. Wie in einem Film eben. Ja, daran musste es wohl gelegen haben. Im richtigen Leben hätte sie sich sicher schon längst unter einem Vorwand nach Hause verzogen gehabt, in der Hoffnung, dass Papa noch wach gewesen wäre, bereit für einen Schwatz. Das wäre sicher schöner gewesen als die Realität im grauenden Morgen. Der Kerl selbst war definitiv kein Ritter gewesen, eher ein Waschlappen. Im feuchten Dämmer des Turmzimmers hatte er etwas über ihre Jungfräulichkeit gelallt, und sie hatte abgeklärt abgewinkt und sich auf den Rücken gelegt. Er hatte sich auf Nora gesenkt, während sie die mächtigen Balken an der Decke studierte. Sie waren das einzige Mittelalterliche hier. Der Boden war mit einem beigen Spannteppich belegt und an der Wand hing eine Waldtapete. Während sich der Typ mit einem Kondom abmühte, erhob sich der Labrador in der Ecke von seinen Kissen, sprang ihm auf den Rücken und stieß tüchtig zu. Das war's dann schon gewesen und sie hatte ihr Hymen doch behalten, dem Hund sei Dank. Nicht dass es ihr besonders viel bedeutet hätte, nicht mehr als die Haare in ihren Achselhöhlen oder Sex im Allgemeinen. Der war einfach etwas, was Leute ab einem gewissen Alter offenbar miteinander taten. Sie dachte dabei nur an teigige Bäuche, müffelnde schwarze Büschel oder blasse Kringel auf Venushügeln, an Nippel, die ihr unangenehm keck entgegenstachen, oder helle Teller auf schweren Hautlappen. Es war ihr egal, warum sie das alles eher abstieß als aufreizte. Vermutlich war sie einfach so veranlagt. Nicht wie Papa.

Nora hielt auf dem Gehsteig vor dem Haus am Ende der Siedlung, die grafisch, grau und lang die Straße säumte. Sie lehnte sich aus dem Autofenster und steckte den Schlüssel in die Sperre des Parkplatzes für Mieter. Die Schranke hob sich und sie rollte in das andere Leben.

Als Stefan sich hier vor elf Jahren eine Wohnung gekauft hatte, war die Gegend enorm im Trend gewesen. Die gehobenen Kreativen waren in Scharen in dieses wilde Quartier der Partys und Fabrikateliers gezogen, hatten Kinder gemacht und zwangsläufig angefangen, sich über nächtliche Ruhestörungen durch Clubs zu beschweren. Das war lange bevor Nora ihn kennengelernt hatte. Jetzt war die Siedlung mit Laufrädern, Spaghetti-Stühlen und Feigenbäumen schon fast neo-spießig, das gab sogar Stefan zu. Den Ausdruck hatte er von seinem Freund Henrik, einem geschwätzigen Werber, der auch eine Kolumne über das Leben in der Stadt schrieb. Stefan war ihm fast hörig; was der Gockel mit den hellblauen Augen und der lederbraunen Haut darunter verkündete, war Gesetz. Darum hielt Stefan nun die Augen offen nach einem neuen Quartier, wo noch das herrschte, was Henrik »Pioniergeist« nannte. Nach einem Ort, wo die Trendsetter hingingen, bevor es alle anderen ihnen gleichtaten.

Nora fuhr mit dem Lift in den vierten Stock und ging die schattige Galerie entlang bis zur dritten Tür rechts.

Selbst hier strahlte der Boden noch warm ihre Beine hoch. Weit unten hinter ihr blubberte Kinderlachen. Im Sommer saßen die Familien auf ihren Balkonen oder auf der Wiese am Flussufer hinter der Siedlung. Es roch nach Grill und Sonnencreme, nach Menschen, die wissen, wie man sich amüsiert, dachte Nora. Sommereinsamkeit legte sich um sie.
Sie fühlte sich schmutzig und klein, als sie die Tür aufschloss und in den großen, eleganten Raum trat. Hier stand die Luft still und die Sonne drängte bis in die letzten Winkel, obwohl es bereits Abend war.
Sie warf Tasche und Schlüssel auf den Gussbetontisch, schob die Schiebefenster auf und die hellgrauen Stoffbahnen davor, um die Schärfe der Sonne wenigstens abzudämpfen. Im sanften Licht schäumte sie sich die Hände in der offenen Küche ausgiebig mit Rosen-Mandel-Seife ein und wedelte damit herum. Die unbewohnte Luft der vergangenen Tage saugte die Moleküle auf und roch wieder nach Leben. Stefan durfte nicht riechen, dass sie weggewesen war und anderswo geatmet hatte. Dann öffnete sie den Kühlschrank, stellte zwei Flaschen Rosé nach vorn und schnupperte flüchtig an der offenen Milch. Sie roch käsig. Sie goss sie weg und entsorgte eine breiig gewordene Mango aus der Obstschale in einer Plastiktüte, die sie verknotete und in den Abfalleimer stopfte. Sie legte ein paar Blatt Küchenkrepp darüber.

Im Schlafzimmer, das eigentlich Teil des Wohnbereichs war, abgegrenzt lediglich von einem langen, schmalen Glasbehälter mit fast zwei Meter hohen Papyruspflanzen, knüllte Nora die Bettdecke auf ihrer Bettseite etwas in Unordnung und legte Åsa Larssons »Sonnensturm« darauf. Im Lounge-Bereich auf der anderen Seite der Pflanzenwand verpasste sie den gigantischen grauen Kissen ein paar Fausthiebe und entschuldigte sich im Geist bei der Putzfrau, die sie umsonst so hingebungsvoll in soldatischen Reihen ausgerichtet hatte. Als Letztes steckte sie das Audiokabel der Anlage in ihr iPhone und wählte die Play-List zu Gotyes »Somebody That I Used To Know«. Die Wohnung war geweckt.

Nun war sie dran. Sie ging ins Bad, steckte ihre Kleider in die Maschine und stellte sich unter die Dusche. Sie seifte sich ein, drückte den Duschkopf mit beiden Händen zwischen ihre kleinen, weißen Brüste und sah dem Schaum nach, der ihre Schienbeinkanten herunterrann, sich um ihre Unterschenkel schraubte und über die bronzefarbenen Mosaikplättchen im Abfluss verschwand. Nimm mich mit, dachte sie. Aber ohne Gefühle. Das war gut. Die Mama in ihr war weggeschlossen, Meret nur ein Wort.

Jetzt war sie bereit für Stefan, der Schalter war doch noch einmal in die richtige Position gesprungen. In letzter Zeit fiel ihr das immer schwerer und sie fürchtete sich vor dem Tag, an dem es ihr nicht mehr gelingen würde. Sie musste etwas tun. Weg. Meret zuliebe. Bevor Stefan sie sah, wie sie war. Bevor er misstrauisch wurde.
Sie trocknete sich gründlich Nacken und Bauch, rieb sich mit einem frischen Tuch unter den Achseln und in den Kniekehlen, in den feinen Falten zwischen Schenkeln und Scham und zwischen den Zehen. Jetzt war sie

wahrhaft sauber und trocken, war unberührte Haut. Nichts mehr an ihr war feucht, organisch, schmutzig. Sie glitt in ein sandfarbenes Seidenkleid und betupfte die Lippen mit Gloss. Sie puderte sich die Wangen und legte eine Andeutung von Wimperntusche auf, nur um das Blond der Härchen ein bisschen nachzudunkeln, das ihre Augen so konturlos und verloren machte, wie sie fand. Mehr durfte sie nicht tun, weniger auch nicht. Stefan wollte ein Make-up, das man nicht sah, künstliche Natürlichkeit. Andererseits wurde er nicht müde, ihr zu versichern, sie gefalle ihm immer, egal ob mit oder ohne Farbe im Gesicht. Aber Nora wollte sich nicht darauf verlassen. Ihm zu gefallen, war zu wichtig, um es dem Zufall zu überlassen. Hauptsache, er war arglos und glücklich. Nora steckte sich die Apricot-Flussperlen an die Ohren, die Stefan ihr aus Singapur mitgebracht hatte, zusammen mit einer Magendarmgeschichte.
Nach der Metamorphose legte sie sich auf das helle Lounge-Sofa mit Blick auf die Terrasse. Hinter der lebensgroßen Buddha-Statue und den Bambustöpfen ragte das gläserne Hochhaus in den Vorabendhimmel, ein Kristall vor Aquamarin.
Vor ihr auf dem Tisch aus Mooreiche stand ein Glas Wasser. Es warf schwankende Lichtflecken auf das Holz. Das würde Meret gefallen. Sie würde das Wasser umrühren und stundenlang zusehen, wie die Punkte auf dem Tisch tanzten. Was würde sie von dieser Welt halten? Hätte sie je zusammen mit ihr und Stefan hier leben können? Vielleicht wäre sie fasziniert gewesen von der Weite und der edlen Klarheit, vielleicht hätte sie sich auch einfach verloren gefühlt in der glatten Kühle. Aber

das würden sie nicht mehr herausfinden. Es tat Nora gut, nach all diesen Jahren endlich so klar zu sein.

Es klingelte. Stefan. Er mochte es, wenn Nora ihn nach seinen Geschäftsreisen liebevoll empfing. Er litt darunter, so oft ohne sie unterwegs sein zu müssen, und ahnte nicht, wie dankbar sie um jede noch so kleine seiner Abwesenheiten war. Nora öffnete die Tür, und der Algenatem des Flusses erschlug sie fast. Es war der Duft unzähliger glücklicher Nachmittage mit Papa im Bootsclub an der Limmat. Jetzt kroch er in die haarfeinen Risse in ihrer Seele, wollte sich dort aufblähen. Die Lifttüren schoben sich synchron zur Seite und gaben Stefan frei. Er strahlte. Die Krawatte und der Kragen waren gelockert und seine Hose vom Flug zerknittert. Nora mochte es, wenn er so unperfekt aussah, dann war er ihr schon fast nah. Sie hielt ihm ihre Wange hin, und er drückte ihr einen Kuss mitten auf den Mund.
»Happy Hochzeitstag, mein Schatz! Ah, jetzt will ich nur noch heim in den Stall.« Er zog sie hinter sich her in die Wohnung, wo er sich aufs Sofa plumpsen ließ und verkündete: »Ah, hier ist es einfach am schönsten. Du bist wunderbar!«
Nora glaubte ihm. Sie waren nun seit fünf Jahren verheiratet und er war anhänglich und aufmerksam wie eh und je. Er liebte sie. Was für ein Glücksfall, dachte sie traurig. Wenn es das gewesen wäre, was sie gebraucht hätte.
Stefan rutschte ein wenig zur Seite. »Komm, setz dich zu mir. Ich habe eine Überraschung für dich.«
Nora hasste Überraschungen, sie waren wie die Sonne. Aufdringlich und nicht kontrollierbar. Beängstigend.

Sie bewegte sich träge zu ihm hin und sagte nichts. Schweigen und Langsamkeit waren ihre einzige Waffe gegen die Panik, die sich wieder einmal in sie ausgießen wollte, ihre Wangen taub machte und in der Haut zwischen Oberlippe und Nase ein Nest aus kribbeligen Ameisen weckte. Dabei war sie doch so zufrieden gewesen damit, wie beherrscht sie trotz der Hitze war. Rasch kehrte sie um und ging zum Kühlschrank, damit Stefan ihr Gesicht nicht sah. Sie holte eine Flasche Rosé heraus und zwei Gläser, stellte beides auf ein Tablett und platzierte übertrieben sorgfältig einen Becher mit Oliven und einen mit Grissini daneben.

Als sie nebeneinandersaßen, beide ein Glas in der Hand, holte Stefan tief Luft und sagte: »Wir fahren nach Paris! Nur du und ich. Und dann wird gebumst, was das Zeug hält. Wir müssen endlich Kinder machen, Nora, eine ganze Fußballmannschaft!«
Nora war unangenehm berührt von der Saloppheit, mit welcher Stefan seinen Text vortrug. Ganz offensichtlich hatte er das geprobt und war aufgeregt wie ein Junge, der Angst hat, die Eltern könnten seinen Geburtstagswunsch ablehnen. Er ist immer so abhängig von meinen Reaktionen. Und dabei ahnt er nicht, dass ich es bin, deren Leben von ihm abhängig ist, seit dem ersten Tag. Was wäre ich ohne das Geld? Ich und Meret? Sie beschloss, nicht groß darauf einzugehen, und gab Stefan einen Kuss.

Knapp zwei Stunden später standen zwei leere Flaschen auf dem Tisch und Stefans Augen waren glasig. Sein

Kopf lag in Noras Schoß, in seinen Mundwinkeln glänzte Speichel, wie immer, wenn er zu schnell und zu viel erzählt hatte. Von London, seinem Chef, den Plänen für eine größere Wohnung und immer wieder von Paris.
»So, mein Schatz«, rollte seine schwere Zunge. »Und wie geht's jetzt weiter mit uns zwei Schönen? Hm?«
Nora schraubte an ihrem Ohrring. »Wie meinst du das?«
Stefan rollte sich zur Seite und stützte sich auf seine Ellbogen, rutschte kurz ab und hievte seinen Oberkörper in die Senkrechte. Nun saß er neben ihr, ein trauriger Sack auf einem viel zu großen Sofa.
»Kinder. Nora, ich will endlich Kinder, ich meine es ernst.« Er klang weinerlich.
Mist, dachte sie. Nun war es also so weit, diesmal ließ er sich nicht mehr länger vertrösten. Na ja, irgendwann hatte das ja kommen müssen. In der Luft gelegen hatte es seit Monaten. Was sollte sie bloß tun? So viel wusste sie mittlerweile: Nie und nimmer würde sie mit Stefan Kinder haben. Denn dafür müsste sie Meret im Stich lassen. Oder ihm endlich von ihr erzählen. Bloß war es dazu längst zu spät.
Der Alkohol machte Stefan ungewohnt hartnäckig. »Ich meine, es ist doch wunderbar, was wir hier haben. Hammermäßig.« Er schwenkte seinen Arm schwer vor sich her, wie ein besoffener General. »Aber etwas fehlt einfach. Verssesu? Was ist der Mensch schon ohne Kinder? Wir sind doch auch nur Tiere. Ficken und Jagen. Das ist das Einzige, was wirklich zählt. Verssesu mich, Baby? He, schau mich an, wenn ich mit dir rede.«
Nora zupfte an dem kleinen Faden am Saum, der sie schon den ganzen Abend am Oberschenkel gekitzelt

hatte. Jetzt nur nichts vorschnell kaputt machen. Kein Kleid, keine Ehe, kein heimliches Kind und schon gar nicht das Gleichgewicht. Du darfst nie das Gleichgewicht verlieren, hatte Papa immer gesagt, wenn sie zusammen auf den Großen Mythen gestiegen waren, Schritt um Schritt, er meist schon leicht angeschickert. Unser Berg, hatte Papa ihn genannt. Und dann hatten sie oben einen Most getrunken, sie einen süßen, er einen sauren, und die Alpendohlen gefüttert.

Wie konnte Stefan es nur wagen, diese Regel zu missachten? Die Wut, die so lange in Nora geschlafen hatte, blähte ihr die Lungen, drückte ihr die Zähne zusammen, formte Worte in ihrem Kopf, die, einmal ausgesprochen, alles vernichtet hätten, was sie so sorgfältig aufgebaut hatte. Sie schluckte, erschrocken über die unvermittelte Wucht ihrer Gefühle. Sie musste die Kontrolle behalten. Musste sorgfältig planen. Sie schloss die Augen und befahl das Ungetüm in den sauren Tümpel ihres Magens zurück, wo es abtauchte und auf die nächste Gelegenheit wartete. Weg war es nicht. Nora trank einen Schluck Wasser.
»Hast du dir noch nie überlegt, warum es bei uns noch nicht eingeschlagen hat? Hm?«, riss Stefan sie aus ihren Gedanken. Die Haut um seine Nase war gelb, eine Schweißträne löste sich aus seinem Haaransatz. Er stank nach Wein und Weinerlichkeit. Nein, hab' ich nicht, Stefan, antwortete Nora innerlich, dachte an das Döschen ganz unten in ihrer Handtasche mit den rosa Pillen, die sie jeweils aus dem Blister herausdrückte, damit Stefan nicht erkennen könnte, dass sie ihm schon

lange Kinder verweigerte, falls er sie mal fände. Die Blister warf sie sicherheitshalber irgendwo draußen in einen öffentlichen Abfalleimer.
Dass sie von ihm nicht schwanger geworden war, hatte nichts mit Zufall oder Schicksal zu tun.
Sie schaute ihn an. Seine Augen waren schön. Tieraugen. Für einen Augenblick hatte sie Mitleid mit ihm.
»Nach Paris machen wir einen Test, wir beide. Und wenn's nicht klappt, dann adoptieren wir eben. Muss ja nicht ums Verrecken was Eigenes sein, weissu. Es gibt weiß Gott genug arme Kinderlein da draußen, die dringend ein paar coole Eltern wie uns gebrauchen könnten. Ich nähme irgendeines, Hauptsache, wir sind endlich eine richtige Familie.«
Das wäre meine Chance, ihm von Meret zu erzählen, dachte Nora und wusste im selben Moment, dass sie es nicht tun würde. Viel zu oft schon hatte sie sich ausgemalt, wie verletzt Stefan darauf reagieren würde, dass sie ihr zweites Leben so lange vor ihm geheim gehalten hatte. Bereits kroch die Panik ihr wieder ins Gesicht, doch bevor sie wusste, was sie tat, hatte sie die Frage ausgesprochen: »Und was, wenn ich, rein theoretisch natürlich, schon ein Kind hätte, irgendwo bei seinem Vater? Würdest du auch das nehmen?«
Stefan starrte sie kurz an, lallte dann: »Jaja, meine Schönheit. Alles, wassuwillst. Mmmmm, aber jetzt komm und schlaf mit mir.«
Er versuchte, nach Noras Arm zu greifen. Sie zog ihn rasch zurück und erhob sich.
»Ich mach' mich mal frisch.«

Sie ging ins Bad und drehte den Schlüssel zweimal im Schloss.

Ihr Gesicht im Spiegel bewegte sich nicht. Wie konnte sie nur? Vielleicht würde Stefan ihre Frage wieder vergessen, die Chancen standen gut. Zudem hatte er sie als Scherz verstanden. Aber sie würde aufpassen müssen. Er durfte sie auf gar keinen Fall je danach fragen, was sie damit gemeint hatte. Sie wusste nicht mehr mit Gewissheit, welcher Teil von ihr darauf reagieren würde. Stefans Frau oder Merets Mutter. Oder Ezechiels Pflegekind. Nora schlug mit der Faust auf die blasse, flache Frau vor ihr ein, immer wieder, gleichmäßig, der Spiegel durfte nicht zerbrechen. Endlich hatten sich die kleinen Schmerzen der Schläge zu einem einzigen großen Schmerz verdichtet und sie konnte wieder atmen. Sie würde mit Stefan nach Paris fahren, um Zeit zu gewinnen.

Die Kinder würde sie ihm dort wohl kaum ausreden können. Dass er eine Familie wollte, wusste sie schon lange. Aber bis jetzt war das für sie nur ein lästiges Hintergrundgeräusch in ihrem Arrangement gewesen. Sie war Stefan eine gute Ehefrau, schön und umsichtig, und er gab ihr im Gegenzug reichlich Geld und freie Zeit. In der sie für Meret da sein konnte. Sie hatte immer angenommen, wenn das mit den Kindern nicht klappe, verliefe die Sache irgendwann im Sand. Doch nun meinte Stefan es offenbar wirklich ernst. Das war der Tropfen, der das Fass zum Überlaufen bringen würde. Der Tropfen, auf den sie eigentlich schon lange gewartet hatte, wenn sie ehrlich zu sich selbst war.

Nach Paris würde sie aus dieser Ehe wegmüssen. In Frieden und ganz ohne Aufhebens, vor allem aber mit einer guten Abfindung. Sie musste mit Julie sprechen.
Nora schlüpfte aus ihrem Kleid, duschte nochmals, reinigte sich ausgiebig das Gesicht und putzte sich die Zähne. Vielleicht schlief Stefan ja, bevor sie ins Bett käme. Genug gesoffen hatte er ja.

Doch als sie endlich möglichst leise ins Schlafzimmer schlich und sich neben ihn legte, schob er sich schwer und klebrig auf sie, brabbelte ihr Worte ins Haar und flutschte nach ein paar Minuten belämmert und glücklich von ihr, nahtlos in den Schlaf der Besoffenen. Nora strich ihm kurz über den seidenweichen Pelz auf seinem Unterarm.

Dann ließ sie sich aus dem Bett gleiten, schnappte sich Stefans Hemd vom Boden und wickelte sich darin ein. Handy und Schlüssel steckte sie in das Brusttäschchen. Nach kurzem Zögern fischte sie das Blechetui mit ihren Parisiennes und den Streichhölzern aus der Handtasche. Sie ging barfuß die Galerie vor der Wohnung entlang bis zur Außentreppe und stieg die vier Stockwerke zum Flussweg hinab. Dabei vermied sie jeden Blick in fremde Fenster, auch wenn man hier gern zeigte, was man hatte, Geschmack, Geld und Familienglück aus dem Bioladen, Flachbildschirm inklusive.
Nora ging an blau zuckenden Fenstern vorbei und verharrte kurz auf der letzten Stufe, bevor sie ihre Füße auf die Granitplatten des Hofs setzte. Kühler Stein unter nackten Sohlen. Das war taufrüher Sommermorgen,

Rosen im Garten, die noch stramm und verschlossen waren, das war die Verheißung eines trägen Tages und Sonne auf der Haut. Das war Papa.
Papa sitzt unter der Pappel im Garten ihrer Wohnung am Fluss. Nora schmiegt sich an ihn, die Augen geschlossen, und schnuppert wie ein kleiner Hase. Sie riecht Kaffee, Zigaretten, Schlaf und Aftershave in den warmen Falten seines Halses.
Während im alten Haus hinter ihnen noch alle schlafen, erzählt er ihr seine Träume und raucht. Am liebsten mag sie die Geschichte mit dem Postboten, der einen Brief in einen Briefkasten werfen muss, der unter Wasser im Swimmingpool hängt. Alles ist kühl und türkisblau, als der Mann in seiner Uniform nach unten taucht. Sonnenflecken schillern auf dem Boden des Beckens, nur der Briefkasten leuchtet gelb wie eine Banane. Papa muss diesen Traum oft erzählen. Und Nora will jedes Mal wissen, ob der Brief dabei nicht nass wird, aber Papa lächelt nur und zuckt mit den Achseln.

Die Granitplatten unten an der Treppe waren gar nicht kühl. Trocken und warm hockte der vergangene Tag noch in ihnen. Sie zündete sich eine Parisenne an und ging durch die schwere Luft zur Böschung am Fluss. Die Füße im Wasser, wählte sie Julies Nummer. Das Handydisplay zeigte 01:27 Uhr.

Merets Tagebuch

Einundzwanzig Wochen und fünf Tage vor meinem dreizehnten Geburtstag, später Nachmittag

Julie lässt mich nicht mehr heimlich nach unten, wenn Mama weg ist. Mama hat es herausgefunden und war so wütend wie noch nie. Sie hat zwei Tage kein Wort mehr mit uns geredet. Ich weiß immer noch nicht, wieso sie plötzlich etwas gemerkt hat, wir haben das ja schon lange gemacht, eigentlich seit Mama nicht mehr bei uns wohnt. Julie hat sicher nichts verraten und ich sowieso nicht. Vielleicht haben wir mal was liegen lassen oder so. Julie vergisst manchmal Dinge, habe ich gemerkt. Ich glaube, Mama ist wirklich ein bisschen wie Gott und weiß alles. Das ist unheimlich.

Nach der Sache mit Julie hat Mama dann viermal die Nadelstrafe mit mir gemacht. Um mich vor meiner eigenen Dummheit zu schützen, hat sie gesagt. So oft hintereinander hat sie es noch nie machen müssen. Aber ich fand es gar nicht so schlimm. Blöd finde ich nur, dass ich jetzt nicht mehr mit Julie nach unten gehen kann. Das war immer so lustig.
Ab und zu ist sie plötzlich in mein Zimmer gekommen und hat ihren dünnen Zeigefinger übertrieben geheimnisvoll unter ihre Nase gedrückt und laut »Psssssssst« gemacht, bis kleine Spucketeilchen aus ihr herausgespritzt sind. Dann haben wir immer gelacht und ich bin

hinter ihr her auf den Teppich vor meinem Zimmer geschlichen. Er ist ganz weich zwischen den Zehen und der Staub klebt an den Füßen wie ein feines Fell. Dann half sie mir, auf der Treppe nach unten zu rutschen, weil meine Beine irgendwie so schnell müde werden.
Im Wohnzimmer hatte Julie meist schon eine Flasche Baileys auf den Tisch gestellt, für sich selbst natürlich. Das ist so ein Kaffeezeug, von dem sie anfängt, ganz, ganz viel zu reden und zu lachen. Mir gefällt das, aber ich trinke es selbst nicht. Dafür bin ich zu klein, hat Julie gesagt. Ich finde das schade, auch wenn das Zeug irgendwie komisch riecht. Für mich hat sie dafür immer ein großes Glas mit Pfefferminzsirup gemacht. »Wie die Franzööösen, oh là là«, hat sie dann gesagt und ihr Glas in die Luft gehoben, und ich musste das auch tun.
Die Franzööösen, das sind auch Leute von draußen, aber sie leben nicht hier, sondern ungefähr dort, wo die Sonne untergeht, hat Julie mir erklärt. Dabei hat sie zum geschlossenen Fensterladen gezeigt und gesagt: »Das ist dort hinten.«

Sie hat mir noch andere Dinge von draußen erzählt. Ich glaube, für sie ist es auch irgendwie gefährlich. Sie geht nämlich fast nie raus, obwohl sie es ja eigentlich dürfte. Früher war sie oft dort, zum Einkaufen und so, doch jetzt nicht mehr. Aber sie muss auch nicht nach draußen. Sie hat ein besonderes Fenster, mit dem sie alles sieht, was dort passiert, sie nennt es Fernseher, weil man in die Ferne sehen kann damit. Wenn sie es nicht braucht, ist es einfach ein Kasten mit einer staubigen dunkelgrauen Scheibe. Ich habe immer gebettelt, dass sie es mir mal

zeigt, und sie hat ganz lange »Nein« gesagt. Irgendwann hat sie aber nachgegeben. Das ist das Gute an Julie, das tut sie immer, ganz anders als Mama. Und sie wird nicht einmal böse, sie lacht dann und sagt: »Na, da hast du mich ja wieder schön rumgekriegt, du schlaue kleine Maus, du.« Fast so, als wäre sie richtig stolz auf mich.
Ich weiß noch genau, wie sie mir gesagt hat: »Morgen, wenn Mama weg ist, stellen wir den Fernseher an.« Und dann hat sie mir zugezwinkert. Ich war so aufgeregt, ich glaube, die Nacht war etwa dreimal so lang wie normal. Und bis Mama dann endlich aus dem Haus war … Ich hätte mir am liebsten in die Finger gebissen. Das mache ich manchmal, wenn ich etwas nicht mehr aushalte. Aber da konnte ich es ja nicht tun, weil sonst hätte Mama gemerkt, dass ich wegen etwas nervös war.
Als sie dann endlich, endlich weg war, durfte ich mich auf Julies Sessel mit dem Schaffell setzen. Sie stellte mir eine Schale mit kleinen hellbraunen Kugeln hin und sagte: »Das sind Erdnüsse, du darfst dich auf keinen Fall verschlucken daran, ja? Und wenn dir davon komisch wird oder so, dann hör sofort auf, sie zu essen. Mama bringt mich sonst um. Dumm genug von mir, dir überhaut welche zu geben, aber sie gehören einfach dazu.« Dann nahm sie ein kleines Kästchen, das aussah wie das Telefon, das Mama früher mal hatte, und drückte darauf herum. Ich konnte es fast nicht glauben: Im Fenster tauchten plötzlich so kleine gelbe Männchen auf. Sie wohnten in einem gezeichneten Haus und hatten einen gezeichneten Hund. Aber trotzdem konnten sie sich bewegen und alles war wie echt, einfach gezeichnet. Sie hatten ständig Streit und es war sehr lustig, auch wenn

ich vieles nicht verstanden habe. Ich wollte wissen, ob die Welt draußen wirklich so aussieht, aber Julie sagte nur, dass sie mir das ein anderes Mal erklären muss, weil es ein bisschen kompliziert ist. Sie sagte auch, dass wir das besser nicht mehr machen, weil es nicht gut ist für mich. Sie nannte es eine Schnapsidee. Ich konnte sehen, dass sie auch Angst vor Mama hatte. Also habe ich sie getröstet und ihr versprochen, dass ich ganz, ganz, ganz, ganz, ganz sicher nichts verraten werde und dass sie da auch den lieben Gott fragen könne. Der weiß ja immer, was ich denke.

Ich frage mich trotzdem, ob es dort, wo Mama hingeht, auch flache gelbe Menschen gibt und was an denen so gefährlich sein soll, dass ich niemals nach draußen darf. Was wollen die eigentlich von mir? Ich habe denen doch nichts getan. Manchmal macht es mich wütend, dass ich Mama nichts fragen darf. Und den lieben Gott kann ich zwar alles fragen, aber er gibt mir ja nie Antwort. Und Mama hat auch gesagt, dass sie mich irgendwann mal mitnimmt. Also kann es doch nicht so extrem gefährlich sein.
Mama sagt dann immer dasselbe: »Eines Tages gehen wir zusammen unter dem freien Himmel von hier weg und alles wird gut.« Ehrlich gesagt weiß ich gar nicht, ob ich das wirklich will. Ich möchte gar nicht für immer weg, nur ein wenig schauen, was da ist. So schlecht ist es hier doch gar nicht. Außer wenn Mama weg ist. Oder wenn sie diese Tage hat, an denen sie nicht spricht.

Einmal, als ich noch runterkonnte, habe ich Julie gefragt, wozu das Loch in der Wiese vor meinem Fenster gut ist. Julie kann man nämlich alles fragen. Sie hat zuerst nicht verstanden, wovon ich spreche, aber dann hat sie gesagt: »Ah, du meinst das Bassin?« So heißt das Loch nämlich mit richtigem Namen. »Da hat deine Mama früher drin gebadet, wenn ihr Papa mal wieder auf einer Reise war oder eine neue Freundin hatte. Dann hat sie bei uns gelebt. Das war schön. Und manchmal haben auch die Kinder der Motelgäste darin geplanscht, aber nicht oft. Die meisten sind natürlich ohne Kinder gekommen.« Dann grinste sie. »Und einmal hat sogar eine nackte Frau drin gebadet.«
Sie weiß, wie sehr ich es liebe, wenn sie mir Geschichten über die Motelgäste erzählt. Ich finde es schade, dass fast keine mehr kommen. Dann gäbe es immer etwas zu sehen aus meinem Fenster und ständig würden neue Geschichten passieren. Aber mir reichen auch die alten.

Meine Lieblingsgeschichte ist die von dem Mann, der in einer einzigen Nacht drei Mal gekommen ist, jedes Mal mit einer anderen Frau. »Und bei jeder hat er den gleichen Namen ins Anmeldebuch geschrieben: Emanuelle. Heiliger Strohsack, war der fett«, sagte Tante Julie. »Entweder hatte der Unmengen von Geld oder er war ein Gott im Bett. Jesses, verrat der Mama bloß nie, was ich dir hier alles erzähle.« Aber das hätte ich sowieso nie gemacht, und Julie wusste das.
Dann musste sie mir von den drei Emanuelles erzählen. Sie erfand immer wieder neue dazu. Ich glaube, sie weiß selbst schon lange nicht mehr, wie die eigentlich

aussahen. Vielleicht hat sie sie auch einfach nur erfunden. Mir war das egal. Mir gefiel auf jeden Fall die eine am besten, die nackt gewesen ist. »Sie trug nichts außer einem Pelzmantel und goldenen Schuhen. Ihr Busen sah aus wie ein riesiger Hefeteig, ungebacken versteht sich, und sie stank wie drei Fischmärkte auf einmal«, erzählte Julie dann und musste husten vor lauter Lachen. »Und einen Mund hatte die, wie eine geplatzte Tomate!« Julie stülpte ihre Lippchen vor, um es mir vorzumachen, aber bei ihr sah es überhaupt nicht aus wie eine geplatzte Tomate, sondern eher wie zerknittertes Papier.
Einmal hatte Julie behauptet, die kaputte Kutsche vor dem Motel hätte der dicken Emanuelle gehört und sei von zwei Ebern gezogen worden, Schweinemänner mit langen Zähnen. Aber die seien dann abgehauen. »Der Gestank war sogar den armen Viechern zu viel. Tja, und seither steht die Karre eben hier. Hat sie wohl vergessen, die stinkige Hure.« Ich weiß natürlich, dass Julie das alles nur erfand. Für mich und auch für sich selber. Vor allem, wenn sie zu viel Baileys getrunken hatte. Aber ich fand es toll. Und ich vermisse ihre Geschichten.

Das ist jetzt alles vorbei. Dabei hatte sie mir versprochen, dass sie mich mal heimlich nach draußen mitnimmt, sobald der Sommer kommt, weil ich jetzt alt genug bin. Zuerst hatte ich das nicht gewollt, ich hatte Angst. Aber Julie hatte mich nur lange angesehen und dann gesagt: »Jaja, Kleines, klar. Ich passe auf dich auf und ich weiß auch, wann es gut ist. Vertrau mir.«
Aber jetzt hat sie keinen Schlüssel mehr für mein Zimmer. Mama hat ihn ihr weggenommen. Nun muss sie

mir mein Essen und die Schlafmilch und alles durch das winzige Fensterchen zum Flur reingeben, welches neben meinem Bett oben in der Wand ist. Das kann man nur von außen aufmachen. Manchmal würde ich gern dort rauskriechen, aber ich traue mich nicht. Mama würde es sicher wieder merken und dann wäre sie noch wütender und müsste mich und Julie wieder bestrafen.
Früher hatte das Fensterchen wenigstens einen Vorhang mit kleinen rosa Elefanten gehabt, aber Mama hat ihn abgenommen. Seither kann man einfach immer in mein Zimmer schauen. Ich mag das gar nicht, aber Mama will es so, damit Julie immer nachsehen kann, was ich tue und wie es mir geht. Wir nennen es darum nur das Kontrollfensterchen.

Wenn Mama so früh weg muss wie heute, finde ich es besonders schlimm, dass Julie nicht mehr zu mir kommen kann. Ohne sie ist es langweilig, und durch das Fenster reden ist auch irgendwie blöd.
Lieber Gott, manchmal nervt Mama noch mehr als du. Bitte sei nicht böse, ich habe dich gern. Oh ja, schick mir doch bitte eine kleine Flasche von dem, was Alice im Wunderland hat, damit sie sich klein machen kann. Ich werde dafür jeden Tag beten. Versprochen.

Kapitel 5

Samstag, 20. Juli 2013, 01:14

Julie sah zur Zimmerdecke hoch. Vier helle Flecken zogen sich vom oberen Rand der Scheiben über die Gipsplatten und knickten um die dunklen Deckenbalken herum. Alle paar Minuten wanderten sie von rechts nach links oder von links nach rechts, geschoben von den Scheinwerfern eines vorbeifahrenden Autos, bis sie sich ins Zimmerdunkel verdünnten und sich von neuem formierten. Die Reifen sirrten draußen auf dem Asphalt. Etwas kitzelte Julie im rechten Augenwinkel. Sie wollte es wegwischen. Befahl ihrer Hand, sich zu heben. Aber die gehorchte ihr nicht. Nur im Kopf winkelte sich der Arm an und schob einen Finger zum Auge. Der Körper, der Julies bewusstes Sein umschloss, bewegte sich nicht mehr, war eine Hülle, starr und begrenzt wie ein Sarg. Sie war plötzlich sehr, sehr müde. Vielleicht gehorchte ihr Körper darum nicht mehr. Ja, bestimmt lag es an der Müdigkeit. Das musste es sein. Sie würde einfach ein Weilchen schlafen und danach würde alles sein wie immer.

Aber dann zog jemand jäh ein Messer durch ihren linken Arm und bohrte es ihr seitlich in den Hals, tiefer und tiefer durch Haut, Fett, Muskeln, Knochen und die Faszien bis mitten ins Herz hinab. Hilfe. Dachte Julie. Unhörbar. Auch ihre Stimme war in der Hülle eingesperrt.

Dann war der Schmerz vorüber. Julie atmete tief durch, roch den Aschenbecher auf dem Hocker neben dem Bett und noch etwas anderes. Etwas Altes, Vertrautes. Steiner. Und Gustav. Dass mir nie aufgefallen ist, wie ähnlich die beiden Böcke rochen, ranzig und stur, dachte sie. Und sie dachte daran, wie sie als Kind die schwere Milchkanne ganz allein die staubige Straße entlanggeschleppt hatte. Sie immer beim Verschnaufen abwechselnd auf eine Fußspitze abgestellt hatte, damit sie sie überhaupt wieder hochwuchten konnte, um ein paar Schritte weiterzugehen. Und dann sah sie die Mutter, wie sie verkniffen den Kopf schüttelte, nur millimeterweise, damit es ja kein anderer bemerkte, weil sie schon wieder in der Kirche eingenickt war. Und Alfred, ihre große Jugendliebe, sein schiefes Auge, wenn er sie beim Tanzen von oben herab angrinste. Jäh explodierte der Schmerz in Julies Brust ein letztes Mal. Die Bilder zerplatzten wie Seifenblasen. Zwischen ihren Beinen breitete sich ein dunkler, warmer See aus und kühlte ab.

Meret saß kerzengerade im Bett. Was war das gewesen? Ein Schrei, nur ein ganz kleiner. Eher ein trockenes Bellen. »Julie?« Meret hörte die Straße und das feine Gluckern des Spülkastens hinter dem Wändchen zwischen Bad und Bett. Sie kniete leise auf die Matratze und schob sich zu dem Fensterchen zum Flur. Sie formte ihre Hände zu zwei Röhren, legte sie nebeneinander auf das Glas und drückte ihre Augen in die Löcher. Draußen war es dämmerig, nur durch das kleine Fenster am Ende des Gangs sickerte etwas Licht von der Neonschrift beim Motel.

»Julie?« Unvermittelt hatte Meret das Gefühl, der Flur blicke von draußen zurück. Hastig nahm sie die Hände vom Fensterchen und türmte ihre Bettdecke als Sichtschutz davor auf. Dann rollte sie sich ganz eng zusammen und legte sich das Kissen auf den Kopf. »Mama«, flüsterte sie. Laut zu rufen, traute sie sich nicht. Das hatte Mama verboten. Aber was, wenn die da draußen doch irgendwie ins Haus eingedrungen waren? Was, wenn der Schutz ihres Zimmers nicht mehr reichte und wenn sie Meret holten und mitnahmen?
»Lieber Gott, bitte schick Mama zu mir. Bitte, bitte, bitte. Ich werde nie mehr etwas Schlechtes denken, aber bitte rette mich«, flüsterte sie.

Dann erinnerte sie sich daran, dass sie am Abend die Schlafmilch nicht getrunken hatte. Seit Julie keinen Schlüssel mehr hatte und nicht mehr in ihr Zimmer reinkonnte, musste sie ihr alles durch das Fensterchen reichen. Ohne Julies Kontrolle ließ Meret die Milch ab und zu stehen. Mama hatte ihr erklärt, dass die Schlafmilch sie unsichtbar machte und die da draußen sie nicht finden konnten in der Nacht.
Sie wollte selbst bestimmen, wann es sie gab und wann nicht. Auch wenn sie ohne die Milch nicht recht einschlafen konnte und die wachen Stunden meist nur lang und öde waren.
Sie wünschte, sie hätte die Schlafmilch wenigstens nicht ins Klo geschüttet, und versuchte sich vorzustellen, wie die Dumpfheit das Kribbeln im Bauch auflöste und die Angst verdünnte. Dann wäre sie weg und in Sicherheit. Doch es half nichts. Sie steckte den Daumen in den

Mund und streichelte sich mit der Pfote des kleinen Bärs am Ohr. Elvis der Vierte rannte seine Runden.

Am anderen Ende von Breitenach träumte Nico vom Meer. Er saß in einem umgekehrten Schirm und sammelte kleine, fluoreszierende Quallen, bis der ganze Schirm voll war. Dann ging die Sonne auf und die gallertigen Wesen zerfielen zu Staub. Nico erwachte mit der Nase in seiner Ellenbeuge. Es war noch immer dichte Nacht.

Kapitel 6

Freitag, 13. November 1998

In der Nacht, in der Papa stirbt, isst Nora eine ganze Tüte voller Zimtsterne, getunkt in Milch. Überall in der Wohnung stehen Leute herum, öffnen Schränke, füllen Gläser mit Wein, nehmen sich in die Arme und besetzen das WC und alle Sofas und Sessel. Nora sitzt am Küchentisch neben dem grünen Buffet mit den gelben Blumen, die Mama draufgemalt hat, bevor sie sich eine Spritze in den Arm gesteckt hat. Auch die runden, orangen Blechdosen mit den pinken Deckeln stammen noch von ihr. »Mehl«, »Zucker« und »Reis« hat jemand, vermutlich sie, schnörkelig auf Papieretiketten geschrieben und Blumen und Schmetterlinge darum herum gezeichnet. Es sieht unbeholfen aus, aber Nora liebt diese Aufkleber. Auch wenn sich das Papier an den Ecken ablöst und fleckig ist. Wenn Nora mit dem Finger darüberreibt, fallen kleine graue Flocken auf den Tisch. Sie will das nicht tun, damit dieses Stück Mama nicht verloren geht. Ab und zu tut sie es trotzdem.
Wahrscheinlich sind das Mehl und der Zucker unten in den Dosen auch noch von Mama. Nachdem die sich vor zehn Jahren in den Himmel gefixt hat, so nennt Papa das mit der Spritze, stellen sie einfach immer mal wieder eine neue Packung auf die Krümel. Wahrscheinlich riechen die Dosen darum alle ein bisschen nach Keller. Papa sind solche Sachen egal. Waren egal, korrigiert

sie sich, ohne dass das etwas in ihr auslöst. Sie ist einfach. Nicht mehr und nicht weniger. »Zu viel Ordnung ist etwas für Menschen, die Angst haben vor den eigenen Ideen und Gefühlen«, sagte Papa jeweils, schnippte seine Asche auf den Küchenboden und zwinkerte ihr grinsend zu. Oder arrangierte liebevoll ein paar leere Bierdosen auf dem Fenstersims und lehnte sich zurück, wie ein Künstler, der sein Meisterwerk begutachtet. Seit sie denken kann, hat sie Papas Chaos heimlich weggeräumt, in unauffälligen Schritten, damit er nicht meinte, sie habe Angst vor ihren eigenen Ideen und Gefühlen. Dass sie das sehr wohl hat, ist ihr Geheimnis.

Immer mehr Leute stehen in der Wohnung herum, türmen ihre Jacken im Flur zu einem Berg. Nora sieht einem kleinen, schwarzen Pinscher dabei zu, wie er sein Bein hebt und die Jacken zu seinem Revier erklärt. Bravo, jetzt gehören sie alle dir, denkt Nora und tunkt weiter Zimtsterne in die Milch, Zacken um Zacken, und saugt daran. Bis der Stern rund ist und sie den nächsten aus der Tüte fischt. Neben ihr auf dem speckigen Tisch liegt ein Berg runder Zimtplättchen. Die wird sie erst essen, wenn alle Ecken ab sind. Papa hatte auch eine Ecke ab, denkt sie. Das sagte er sogar selbst immer. Einen an der Waffel, einen Sprung in der Schüssel, nicht alle Tassen im Schrank. Warum hat er eigentlich immer Küchenworte benutzt, um sich selbst zu beschreiben? Sie begreift nicht, dass er weg ist. Für immer. Eigentlich ist es ja wie sonst auch, wenn hier eine Party stattfindet, nur die Musik fehlt – und Papa lacht und trinkt nicht mit.

Nora merkt, wie ein lohhaariger Typ sie beobachtet. Er lehnt am Gasherd, und jedes Mal, wenn er den Rauch seines Joints nach oben bläst, reckt er seinen unverschämt riesigen Adamsapfel nach vorn, als wollte er ihn durch die picklige Haut nach außen drücken. Er starrt auf Noras Brüste. Da erst wird ihr klar, dass sie noch immer im Nachthemd ist, das sie sich rasch über das T-Shirt und die Unterhose gezogen hat, als die Sanitäter und die Amtsärztin ins Haus gekommen sind.
»Was?«, fragt sie. Sie fühlt sich ertappt.
Der Adamsapfel grinst. »Du knabberst gern an süßen Dingen, hä?«
»Fick dich!«
Nora steht auf, plötzlich schneiden die vielen Stimmen hart und klar in ihre Ohren, reden von Tod und von Freitag dem Dreizehnten und von Zufall oder Schicksal, als ginge es um die Beilage zu einer Bratwurst. Sie registriert das Rücken der Stühle, das Klirren der Gläser. Fast kann sie die Gedärme der Schmarotzer sich winden hören. »Ruhe, ihr respektlosen Arschlöcher, fresst und sauft woanders! Er ist tot! Tot! Habt ihr das eigentlich nicht kapiert? Fuck! Es ist euch einfach scheißegal!«, schreit sie und rennt aus der Wohnung, zwei Stufen auf einmal, auf die Straße hinaus. Jetzt hat sie verstanden, und es tut mehr weh als alles, was sie je erlebt hat.
Ihre nackten Füße klatschen hart auf den Gehweg. Es ist November, aber sie spürt keine Kälte, nur Blicke, überall, in jedem Fester, in jedem Auto und hinter jedem Baum. Wer soll sie jetzt davor beschützen? Sie rennt in den kleinen Hundepark, der ihr als Mädchen so groß vorgekommen war. Dort legt sie sich unter eine Bank auf

die harte Erde. Es riecht nach Wald und Hundekacke. Sie will nicht, dass die anderen sie finden.

Als die Nacht sich verzieht und das kalte Novemberlicht auf den Park drückt, sind Noras Finger taub in den geballten Fäusten. Die rechte Schulter und der Hüftknochen schmerzen vom Liegen auf dem harten Boden. Es ist niemand gekommen, um sie zu suchen, nur ein feister Dackel hat sich in der Dämmerung zu ihr vorgeschnüffelt und seine feuchte Schnauze kurz an ihre Nase gehalten. Dann hat er die Bank markiert und ist weitergezogen. Sie kriecht unter der Bank hervor und stakst müde nach Hause. Der Himmel ist grau und die Wohnung leer. Überall stehen Gläser mit dunklem Satz, leere Flaschen und volle Aschenbecher. Jetzt gibt es mich nicht mehr, denkt Nora. Sie haben mich einfach vergessen. Dann legt sie sich auf Papas Matratze, zieht die Decke über den stinkenden Fleck unten links und schläft ein, Papas Kissen fest umschlungen. Neben ihrer Wange kringelt sich ein rotes Haar.

Irgendwann am späten Nachmittag kommt Tante Julie. Sie setzt sich zu Nora auf das Bett und streckt ihr eine Tasse mit süßem Milchkaffee hin. »Kleines, es tut mir so leid.« Sie streicht mit ihrer alten Kinderhand über Noras Haare, berührt sie kaum, schwebt nur darüber, doch Nora spürt das Kissen aus Wärme, das zwischen der Handfläche und ihrem Kopf liegt, das sie verbindet, ganz körperlich als Brücke, alles andere an ihr ist klamm und steif.

»Kann ich zu dir ziehen?« Nora will sich aufsetzen, doch alle Muskeln schmerzen und sind schwer wie Blei. Sie wird nie mehr aufstehen können.
»Ich weiß es nicht, mein Schatz. Wir werden es auf jeden Fall versuchen.«
Sie wissen beide, dass die Karten dafür schlecht stehen. Wer würde schon einer winzigen alten Frau einen knapp sechzehnjährigen Teenager in Obhut geben? Und dann noch in ein heruntergekommenes Stundenmotel weit vor der Stadt.

Sie sollen recht behalten. Margarethe Zihler vom Jugendamt denkt nicht im Traum daran, das arme Kind, wie sie Nora immer wieder nennt, einer verruchten alten Schrulle, wie sie Julie natürlich nur hinter vorgehaltener Hand tituliert, anzuvertrauen. Sie sitzt hinter ihrem Schreibtisch. Er ist mit grauem Kunststoff bezogen, die Ränder sind in einen schmalen Chromrahmen gefasst. Er passt zu ihrer Brille. Nur ein hellgrauer Kugelschreiber mit blauer Spitze liegt vor ihr auf dem kahlen Tisch. Und ein marmorierter Ordner. Er ist erstaunlich dick. Offenbar wird schon lange Buch geführt über Nora.
Margarethe Zihler nimmt den Kugelschreiber und zeigt damit auf die beiden so ungleichen Frauen, die auf der anderen Seite des Tisches auf ihr Urteil warten. Denn darum geht es hier doch, um ein Urteil. Zihler nennt es »Beurteilung«. Was daran besser sein soll, weiß wohl nur sie selbst.
Fortan spricht sie über die blaue Spitze ihres Stifts zu ihnen. Wie zwei Katzen lassen Julie und Nora ihre Blicke in Kreisen führen, wenn es um Entwicklungen geht, die

verhindert werden sollen, lehnen sich nach hinten, wenn die Spitze in ihre Richtung sticht, um ihnen die Notwendigkeit drastischer fürsorgerischer Maßnahmen zu erläutern, die längst überfällig gewesen wären, jawohl, hätte man bloß auf sie, die besorgte Fachfrau, gehört. Und um ein Haar hätten sie sogar unter Anleitung des Kugelschreibers unisono genickt, als der Mund ohne Amorbogen ihnen bescheidet: »Es reicht, dass das arme Kind schon seine Mutter verloren hat und mit seinem Vater ein Hippieleben führen musste, wenn er überhaupt da war. Ich sag's ja nicht gern, aber es ist fast ein Segen, dass er nun auch von uns gegangen ist. Wer weiß, vielleicht hilft der Herrgott dem armen Kind doch noch auf den rechten Weg.« Und wie der aussehen soll, weiß die Frau unter dem stumpfen Haardeckel schon genau. Solid und hölzern.

Und so kommt es, dass nur drei Tage nach Papas Tod Ezechiel Bürki das arme Kind auf die Stirn küsst und sagt: »Willkommen in meiner Familie, willkommen bei den neuen Kindern Gottes.«

Kapitel 7

Samstag, 20. Juli 2013, 01:28

Nora versuchte im Minutentakt, Julie zu erreichen. »Verdammt, du stures Weib, jetzt geh endlich ran. Ich muss mit dir reden!« Wahrscheinlich war die Tante immer noch eingeschnappt, weil sie ihr den Schlüssel zu Merets Zimmer weggenommen hatte. Dabei würde sie jetzt ohnehin wieder einen kriegen, da Nora sich auf diese unselige Parisreise einlassen musste. Es blieb ihr ja nichts anderes übrig. Aber es würde das Letzte sein, was sie mit Stefan unternehmen würde. Seit sie das erkannt und vor sich selbst zugegeben hatte, fühlte sie sich wie erlöst.

Nora füllte ihre Lungen mit der klebrigen Nachtluft und zündete sich noch eine Parisienne an. Bevor sie Julies Nummer neu eingab, vielleicht stimmte ja etwas mit dem Kontakt nicht, legte sie ihren Kopf in den Nacken und rollte ihn hin und her, die Arme angewinkelt, um die Anspannung der letzten Stunden loszuwerden. Das Telefon klingelte wieder ins Leere. Nora sah innerlich das Haus, die klaffenden schwarzen Fenster auf der von der Laterne und der Neonreklame bleich leuchtenden Mauer. Sie stellte sich vor, wie reglos sein Inneres war und wie Julie in ihrem Bett leise und zahnlos schnarchte. Ein Ziehen im Bauch sagte ihr, was ihr eigentlich schon längst klar war: Etwas stimmte hier ganz und gar nicht. Julie hatte seit Jahren einen ganz leichten Schlaf. Nie

und nimmer würde sie das Klingeln des Telefons überhören. Es war altmodisch schrill und kaum zu ertragen. Sie hatten oft genug darüber gestritten, weil Nora jedes Mal fast das Herz stehen blieb, wenn jemand anrief, was selten der Fall war. Die arme Meret war bestimmt längst wach und in Panik.
»Julie, du Schnapsdrossel, wach endlich auf, verdammt. Ich muss mit dir reden«, zischte Meret. »So viel säufst du doch sonst auch nicht, dass du nicht mal mehr das Telefon hörst, gottverdammt.« Und falls doch, würde sie ihr gehörig die Meinung geigen. Nora kickte ins Gras. Es tat gut, auf Julie sauer zu sein, das hielt ihre Panik in Schach. Auch wenn sie wusste, dass das nicht lange anhalten würde. Sie musste handeln, bevor sie dazu vor lauter Angst nicht mehr fähig war. Hastig schnippte sie ihre Zigarette in die Limmat und rannte die Treppe zur Wohnung hoch. Von ihrem Magen zog es scharf bis in den Gaumen hinauf, ihre Arme und Beine waren taub, der Mund filzig. Sie musste zu Meret, jetzt gleich. Über alles andere würde sie später nachdenken.

Kapitel 8

Samstag, 20. Juli 2013, 01:46

Es roch nach Strom. Ein Gewitter grollte am Horizont, versprach Abkühlung, die dann doch nicht kommen würde. Nora hatte beide Fenster heruntergekurbelt und rauchte zum ersten Mal seit fünf Jahren im Auto. Stefan hasste das, und was er hasste, tat Nora nicht. Hatte sie nicht getan, korrigierte sie sich. Das würde sich nun ändern.

Sie erinnerte sich daran, wie Stefan sie kurz vor der Hochzeit gefragt hatte, was sie gern mit ihrem Leben anfangen würde. »Such dir etwas aus. Studium, Reitstunden, etwas Wohltätiges, egal was, Hauptsache, es gefällt dir«, hatte er gesagt und dabei ihre Hand auf dem weißen Tischtuch gestreichelt. Sie saßen in der Kronenhalle, einem der renommiertesten Restaurants der Stadt, wie er ihr stolz erklärt hatte. Als hätte sie von nichts eine Ahnung, als wäre ihr Vater nicht ein gebildeter Lebemann gewesen, der ihr gewissenhaft die Brutstätten jener gezeigt hatte, die in der Überzeugung lebten, Geld zu haben sei ihr angeborenes Recht und erhebe sie über alle anderen. Papa hatte sie dafür verachtet, vielleicht auch heimlich beneidet, was er natürlich nie im Leben zugegeben hätte.
Nora hatte sich unbehaglich gefühlt zwischen den pastösen Gemälden in den schweren Goldrahmen und den

Kellnern, die ihr anzusehen schienen, dass sie nicht hier sein wollte, auch wenn sie sie mit »Madame« ansprachen. Sie hörte Papa förmlich sagen: »Mädchen, Mädchen, wie bist du denn in diesem falschen Film gelandet? Komm, wir hauen ab!«
Stefan hatte gemerkt, dass sie ihm nur halbherzig zuhörte und in Gedanken woanders war. »Lass dich nicht einschüchtern von diesem wunderbaren Ort hier, Schatz. Du wirst dich rasch daran gewöhnen. Auch an das viele Besteck und all das.« Mit einer knappen Geste seiner Hand nahm er den Raum in Besitz und legte ihn ihr zu Füßen. Dann beugte er sich vor und flüsterte laut über den Bordeaux hinweg: »Du bist hundertmal schöner als all die Tussis hier zusammen. Die sind nur neidisch.« Seine Wangen hatten rote Flecken und er glühte wie ein Junge nach einem Tor.
An jenem Abend war ihr zum ersten Mal klar geworden, wie sehr der Mann sie vergötterte. Es hatte sie beschämt und gleichzeitig verärgert. Seit sie zusammen waren, hatte Stefan sie in teure Restaurants mitgenommen, ihr gezeigt, wie man welchen Kaviar genießt und welcher Wein warum dazu passt. Er hatte ihr in der Bahnhofstraße eine Perlenkette gekauft und sie in Boutiquen in der Altstadt eingekleidet, ihr Angus Beef, Königinnenpastete und Bang & Olufsen erklärt. Sie war seine Pretty Woman, seine Eliza Doolittle, und sein ganzes Gehabe erschien ihr so platt und lächerlich, dass sie anfangs nicht sicher war, ob er sich über sie lustig machen wollte. Aber sie merkte rasch, dass es ihm überaus ernst war, sie zu seiner Frau zu machen, in jeder Hinsicht.

Seit sie sich auf dem Parkplatz vor dem Motel begegnet waren, für sie Zufall, für ihn Schicksal, hielt Stefan Nora für eine unschuldige Schönheit aus ärmlichen Vorstadtverhältnissen, die er errettet hatte. Er war damals kurz von der Straße weggefahren, um in Ruhe zu telefonieren und einen Termin nachzuschlagen, irgendein Deal mit einem Hamburger Transportunternehmen, den er ihr später bei ihrem ersten Date hatte erklären wollen. Aber es hatte sie nicht interessiert, so wie es sie auch künftig nie kümmern würde, was er eigentlich den ganzen Tag lang tat, Telefon, PC, Anzug, Meetings eben. Was war daran schon erzählenswert? Als er nach seinem Abstecher weiterfahren wollte, hatte er festgestellt, dass ihm das Kühlwasser ausgegangen war. Nachdem ihm an der Motelrezeption niemand geöffnet hatte, war er zu dem heruntergekommenen Riegelbau hinübergegangen, der ebenfalls aussah, als sei er unbewohnt. Aber ein voller Müllsack vor dem Haus hatte ihm Hoffnung gemacht, dass hier irgendwo irgendwer leben musste. Und tatsächlich, noch bevor er klingeln konnte, war eine junge Frau aus der Tür geschlüpft und hatte sie gleich hinter sich zugezogen. So, als hätte sie ihn beobachtet und erwartet. Stefan hatte damals vermutet, dass sie wohl einen Hund hatte, der nicht entwischen durfte, und war ihr dankbar gewesen, dass sie so umsichtig war. Er mochte keine Tiere. Genauer, er hasste sie, insbesondere Spinnen und Hunde. Als kleiner Junge war er mal vom Segelboot seiner Eltern gefallen, weil der Labrador einer befreundeten Familie an ihm hochgesprungen war und ihm das Gesicht abgeschlabbert hatte. Er wurde natürlich sofort unter Gelächter gerettet, der Zürichsee ist ja nicht der

Atlantik, hatte sein Vater gegrölt, und die Mutter hatte dem kleinen Stefan versichert, dass der Hund ihn eben liebe, das sei doch putzig. Seither hasste er die Viecher und mied sie. Und Segeln auch, aber da gab es kein Pardon, seine Familie und sein Job erwarteten von ihm, dass er regelmäßig in den richtigen Kreisen verkehrte, und die hatten nun mal die lästige Angewohnheit, unter knatternden Segeln über irgendwelche Tümpel zu pfeilen und sich für ein Foto die Arme gegenseitig um die Polohemdschultern zu legen.

Die Frau aus dem verwahrlosten Haus sah nicht aus wie eine, die segelte. Sie trug Jeans und ein ausgeleiertes weißes T-Shirt, durch das ihre kleinen nackten Brüste hindurchschimmerten, weniger erotisch als ungeschützt und verletzlich. Die rotblonden Haare hatte sie nachlässig zu einem wirren Knäuel zusammengeschnürt. Ihre grünen Augen waren mit hellbraunen Punkten übersät, wie auch ihr ganzes Gesicht. Später würde er sagen, dass er sich gleich in die Sommersprossen in ihren Augen verliebt habe, auf den ersten Blick. Von den Brüsten sagte er nichts, und schon bald hatte er es wieder vergessen. Es passte nicht in seine Vorstellung von reiner Romantik.

Die Frau hatte die Arme vor der Brust verschränkt und den offensichtlich verwirrten Mann vor ihrer Haustür mit geschürzten Lippen betrachtet. Ihm fiel auf, wie groß und weich ihr Mund war, beinahe künstlich sah er aus. Hätte er sie woanders getroffen, hätte er geschworen, dass er aufgespritzt sein musste.

Ob sie irgendwie helfen könne, fragte der Mund ihn nun.

Es klang nicht sonderlich hilfsbereit, eher wie eine Aufforderung, sich zu verziehen. Also setzte er auf seinen Charme und streckte ihr seine Hand hin: »Hallo. Ich bin Stefan. Bitte entschuldige die Störung. Ich glaub', mein Auto könnte etwas Wasser gebrauchen, der Kühler ist völlig überhitzt.«
»Nora«, sagte der Mund, schon eine Spur freundlicher. »Ich bring' dir welches, geh schon mal zum Auto.«
Wieder verschloss sie die Tür hinter sich, ebenso entschieden wie vorhin. Während sie weg war, fotografierte Stefan rasch Klingelschild und Hausnummer.

Am nächsten Tag ließ er Nora per Kurier einen Strauß Rosen und eine Einladung für ein Abendessen überbringen. Julie war begeistert gewesen: »Kindchen, das ist ja wie im Märchen. Da soll noch einer behaupten, wer nur daheim herumhocke, lerne keinen Mann kennen. Ha! Natürlich gehst du da hin. Glaub mir, so einen findet man nicht alle Tage. Zudem bist du jung und hast auch deine Bedürfnisse. Und auf die Kleine pass' ich schon auf.«
Nora schluckte eine Entgegnung herunter. Das, was Julie mit ihren Bedürfnissen meinte, waren ihre eigenen und hatte mit Nora nichts zu tun. Projektion nannte man so was, hatte Papa ihr mal erklärt. Aber sie ließ Julie ihre Freude und ging zum ersten von vielen Dates mit Stefan, bevor er sie schließlich nach sieben Monaten bitten sollte, seine Frau zu werden. Vielleicht, weil sie bis dahin fast nie bei ihm übernachtet hatte. In seinen Augen machte diese Zurückhaltung sie erst recht zur Prinzessin. Von ihren Skrupeln, ihr kleines Mädchen mit der schrulligen

Tante allein zu lassen, sagte sie ihm nie etwas, so wenig wie darüber, dass es dieses Kind überhaupt gab. Immer schien es ihr zu früh dazu oder der Moment gerade ungünstig.

Der Kellner brachte das Zürcher Geschnetzelte mit Rösti, von dem Stefan gesagt hatte, es sei eines der legendärsten Gerichte von Zürich. Der Teller war viel zu heiß. Nora legte sich ihre Serviette über die Oberschenkel und strich sie flach, bevor sie zu Stefan hinübersah.
»Ich weiß nicht, ob ich überhaupt eine Ausbildung machen könnte. Ich habe bis jetzt noch nie darüber nachgedacht. Eigentlich möchte ich einfach weiterhin jeden Tag bei meiner Großtante sein und auf sie aufpassen. Sie braucht mich.«
»Aber das ist doch nun nicht mehr nötig, mein Schatz. Ich finanziere ihr natürlich ein gutes Altersheim irgendwo in der Nähe. Dort wird es ihr gut gehen, du wirst sehen. Sie trifft Menschen in ihrem Alter und muss sich um nichts mehr kümmern. Zudem kannst du sie weiterhin jederzeit besuchen. Vielleicht kann ich das Motel und ihre Bruchbude ja einigermaßen schlau verkaufen, und dann hat sie für den Rest ihres Lebens ausgesorgt.«
Nora war so empört gewesen über diesen Vorschlag, dass sie Stefan am liebsten angebrüllt und gefragt hätte, ob er jetzt völlig durchgedreht sei. Wie konnte er einfach davon ausgehen, dass Julie ihre Unabhängigkeit für ein Altersheim aufgeben könnte, egal wie schick der Schuppen war, bloß weil das besser in sein steriles Weltbild passte? Sie spürte, wie die Wut ihr Herz gegen den Brustkorb presste. Das Atmen fiel ihr schwer. Dabei war

ihr klar, dass es hier eigentlich nicht um Julie ging oder darum, was sie selbst wollte, sondern allein um Meret. Sie leerte ihr Weinglas und entschuldigte sich. Als sie durch die beiden Speisesäle ging und nach einem WC-Schild Ausschau hielt, hatte sie das Gefühl, ihr innerer Aufruhr begleite sie wie eine dröhnende Stampede, während alles um sie herum in Zeitlupe stattfand, die Köpfe, die sich in ihre Richtung drehten, die Gabel, die ins rote Fleisch drang, bis der Blutsaft hervorquoll, selbst der Kellner, der sich gerade wieder aufrichtete, nachdem er ein leeres Bierglas auf sein Tablett gestellt hatte. Nora dachte an den Traum, den sie als Kind oft geträumt hatte: Sie rannte und rannte, kam aber nie vom Fleck, egal wie sehr sie sich auch abplagte. Dabei ging es nie darum, dass sie verfolgt wurde, sondern stets um ein Ziel, das sie zwar sehen, dem sie aber keinen Schritt näherkommen konnte.

Nach einem halben Jahrhundert erreichte sie endlich die angenehm schlecht beleuchteten Toiletten. Doch erst nachdem sie kaltes Wasser über die Handgelenke hatte rinnen lassen, hatte sie sich wieder genügend im Griff, um zu ihrem Platz zurückzukehren und Stefan ruhig darzulegen, dass sich die alte sture Dame leider nicht auf so etwas einlassen würde.

Das war dann letztlich einfacher, als sie befürchtet hatte. Stefan hatte es bedauert und sie gleichzeitig für ihre selbstlose Bereitschaft bewundert, sich um die schwierige Alte zu kümmern. »Du bist eben einfach ein guter Mensch«, hatte er gesagt und ihre Fingerspitzen geküsst. Nora wäre am liebsten aufgestanden und gegangen, weg von dem grauen Zürcher Geschnetzelten mit Rösti, weg von den selbstbewussten Menschen hier und vor allem weg von Stefans unerträglicher Unbeschwertheit. Aber sie war geblieben und hatte so die Weichen gestellt für ihre Zukunft. Meret zuliebe.

Mist. Da vorne sah sie schon den »Fressbalken«, so nannten die Leute aus der Gegend die Autobahnraststätte, welche die Straße als geschlossene Brücke überspannte. Auch sie kam aus der Zeit des Kastens, und alle Versuche, sie zu modernisieren, hatten ihre Tristesse nur verstärkt, statt sie zu übertünchen. Sie war in der Aufregung zu weit gefahren und musste nun über Weltlingen, um zu wenden. Kostbare Zeit, die sie wegen ihrer ewigen Grübelei verloren hatte, verdammt. Jetzt einfach die Ruhe bewahren und konzentrieren. Sie drückte sich eine Lorazepam aus irgendeinem asiatischen Land an irgendeinem dunklen Ende des Internets aus dem Blister auf dem Beifahrersitz. Die guten Temestas vom Hausarzt waren für Meret reserviert.

Meret. Zum ersten Mal bereute Nora es, dass ihre Tochter kein eigenes Telefon hatte und sie wenigstens sie anrufen konnte, wenn Julie schon nicht erreichbar war, warum auch immer, verdammt noch mal. Die nächste Panikwelle schwappte über ihr zusammen und nahm ihr den Atem. Zittrig klaubte sie eine weitere Zigarette aus der Schachtel auf ihrem Schoß, klemmte sie sich zwischen die Lippen und drückte sie an den glühenden Stumpf der ersten. Sie zog den Rauch so tief in sich hinein, bis sich warmer Schwindel in ihr ausbreitete.
Lediglich ein paar vereinzelte rote Lichterpaare glitten

vor ihr, ansonsten war die Autobahn leer. Sie könnte einfach weiterfahren. Tun, als wäre nichts, nach Basel fahren, über die Grenze bis nach Frankreich und immer weiter bis zum Atlantik. Und dann?

Nora nahm die Ausfahrt in Weltlingen und fuhr an dem schlafenden Mega-Möbelhaus vorbei, das all die Wohnungen in den Siedlungen rundum mit denselben Sofas, Wandtapeten und Kinderkissen versorgte, die Landstraße entlang bis vor das Ortsschild, das die Grenze zum Kanton Zürich markierte. Scharf zog sie den Wagen auf den Parkplatz und würgte den Motor ab. Er klickte leise. Nora beugte sich vor und schaute durch die Windschutzscheibe zum alten Wohnhaus hinüber. Die Fenster waren dunkel, genau wie sie es sich ausgemalt hatte. Sie stieg aus und ging zur Tür, dabei kickte sie versehentlich gegen eine leere Coladose. Bis sie den Schlüssel endlich ins Schloss gestochert hatte, war ihr ganzer Körper mit einem Schweißfilm überzogen.

Im Flur war es still. Nora blieb stehen, horchte nach oben. Kein Schnarchen, nichts. Sie beschloss, kein Licht anzumachen, für den Fall, dass jemand Fremdes im Haus war. Die Jahre, in denen sie Meret das Fürchten vor »denen da draußen« eingetrichtert hatte, waren auch an ihr nicht spurlos vorübergegangen. Sie ertappte sich immer wieder bei der Vorstellung, wie die Polizei zurückkam und diesmal keine Leiche mitnahm, sondern ein lebendiges Kind, das es offiziell nicht gab.
Sie nahm ihr Handy und schaltete die Taschenlampe ein. Den Strahl vor sich auf den Boden gerichtet,

schlich sie in den Flur. Der Lichtfleck wanderte den Schuhschrank aus Spanplatten entlang, über Gustavs schwere Militärstiefel hinweg zum Schirmständer mit seinem Spazierstock und dem afrikanischen Speer, den sein Bruder von seiner Afrika-Mission mitgebracht hatte, bevor er sich als Zigarren paffender, furzender Pfarrer mit einem entspannten Verhältnis zu Gott und seiner Haushälterin in Breitenach niederließ. Für einen Augenblick überlegte Nora, den Speer als Waffe mitzunehmen, aber er war zwischen zwei Schirmen und dem Spazierstock eingekeilt und würde sich nicht ohne Lärm herausziehen lassen. Hinter der Speerspitze klaffte die Küchentür. Nora ließ den Strahl um die Ecke über den Gusseisenherd wandern, in den Gustav einen Gasherd mit Gasbombe eingebaut hatte, damit alles beim Alten blieb und sie nicht so neumodischen Mist anschaffen mussten, wie er es nannte.

Der Lichtkegel wellte lang und schwach über die gelben Gardinen, warf die Obstschale auf dem Resopaltisch als formlosen Schatten an die Wand daneben. Im Abfluss glitt er über Tassen und das Likörglas, aus dem Julie immer ihren Baileys trank. Die hat sich wahrscheinlich einfach zugesoffen, dachte Nora zum x-ten Mal in dieser Nacht. Richtig glauben mochte sie es noch immer nicht. Sie lenkte das Licht zurück in den Flur, an Annis massigem Buffet vorbei ins Wohnzimmer. Auch hier war alles wie immer. Der braune Fernsehsessel mit dem Kunstschafpelz und der Nackenrolle stand an seinem Platz, die Fernbedienung lag auf der Seitenlehne. Es roch nach Rauch und alter Frau. Plötzlich glommen zwei gelbe Punkte auf. Auf dem Sofa hockte Parzival und starrte

Nora an. »Drecksvieh«, zischte sie und zog sich in den Flur zurück, vorbei an der verschlossenen Kellertür gegenüber der Küche. Sie hatte noch immer Angst davor, wie damals als kleines Mädchen, als Gustav seine Nachmittage dort unten in der fensterlosen Werkstatt verbrütet hatte, unterbrochen nur von Anni, die wie ein gut dressiertes Hündchen in regelmäßigen Abständen ein kühles Lagerbier nach unten brachte, unterwürfig, fast entschuldigend. »Komm«, sagte sie dann zu der kleinen Nora, »lass uns schnell ein Stück Kuchen schmausen, solange der dort unten fuhrwerkt und wir hier oben unsere Ruhe haben.« Sie flüsterte immer fast, man wusste schließlich nie, ob der Alte nicht doch plötzlich schweigend in der Tür stand und sie alle niederstarrte, so wie es einem Hausherrn gebührte, der nicht nur sein unnützes Weib durchfütterte, sondern auch ihre ledige Schwester und immer wieder auch das Balg der Fixerin.
Jetzt, in der gespenstischen Stimmung der verlorenen Zeit zwischen Mitternacht und Dämmerung, spürte Nora die alte Beklemmung, als wäre sie noch immer neun Jahre alt. Sie zwang ihren Blick an der Tür vorbei und ging zur Treppe, die in den ersten Stock hinaufführte. Sie horchte nochmals in alle Richtungen, während ihre Augäpfel im Dunkeln in den Höhlen mitrollten, nach oben, nach rechts, nach links und schließlich ein letztes Mal nach unten. Nichts. Sie schob sich mit dem Rücken an der getäfelten Wand entlang die Stufen hoch, seitwärts, um beide Stockwerke im Auge zu behalten. Auf halbem Weg stieß sie mit der Handkante an das Biedermeiermädchen, das mit seinem Porzellanschirm auf einem Sims an der Wand saß und Staub hütete. Nora

schnalzte entnervt mit der Zunge und rollte das Figürchen mit dem Fuß zur Seite. Auch im ersten Stock war alles ruhig. Nur Elvis eierte leise seine Runden.
Sie versuchte, in Merets Zimmer zu linsen, doch etwas versperrte die Sicht durch das Fensterchen, es sah aus wie der Wust ihrer Bettdecke. Nora desinfizierte sich fahrig die Hände und ging hinein. Das schmale Mädchen schlief abgedeckt und zusammengerollt wie ein Baby, den Daumen im Mund, nassgeschwitzt. Was für ein verletzliches Kind. Nora spürte, wie die Liebe zu ihm ihr Brust und Hals zusammendrückte, als wäre in ihr zu wenig Platz für dieses mächtige Gefühl. Sie schloss die Augen. »Meine Prinzessin, mein Mädchen«, sagte sie tonlos. Behutsam legte sie sich einen Moment neben das schlafende Kind und atmete seine Atemzüge mit. »Ich werde unser Leben ändern, glaub mir. Bald werden wir wieder zusammen sein. Für immer. Ich verspreche es dir.« Sie küsste Meret auf die Wange, leicht wie ein Schmetterling, der eine Blüte streift. Dann stahl sie sich aus dem Zimmer und sperrte die Tür wieder zu.

Immer noch mit der Handylampe vor sich ging Nora den Flur entlang zum Zimmer neben der Treppe, die in den zweiten Stock hochführte und mit einer Tür vom lebenden Teil des Hauses abgetrennt war. Sie verharrte vor Julies verzogener Zimmertür. Es drang kein Laut hindurch. Zwischen den Ritzen drückte nur Dunkel hervor. »Julie?« Nora war völlig nassgeschwitzt. Sie hätte am liebsten kehrtgemacht und sich in ihrem Kämmerchen versteckt. Getan, als gäbe es sie nicht. Das konnte sie doch sonst so gut. Aber jetzt wollte es ihr nicht gelingen.

Also blieb ihr nur die Flucht nach vorn. Sie öffnete die Tür, und sofort schlug ihr der Geruch von Urin, Kot und Tabak entgegen. Sie knipste die Deckenlampe an. Julie lag neben ihrem Bett auf dem Rücken, unnatürlich verkrümmt. Das Barchent-Nachthemd war ihr über die verkoteten Beine hochgerutscht. Nora kniete sich neben ihre Tante nieder und berührte widerstrebend deren Hals. Er war kühl und ohne Leben. Der letzte Rest Panik hatte sich aufgelöst wie ein Eiswürfel in warmem Wasser. Sie war nur noch erschöpft. Am liebsten wäre sie auch für immer eingeschlafen.
Wie konnte Julie sich bloß einfach so aus dem Staub machen, ausgerechnet jetzt? Sofort schämte Nora sich für diesen egoistischen Gedanken. Sie ließ sich auf den Teppich sinken. Zum ersten Mal fiel ihr auf, wie heruntergekommen dieses Zimmer war. Plötzlich hatte sie Mitleid mit dem knochigen Weiblein neben ihr, mit seinem verpassten, verpissten Leben. Und mit Meret. Und mit sich selbst.

Selbstmitleid ist etwas für Menschen, die zu feige sind, ihr Leben zu leben, sagt Papa, als sie sich bei ihm über die Schule und die unfairen Lehrer beschweren will. Es ist Nachmittag und er sitzt noch immer in seinem braunblau gestreiften Samtmorgenrock in der Küche, vor sich den vollen Aschenbecher. Er referiert darüber, dass solche Menschen immer jemanden suchen, der schuld sein soll an ihrer Unzufriedenheit, und nicht merken, dass sie selbst dieser jemand sind. Sie schaut zuerst ihn an, dann die alten Kippen und den abgewetzten Küchentisch. Es ist das erste Mal, dass sie daran zweifelt, ob ihr Vater selbst wirklich immer so lebt, wie er ihr predigt.

Seit er gestorben war, hatte Nora nicht mehr an diesen Moment der Ernüchterung gedacht.
Bei seinem Tod hatte ich immerhin gewusst, was ich zu tun hatte, dachte sie traurig. Sie hatte den Notruf angerufen. Aber diesmal war das unmöglich. Sie konnte niemanden ins Haus lassen, um Julie zu holen. Sie konnte sich keine unnötigen Fragen leisten und keinen, der Meret entdecken könnte. Sie konnte ja nicht sicher sein, dass es keine polizeiliche Untersuchung geben würde. Also würde sie eben auch dieses Problem alleine lösen. Ich sollte mich besser daran gewöhnen, nur noch mich und Meret zu haben, dachte sie bitter. So würde es fortan immer sein. Ja, Papa, ich habe Selbstmitleid. Und es geht dich einen Scheiß an, du bist ja nicht mehr da, um mir zu helfen. Also hau ab!

Nora zog die Sommerdecke vom Bett und legte sie über Julie. Ihre Kanten zeichneten sich darauf ab wie ein winziges Alpenmassiv in Himmelblau. Ein salziger Tropfen rann Nora über das Gesicht. Sie wischte ihn mit der Schulter weg, während sie die Decke unter Julie stopfte. Nun zwängte sie ihr einen Arm unter den Brustkorb und einen unter die Kniekehlen und versuchte, sie hochzustemmen. Wenigstens war die Leiche noch nicht steif. Aber verdammt schwer war sie dennoch, unglaublich, dabei war sie doch zum Schluss zartgliedrig wie ein Kind gewesen. Das Bündel stank. Immer wieder musste Nora ihre Arme unter ihm hervorziehen und am offenen Fenster warten, bis die Wellen von Brechreiz abebbten.

Endlich gelang es ihr aufzustehen. Mit zittrigen Beinen trug sie Julie zur Tür. Wie eine trostlose Vorstadt-Pietà, dachte sie und erinnerte sich daran, wie sie mit Papa in Rom vor Michelangelos ergreifender Skulptur gestanden hatte. Papa hatte Tränen in den Augen gehabt und sie war ein paar Schritte von ihm weggeschlichen, damit die Leute nicht glaubten, sie beide gehörten zusammen. Nora versuchte, die Klinke mit dem Ellbogen niederzudrücken und die Tür aufzuziehen. Doch es gelang ihr nicht. Sie musste Julie auf das Bett zurücklegen und die Tür mit einem Pantoffel blockieren, bevor sie sie erneut aufhob. Im Dunkeln stieß sie mit Julies Kopf an den Türrahmen. Der Körper in ihren Armen reagierte nicht. Erst jetzt erfasste Noras Verstand, dass Julie wirklich tot war. Doch sie verbat sich, etwas zu fühlen. Darin war sie gut.

Schritt für Schritt arbeitete sie sich den Flur entlang, vorbei an Merets schwarzem Fensterchen, und schleppte Julie die Treppe hinab. Wenigstens ließ sich die Haustür nach außen aufdrücken.

Die Nacht hatte aufgefrischt und kühlte Noras Wangen und den nassen Rücken. Neben dem Auto wollte sie Julie nochmals hinlegen, um die Rückbank freizuräumen. Doch sie hatte keine Kraft mehr und die Tante rutschte ihr von den Armen. Mit einem dumpfen Laut schlug sie auf dem Asphalt auf. Dabei rutschte die Decke von ihrem kleinen Gesicht mit den verlassenen Augen. Das war zu viel. Nora klappte im grauen Dämmer zwischen Julie und dem Auto zusammen und weinte, bis es bereits bedrohlich hell war.

Mit verquollenen Augen schloss Nora endlich das Auto auf und machte den Rücksitz frei. Nun wuchtete sie Julie mit einem einzelnen, entschiedenen Ruck vom Boden auf den Rücksitz und schnallte den schlaffen Leib mit dem Sicherheitsgurt in eine aufrechte Position. Sie zupfte Julie ein paar fädige Härchen ins Gesicht und legte ihr die Hände im Schoß übereinander. Eigentlich hatte sie ihr die Decke wieder über den Kopf legen wollen, damit sie seinen Anblick nicht weiter ertragen musste. Doch dann entschied sie sich anders, zu auffällig, und wischte ihr damit bloß notdürftig die Oberschenkel sauber. Die mit Fäkalien vollgesogene Decke warf sie in den Container neben dem Motel.

Als Nora zum Auto zurückkam, hüpften die beiden Elstern bereits zur offenen Tür und beäugten die tote Frau. Nora verscheuchte sie mit ein paar Tritten in die Luft, die sie einige Meter zurückdrängten. Schnell gab sie der Autotür einen Schubs, bevor die Biester schon wieder näher sprangen. Nun trat sie ein paar Schritte zurück und prüfte, was sie sah. Gut, hinter der reflektierenden Scheibe würde die tote Julie als verwirrte Alte durchgehen.

Durch den Himmel brachen bereits die ersten grünen Streifen und verhießen einen weiteren trostlos schwülen Tag. Nora sah kurz zum Fenster bei den Glyzinien hoch. Fast war sie sicher, dass sich dort etwas bewegt hatte.

Für einen Augenblick war ihr Kopf völlig leer. Rund wie eine weiße Kugel bot ihr Hirn ihr keinen logischen nächsten Angriffspunkt an, nichts, an dem sie sich hätte festhalten und weiterhangeln können. Doch dann fand ihr Verstand doch noch eine Rille und klinkte sich wieder ein. Sie musste nochmals ins Haus zurück. Zu dieser frühen Stunde würde sich schon keiner auf den Parkplatz verirren und Julie im Auto entdecken.

In der Küche richtete Nora ein Tablett mit einem Joghurt, einem abgepackten Plastiklöffel, einer Tüte Fruchtsaft und einer Packung Zwieback her. Damit stieg sie zu Meret hoch. Die Bettdecke vor dem Kontrollfensterchen war weg. Die Kleine lag auf dem Bett und atmete übertrieben wie ein Kind, das sich schlafend stellt. Nora stellte das Tablett auf das Tischchen vor der Tür, desinfizierte sich die Hände zweimal, man wusste ja nicht, woran Julie gestorben war, und entschied sicherheitshalber, einen Mundschutz aus der Schachtel neben den Trockenblumen zu fischen.
Sie wollte Merets gespielten Schlaf nicht stören, war ihr vielmehr dankbar dafür – so musste sie ihr nicht erklären, warum sie schon so früh hier war und gleich wieder wegmusste. Also schlich sie sich ganz leise ins Zimmer und holte sich einen Filzstift aus dem Glas auf der Kommode. In auslaufenden Großbuchstaben schrieb sie auf die Papierserviette: »Liebe Prinzessin, musste kurz weg. Komme bald wieder. Lies Alice bis Seite 72, Mathe darfst du heute weglassen, denk ans Haarewaschen. Elvis braucht frisches Wasser! In Liebe, Mama.«

Auf dem Weg nach draußen schloss Nora alle Türen hinter sich zu. Als sie sich ins Auto setzte und Morgenluft hereinkurbelte, war eine der Elstern gerade dabei, einen verdorrten Regenwurm zu zerrupfen. Angewidert zupfte Nora ihr Blusenkleid von Brust und Bauch und schrieb Stefan eine SMS: »Schatz, Julie ist sehr krank, musste notfallmäßig weg. Melde mich, wenn ich mehr weiß. hdl, N.«

Als sie vor der Notaufnahme des Krankenhauses eintraf, zeigte die Uhr am Armaturenbrett 05:16.

Merets Tagebuch

Einundzwanzig Wochen und vier Tage vor meinem dreizehnten Geburtstag

Jetzt ist Mama mit Julie weggefahren. Ich bin ganz allein im Haus. Das ist noch nie vorgekommen. Dafür war Mama heute Nacht heimlich da. Auch das ist noch nie passiert.
Bis ich siebeneinhalb Jahre alt war, war sie immer bei mir. Aber dann musste sie irgendwie weg, um zu machen, dass wir irgendwann für immer zusammen sind, hat sie gesagt. Ich habe das nicht ganz verstanden. Seither ist sie meistens nur noch am Tag bei mir und schläft ab und zu da. Meist an den Tagen mit Sisi-, Adelboden- und Hello-Kitty-Tassen und fast nie an Schütze- und Sacré-Cœur-Tassen-Tagen. Aber mitten in der Nacht ist sie noch nie gekommen. Glaube ich. Oder ich habe es vielleicht bloß nicht gemerkt, weil ich ja sonst die Schlafmilch trinke.

Ich verstehe nichts mehr. Warum hat Mama Julie getragen? Sie kann doch selber gehen.
Ich glaube, es ist etwas Schlimmes passiert. Mama kann ich nicht fragen, sonst wird sie sicher wütend. Ich will nicht daran denken, was passiert, wenn sie merkt, dass ich die Schlafmilch nicht genommen habe. Darum habe ich so getan, als ob ich schlafen würde. Ich konnte ja nicht wissen, dass sie dann einfach weggeht und Julie

mitnimmt. Sie hat mir geschrieben, dass sie bald wiederkommt. Wann ist bald? Ich will nicht, dass alle weg sind!
Dabei habe ich mir das schon oft gewünscht, dass ich mal ganz allein daheim sein kann. Ich dachte immer, dass ich dann wenigstens alles machen kann, was ich will. Also habe ich probiert, so zu tun, als ob ich es gut finde, dass alle weg sind. Zuerst bin ich ein bisschen auf dem Bett herumgehüpft. Das darf ich sonst nie, weil schon eine Latte kaputt ist. Ich muss sorgfältig mit meinen Sachen umgehen, sagt Mama immer, weil sie ja alles von draußen bringen muss, und das ist nicht so einfach. Ich darf auch nichts tun, bei dem ich mir wehmachen könnte. Darum darf ich nicht wild sein. Und laut darf ich auch nicht sein. Damit mich keiner hört. Also habe ich ein paar Sachen laut gesagt. Mama, Julie und Gott. Ich wollte wissen, wie das ist. Aber ich bin mir dabei nur blöd vorgekommen und es war irgendwie falsch.
Dann habe ich halt den Joghurt getrunken und den Rest mit dem Finger aus dem Becher geputzt. Das darf ich sonst nicht. Aber es hat mir auch keinen Spaß gemacht. Darum habe ich mit all dem Blödsinn wieder aufgehört und ein wenig geweint. Ich will nicht allein sein. Ich habe Angst. Was, wenn Mama nicht mehr zurückkommt? Oder wenn die da draußen mich holen?
Lieber Gott, bitte mach, dass nichts passiert und dass Mama und Julie wiederkommen. Ich verspreche, ich werde von jetzt an nur noch nette Sachen über dich denken.

Kapitel 9

Samstag, 20. Juli 2013, 08:04

Erschöpft setzte sich Meret auf den Boden neben Elvis und öffnete seinen Käfig. Die Stäbe vibrierten. »Tut mir leid«, flüsterte sie und drückte die flache Hand auf das Gitter, um es zum Schweigen zu bringen. Sie stellte sich vor, wie das schwingende Metall in den winzigen Ohren eines Hamsters dröhnen musste. Oder waren Geräusche in kleinen Ohren gar nicht lauter als in großen?
Sie hob die leere Kokosnuss hoch, klaubte das Tierchen aus den Holzspänen, staubte es ab und hielt es sich in der Kugel ihrer beiden Hände an die Wange. Die feinen Krallen hakten sich in die empfindliche Haut ihrer Handflächen, und sie spürte, wie das kleine Geschöpf unter dem hektischen Klopfen seines Herzchens vibrierte. »Du musst keine Angst haben, ich beschütze dich«, flüsterte sie in den Spalt zwischen Daumen und Zeigefinger hinein. Immer wieder neigte sie sich vor und zurück, wiegte den Hamster in eine Sicherheit, die sie selbst nicht mehr fand.
»Ich muss hier raus«, sagte sie plötzlich und legte Elvis sachte in sein Nest unter der Nuss zurück. »Schlaf jetzt.« Sie schloss den Käfig sanft, so, wie auch die Mutter ihre Tür jeweils sanft hinter sich zuzog, als täte es weniger weh, wenn einem die Freiheit behutsam genommen wurde.

Im Bad holte Meret das Küchenmesser hinter dem Spülkasten hervor, das sie mal hatte mitlaufen lassen, als sie mit Julie unten gewesen war. Sie erinnerte sich noch genau daran, wie sie es auf dem Küchentisch hatte liegen sehen. Mit glänzender Klinge und stumpfschwarzem Griff lag es da und sah so mächtig aus, ganz anders als das weiße Plastikbesteck, das sie eingeschweißt zu jeder Mahlzeit bekam und das Mama danach stets wieder wegräumte.
Die Tür würde sie damit nicht aufkriegen, das hatte sie schon versucht, hatte das Messer in den Spalt zwischen Tür und Rahmen gezwängt und probiert, an das Eisenplättchen zu kommen, das beides verband. Sie hatte damit aufgehört, als die Spuren im Holz zu deutlich geworden waren und sie sie nicht mehr mit Spucke und braunem Farbstift kaschieren konnte. Mama durfte auf keinen Fall etwas von ihren Versuchen bemerken. Denn eigentlich war ihr klar, wie sinnlos ihr Unterfangen war. Selbst wenn sie das Schloss knacken könnte, wäre das Einzige, was passieren würde, dass Mama sehr traurig wäre und sie bestrafen und danach ein neues Schloss einsetzen würde. Dabei wollte sie doch nichts anderes, als Julie zu besuchen, wann immer sie Lust dazu hatte.

Nun würde sie es eben beim Kontrollfensterchen versuchen. Vermutlich war es zu eng. Aber es war das Einzige, was sie überhaupt tun konnte. Meret fuhr mit der Messerkante in den grauen Wulst, welcher die Naht zwischen Glas und Rahmen bedeckte. Der Kitt war bröcklig wie alter Kaugummi und löste sich gut. Sie begann zu schaben. Im Notfall könnte sie noch immer die Scheibe einschlagen. Kittkrümel regneten auf ihr Bett. »Gott im Himmel, hilf mir hier raus. Bitte, bitte, bitte.« Sie kratzte und betete, und für Augenblicke vergaß sie sogar die Zeit.

Kapitel 10

Samstag, 20. Juli 2013, 08:04

Stefan fasste neben sich. Wanderte mit der Hand die Matratze entlang. »Nora, Schatz?« Er setzte sich auf, sofort krampfte sich der Inhalt seines Schädels zu einem harten Klumpen zusammen. In den Schläfen und Augenhöhlen hockte stechender Schmerz. Scheiße, das tat weh. Stefan plumpste zurück auf das Kissen und blinzelte zu Noras Bettseite hinüber. Sie war leer. Er tastete auf seinem Nachttisch herum, suchte die Brille und stieß dabei das Glas mit Wasser um, das er sich am Abend zuvor bereitgestellt hatte, zusammen mit zwei Alka-Seltzer. »Verdammt. Nora! Nooooora! Bring mir einen Lappen, bitte sei so gut. Und mach schnell, der Boden geht sonst vor die Hunde!«

Der gestrige Abend schob sich in sein Bewusstsein, langsam und grell wie die aufgehende Sonne. Er hatte zu viel getrunken, viel zu viel. Aber sie hatten irgendwie noch miteinander geschlafen, wenn er sich recht erinnerte. Na ja, zumindest er mit Nora. Sie war nicht recht bei der Sache gewesen, wenn er sich nicht täuschte, aber das kam oft vor. Ihm war schon lange klar, dass sie nicht gern mit ihm schlief. Er nahm es in Kauf und begehrte sie weiterhin, denn so war sie eben.

»Nora, bitte! Ich hab' hier alles ausgeleert. Und Kopfschmerzen hab' ich auch, ich brauch' Wasser. Schatz, bitte!«, sagte er mehr zu sich selbst. Um nochmals zu rufen, fehlte ihm die Kraft. Viel zu anstrengend, viel zu laut. Fuck, was für ein beschissener Morgen. Er schloss erschöpft die Augen und wünschte, Nora wäre bei ihm. Sie fehlte ihm immer, wenn er nicht mit ihr zusammen sein konnte. Manchmal fragte er sich, warum eigentlich. Er verstand diese Frau nicht einmal, hatte er auch nie. Aber genau das hatte ihm ja so gefallen an ihr. Dass sie oft still war, innerlich in einer anderen Welt lebte, die er nicht kannte. Er liebte das Geheimnisvolle in diesen gepunkteten Augen. Er liebte ihre weiße Haut, die ihren mädchenhaften Körper satt umfasste, eine unüberwindliche Grenze war zwischen ihr da drinnen und ihm da draußen. Es war, als wäre ihre Haut nicht Sinnesorgan wie bei einem normalen Menschen, sondern nur Schutzmantel. Dicht und undurchdringlich. Sie schien damit nicht zu fühlen.

Dann verdichtete sich eine weitere Erinnerung an den gestrigen Abend. Da war ja noch das Gespräch gewesen. Das große Gespräch, wie er es seit Wochen bei sich genannt hatte. Als er sich daran erinnerte, wie abwesend Nora gewesen war, als er ihr seine Pläne darlegte, von Paris, vom Fruchtbarkeitstest und von der Adoption, hätte er sich am liebsten ein Bier aus dem Kühlschrank geholt. »I woke up this morning and I got myself a beer.« Wirklich elendiglich schade, dass Jim Morrison unter der Erde lag, der Typ hätte ihn wenigstens verstanden.

Die volle Blase zwang Stefan schließlich doch aus dem Bett. Er stand mit einem Ruck auf und hielt sich kurz an der Wand fest, bis der Kopf aufhörte zu pulsieren. Im Bad füllte er den Zahnputzbecher mit Wasser vom Hahn und warf zwei Alka-Seltzer rein, die sich mit unverschämt lautem Zischen auflösten. Es dauerte eine halbe Ewigkeit. Dass die nichts Leiseres gegen Kater erfinden konnten, verklemmte Blaukreuzler allesamt.

Fluchend wankte Stefan ins Bett zurück und wartete darauf, dass die Tabletten die Kopfschmerzen auflösten wie zuvor sich selbst. Erst jetzt ging ihm auf, dass Nora gar nicht mehr in der Wohnung sein konnte. Sie wäre sonst schon längst gekommen und hätte gefragt, ob er einen Kaffee wolle. War er gestern Abend so hackedicht gewesen, dass er etwas Falsches gesagt hatte? Verdammt, es war schließlich sein gutes Recht, sich an seinem fünften Hochzeitstag gepflegt abzuschießen. Erst recht, wenn seine Frau etwa so begeistert war von seiner Familienplanung wie andere von der Steuerrechnung. Warum war das bloß so? Er wünschte sich so sehr ein paar Kinderchen, ein Mädchen und einen Jungen, und Nora wäre bestimmt auch glücklich, wenn sie mal da wären, auch wenn sie das jetzt noch nicht wusste. Vielleicht schämte sie sich ja dafür, dass es in fünf Jahren nicht einmal eingeschlagen hatte, obwohl sie noch nie verhütet hatten. Er würde sie fragen, sie mussten offener miteinander reden. Verdammt, sonst waren es doch die Frauen, die das von ihren Typen verlangten. Was war bloß schief mit seiner Frau? Und überhaupt, wo war sie eigentlich?

Stefan fischte sein Handy aus seiner Anzugshose auf dem Boden, die ihn mit ihren beiden krumpligen Beinlöchern anstarrte wie ein altes Monster. Er musste gestern einfach aus ihr herausgestiegen sein. Nora hatte ihm eine SMS geschrieben.

Mit kalten, bebenden Fingern versuchte er, zu ihrem Kontakt zu scrollen. Als er endlich auf »Anrufen« drückte, kam nur ihre Mailbox. Sie hatte ihr Telefon ausgeschaltet.

Plötzlich war Stefan hellwach. Wie hatte er nur so blind sein können. Nora hatte einen anderen, das würde alles erklären. Von wegen Julie und krank! Er wählte Henriks Nummer, dabei wäre ihm sein Telefon fast entglitten, er musste es mit beiden Händen umklammern. Wehe, wenn Henrik im Flugmodus war.
Immerhin klingelte es. Nach weiteren sieben Mal hörte er, wie Henrik etwas in den Äther grunzte, was verdächtig klang wie »Welcher amputierte Arsch …?«
»Hoi, hier Stefan. Was läuft, Mann?«
»Alter, hast du senile Bettflucht oder was? Es ist Samstag, verdammt, falls du das noch nicht gemerkt hast.« Henrik stöhnte rau. »Ich hoffe für dich, dass mindestens halb Europa weggebombt wurde.«
Stefan ging nicht darauf ein, darüber konnten sie später diskutieren, jetzt hatte er andere Sorgen. »Als deine Ex diesen Liebhaber hatte, wie hast du das eigentlich gemerkt?«
»Wie bitte? Du rufst mich mitten in der Nacht an, um dich mit mir darüber zu unterhalten, wie diese Schlampe mich verarscht hat? Das kann nicht dein Ernst sein. Was für Drogen hast du eigentlich gefressen? Warte … Du glaubst doch nicht im Ernst, dass Nora so was tun würde? Du bist echt krank, Mann. Geh wieder ins Bett!«
»Ich frag' ja nur. Ich weiß einfach nicht mehr, was ich

glauben soll. Sie benimmt sich so seltsam in letzter Zeit. Ist so abwesend, fast abweisend. Zudem frage ich mich, was sie den ganzen Tag über tut. Sie sagt mir seit Jahren, sie hocke nur bei ihrer schrulligen Großtante. Aber wer garantiert mir, dass das alles ist, was sie tut?«
»Frag sie halt. Oder noch besser: Schick sie arbeiten. Ist ja logisch, dass sie auf dumme Ideen kommt, wenn sie sonst nichts zu tun hat.«
»Quatsch. Sie braucht ein Kind. Aber das ist es ja, was mich so fertigmacht. Kinder scheint sie nämlich auch nicht recht zu wollen. Na ja, vielleicht muss ich sie einfach zu ihrem Glück zwingen.«
»Gut, dann haben wir das ja jetzt geklärt und ich kann weiterpennen. Das hier kostet dich ein Abendessen, das garantier' ich dir. So, und jetzt such dir eine andere Sorgentante. Ich werf' mein Telefon aus dem Fenster, gute Nacht.«

Stefan zeigte seinem Handy den Finger und machte sich einen Kaffee mit einem kräftigen Schluck Grappa gegen den Kater. Danach würde er seine Frau suchen.

Kapitel 11

Samstag, 20. Juli 2013, 09:31

»Coco, wach auf.« Nico schlug mit dem Kissen nach der Stimme. »Lass mich, Mama! Und hör auf mit dem Coco-Scheiß, ich bin kein Affe.«
»Nicolino, bitte, es ist wichtig. Komm in die Küche. Ich habe uns Kaffee gemacht.«
In der Küche von der Größe eines Kleiderschranks stellte sich Mihaela ans Fenster und richtete ihre Babuschkas neu. Sie nannte sie Matriuskas. Das verstand in der Schweiz natürlich keiner, aber sie redete eh mit kaum jemandem, also hatte Nico es aufgegeben, sie zu berichtigen. Ihm gingen die Dinger auf die Nerven, egal wie sie hießen. Es waren kleine, dicke Köche, die Mihaela der Größe nach in einer schnurgeraden Linie auf den Fenstersims stellte, sodass man nur noch mit gekipptem Fester lüften konnte, was Nico regelmäßig rasend machte, wenn er in Ruhe eine rauchen wollte.
Mihaela polierte gerade Klon Nummer drei mit ihrer Blumenschürze blank und parkte ihn mit der Konzentration eines Maßarbeiters neben Nummer zwei. Nico stand in der Tür und rieb sich entnervt die Augen. Dann ließ er sich mit einem vorwurfsvollen Stöhnen auf einen der beiden Küchenhocker plumpsen und legte seinen Kopf auf die Unterarme. Es war Samstag, verdammt. Er wollte einfach schlafen. Das hatte er sich weiß Gott hart verdient nach dieser öden Woche in Mikes käsigen Atemschwaden.

Nico trank den schwarzen Kaffee, den Mihaela ihm wortlos hinstellte, allerdings erst, nachdem sie mit Koch Nummer sechs fertig war. Offenbar wollte sie Nico dafür zurechtweisen, dass er vorhin »Scheiße« gesagt hatte. Strafen. Zu viel Zucker, wie immer. Nico schlürfte absichtlich laut. Er beschloss, so lange zu schweigen, bis seine Mutter von sich aus etwas sagte.
»Julie ist tot.«
Nico spuckte den Kaffee zurück in die Tasse.
»Nora hat vorhin angerufen. Sie ist mit ihr in die Notaufnahme des Krankenhauses gefahren. Aber als sie dort angekommen ist, war Julie schon tot. Sie muss jetzt noch dort bleiben. Nora, meine ich. Die Polizei ist bei ihr.«
Wieder ein Job weg, dachte Nico und schämte sich sofort dafür. Er hatte Julie gemocht, immerhin war sie die Einzige gewesen, die seine Mutter nicht wie eine Illegale behandelt hatte. Nico kannte sie, seit er denken konnte. Trotzdem wollte er jetzt einfach weiterschlafen. Davon, dass er hier übermüdet zu süßen Kaffee trank, würde die Alte auch nicht wieder lebendig. Hart, aber wahr.
Als hätte sie seine Gedanken erraten, fuhr Mihaela fort: »Sie war wie deine Großmutter, Nico. Du musst hinfahren und Nora bei allem helfen. Du weißt, ich kann es nicht. Die Polizei. Das ist zu gefährlich.« In der Aufregung war sie vom Rumänischen ins Deutsche gekippt. Das tat sie selten, denn sie wollte, dass Nico nie vergaß, was er war: ein Rumäne, ihr Prinz. Und eines Tages sollte er stolz und erfolgreich dorthin zurückkehren, von wo man sie vor fast neunzehn Jahren verscheucht hatte, und dem Hintersten und Letzten im Dorf zeigen, was aus Mihaelas unehelichem Sohn geworden war. Nico ließ

ihr diese Träume, auch wenn er nicht vorhatte, sie je zu erfüllen. Es war alles so lächerlich. Sie tat ihm leid.
»Ok, Mama, ich gehe. Mach dir keine Sorgen.« Er küsste sie auf die Wange, schnappte sich im Flur ein Minzbonbon aus der Schale unter der Madonna mit dem doppelten Heiligenschein und zog sich eine Lederjacke über das weiße T-Shirt, das nach Schlaf und Sex roch, auch wenn er alleine geschlafen hatte.
Dann überlegte Nico es sich anders, immerhin war die Polizei dort, holte frische Kleider aus dem Wandschrank, dessen Tür immer klemmte, und duschte sich rasch, saugte an der Zahnpastatube und zauste sich die schwarzen Haare in die Stirn.
»Für dich, Mama.« Er hielt ihr zum Abschied den Kragen des weißen Hemdes unter die Nase und küsste sie nochmals. Da erst sah er, dass sie geweint hatte. Er nahm sie in den Arm. Sie war so klein und so weich. »Sch, sch, sch. Alles wird gut.« Sie brauchte ihn. Die kleine Küche würde wohl noch für ein Weilchen sein Leben bleiben müssen.

Als Nico mit dem Fahrrad über die Autobahnüberführung zum Krankenhaus fuhr, spuckte er über das Geländer.

Kapitel 12

Samstag, 20. Juli 2013, 11:19

»Sie bleiben also dabei, dass die Dame noch gelebt hat, als Sie sie ins Auto gesetzt haben?«
Nora biss sich in die harte Haut neben dem Daumennagel. »Ich weiß es nicht. Ich … ich war völlig überfordert mit allem.«
»Gut möglich. Trotzdem ist es ein bisschen schwierig zu glauben, dass Sie nicht gemerkt haben wollen, ob die Frau in Ihrem Auto tot war oder nicht«, sagte der Beamte mit dem drallen Bauch und dem hängenden Kinnlappen.
Sein Kollege legte ihr knapp die Hand auf die Schulter: »Das war sicher ein Schock, Frau Helbling. Sie haben das wunderbar gemacht. Aber Sie verstehen bestimmt auch, dass wir das abklären müssen, oder?« Das war keine Frage, sondern eine Feststellung. Der Typ trug doch tatsächlich einen Schnurrbart. Dass es das im echten Leben wirklich gab, Bullen mit Schnauzern, dachte Nora. Das hätte Papa gefallen. Und wie offensichtlich er den Good Cop gab auch.
Er saß ihr breitbeinig gegenüber, der übrige Stoff seiner blauen Hose spannte sich zwischen seinen dünnen Oberschenkeln zu einem leeren Zelt, als er sich vorbeugte, den Becher mit dem Automatenkaffee in der Hand. Nora versuchte hierzubleiben. Ihr Verstand löste sich immer wieder von ihr und schwebte zur Zimmerdecke.

Von dort aus schaute er zu, wie sie auf dem Plastikstuhl saß, und staunte darüber, dass es sie wirklich gab und dass sie hier gelandet war. Das ging ihn alles nichts an.

Ständig quietschten weiße Gestalten mit Gummisohlen durch den Flur und schauten kurz zu ihnen herein, missbilligend oder einfach verwirrt. Nach ewigem Hin und Her hatte die Pflegeleiterin ihnen den Aufenthaltsraum des Pflegefachpersonals als Verhörzimmer zugebilligt. Wobei sie das Wort »Pflegefachpersonal« überdeutlich und betont langsam ausgesprochen hatte, nachdem der Kinnlappen sie gefragt hatte, ob es ein Pausenräumchen für die Krankenschwestern gebe, das sie benutzen dürften. Von Verhör sprach offiziell natürlich keiner.
Noras Verstand studierte die hubbelige Kunststoffwand mit den Grußkarten. Auffallend viele davon hatten Mäuse mit fetten Füßen drauf und irgendwelche Sprüche auf einem rosa-lila Hintergrund. »Wir vermissen dich«, »Bleib, wie du bist«. Lasst mich in Ruhe, ihr geschmacklosen Idioten, dachte der Verstand. Sie musste positiver denken, ermahnte sich Nora und schaffte es, sich wieder zu einem Ganzen zusammenzufügen.
Der Schnauzer pickte gerade ein paar Krümel von der Kuchenplatte auf dem Tisch, mimte den Gedankenverlorenen. So viel zum Thema Krankenhaushygiene. »Ich weiß, wer die Tote ist. Oder war. Das war doch die Wirtin vom Stundenmotel drüben neben der verfallenen Bruchbude. Ich war dabei, als wir ihre Schwester aus dem Schlafzimmer holen mussten. Nichts Schönes, sag' ich Ihnen. Was für ein kranker Kauz.« Er schüttelte den Kopf. »Aber er lebt auch schon seit Längerem nicht

mehr, hab' ich gehört. Wie ist es ihr nach seinem Tod eigentlich ergangen? War ja dann ganz allein in der gruslígen Hütte, oder?«
Nora sagte noch immer nichts. Was wollte er von ihr hören? Es sei Julie blendend gegangen? Und übrigens von wegen alte Dame, Julie hätte sich scheckig gelacht, wenn sie gehört hätte, dass jemand sie so bezeichnete. Unpassender ging es wohl kaum. Na ja, Hauptsache, sie konnte die Jungs davon abhalten, ins Haus zu gehen und es zu durchsuchen. Der Rest war nicht wichtig. Also schluckte Nora alle schnippischen Kommentare runter, das hatte sie in den Jahren ihrer Ehe gut geübt, und gab sich verletzlich und hilfsbereit.
»Sie kam gut zurecht. Ich habe sie oft besucht. Sie war halt alt und hat geraucht wie ein Bürstenbinder. Und ein bisschen viel getrunken hat sie auch, Sie wissen schon.«
»Mhm. Und gestern sind Sie dann rein zufällig mitten in der Nacht bei ihr vorbeigekommen, als sie den Zusammenbruch hatte?« Das war wieder der andere Beamte, der Dicke mit dem Kinn und den langen Haaren auf dem Handrücken. Nora nahm sich vor, sich nicht provozieren zu lassen.
»Nein, natürlich nicht. Ich hatte versucht, mein Tante anzurufen, und sie ist nicht ans Telefon gegangen. Da habe ich mir Sorgen gemacht und bin hingefahren.«
»Mitten in der Nacht? Haben Sie Ihre Tante öfter mitten in der Nacht angerufen? Sie sagten ja, es sei etwa halb zwei gewesen, als Sie losgefahren sind.«

Nora wollte weg hier, ihr Verstand löste sich wieder von ihr ab wie ein Kindertattoo im Wasserbad. Aber sie

zwang ihn zu bleiben, für Meret. Die Polizisten durften sie auf keinen Fall finden. Was dann passieren würde, wusste man ja. Man würde sie ihr wegnehmen und sie zerstören. Natürlich unter dem Deckmantel der Sorge um das Kindeswohl. Und was in der Presse abgehen würde, daran mochte Nora gar nicht erst denken. Wenn die Folgen der zu erwartenden öffentlichen Hinrichtung dem Wohl von Meret dienen sollten, dann war die Welt noch verlogener, als sie bislang ohnehin schon angenommen hatte. Die schiere Vorstellung machte sie zornig und wach. Aber das würde sie schön für sich behalten. Sie würde die Kontrolle behalten.
Nora schaute den Kinnlappen mit großen Augen an und sah, wie er die Punkte darin bemerkte, unwillkürlich setzte er sich etwas aufrechter hin. Ihre Mutter soll dieselben Augen gehabt haben. Letztlich seien sie ihr Untergang gewesen, hatte Papa mal gesagt. Denn ihre weiße Haut mit den Sommersprossen und die Flecken auf der Iris waren das Markenzeichen der hageren Schönheit gewesen. Sie hatten sie zum gefragten Model gemacht. Plötzlich verkehrte das Landei auf Partys, war eine kleine lokale Berühmtheit im heroinliebenden Zürich der Achtziger geworden, fast eine Ikone. Ihr Niedergang sei nichts als die logische Folge davon gewesen, war Papa überzeugt. Einmal hatte er ihr gesagt, er sei dankbar, dass sie wenigstens nur die Flecken und den schönen Mund, nicht aber die umwerfende Schönheit ihrer Mutter geerbt habe. Nora sagte nichts dazu. Was auch?
Nun sollten diese dämlichen Punkte bitte wenigstens zu etwas gut sein und ihr und Meret den Kopf retten. Sie

beugte sich vor und blinzelte dem Kinnlappen ins Gesicht. »Ich wusste, dass die Arme ohnehin kaum noch schlafen konnte. Zudem lag ich selbst wegen der Hitze schon seit Stunden wach. Da habe ich sie eben angerufen. Sie war für mich wie eine Mutter, müssen Sie wissen. Meine eigene ist schon lange tot.«
Vielleicht half das ja.
»Ist uns bekannt, ja. Junkie, goldener Schuss, das ganze Programm. Alles aktenkundig.«
Na gut, dann eben nicht. Sie hätte zu gern gewusst, was diese Jungs da sonst noch alles über sie wussten.
»Ihre Großtante wird jetzt in die Obduktion gebracht. Mit größter Wahrscheinlichkeit hatte sie einen schweren Herzinfarkt. Irritierend ist es trotzdem, dass Sie hier mit einer Leiche vorfahren und keine anständige Antwort liefern können, ob sie nun tot war, als Sie bei ihr ankamen, oder nicht. Zudem müssen wir Ihr Alibi überprüfen. Das sehen Sie doch ein, oder?«
Nora nickte. Schon wieder so eine rhetorische Frage, hielten die sie eigentlich für geistig minderbemittelt? Ihr Verstand sah ihr dabei zu, wie sie die Hände ineinanderschob und den Kopf schieflegte, wie ein unterlegener Hund. Das half.
Der Schnauzer legte ihr ganz kurz die Hand auf den Unterarm. »Gut, jetzt gehen Sie am besten mal nach Hause und ruhen sich aus. Aber bleiben Sie erreichbar. Bis auf Weiteres dürfen Sie das Land nicht verlassen. Zudem brauchen wir die Nummer Ihres Gatten. Sollen wir ihn gleich anrufen, damit er Sie abholen kann?«
Nora wollte gerade alle Unterwürfigkeit über Bord werfen und entgegnen, wenn sie schon wüssten, dass

sie verheiratet sei, dann wäre es ihnen doch sicher ein Leichtes, die Nummer selbst herauszufinden. Da sagte eine junge Stimme: »Nicht nötig.« Sie gehörte einem gut aussehenden Teenager mit Schlafzimmerblick, der im Flur an der Wand lehnte. Seine Lederjacke und die vor der Brust verschränkten Arme verliehen ihm den Charme eines Kleinkriminellen aus einem billigen Krimi.
»Nico!«, rief Nora.
»Na gut, wie ich sehe, sind Sie ja jetzt versorgt, passen Sie auf sich auf«, sagte der Schnauzer und schaute Nico etwas länger an als nötig, wie Nora fand. Aber wahrscheinlich war sie einfach nur überspannt. Die Beamten verabschiedeten sich und verschwanden breitbeinig in dem endlosen Flur mit den rotzgrünen Wänden und den Plakaten von Selbsthilfegruppen, Shiatsu-Therapeutinnen und Krankenhausseelsorgern.
Sie schauten den beiden nach. Als die Beamten sich in winzige Ameisen verwandelt hatten, trafen sich ihre Blicke und sie mussten grinsen. Doch sobald Nora bewusst wurde, dass sie nun allein waren, wurde sie verlegen.
»Alles ok?«, wollte Nico wissen.
»Ja. Nein. Eigentlich überhaupt nicht.«
Nora fing an zu weinen. Nico schaute sich um. Eine Matrone in hautengen weißen Hosen schob gerade einen Wagen mit Chromstahlgeschirr vorbei, wobei ihre Schenkel den Stoff bei jedem Schritt gefährlich verzerrten. Vielleicht lief sie darum im Schneckentempo, um die Hose am Leben zu erhalten. Es war schwer zu sagen, ob die Schwade, die sie und ihren Wagen umgab, vom Mittagessen oder von Bettpfannen stammte.

»Sorry!«, rief Nico den eingepferchten Arschbacken hinterher. Die Matrone gab ihm das amtsübliche »Ja bitte?« und den skeptischen Blick, der dazugehört, und verlangsamte ihren Schritt noch mehr, jedoch ohne stehen zu bleiben.
»Haben Sie vielleicht Taschentücher oder Kleenex hier?«
Sie riss im Gehen ein paar weiße Papiertücher aus einer Box an der Wand, drückte sie dem neben ihr herhastenden Nico in die Hand und wälzte sich weiter. Nico brachte den Wust Nora, die sich laut schnäuzte und fast ein wenig lachen musste.
»Ich sehe sicher aus wie ein Waschbär«, sagte sie.
»Ja, aber wie ein recht hübscher.«
Nico biss sich innerlich in den Hintern für diese bescheuerte Bemerkung.
»Mama hat daheim Kaffee und Quarkknödel gekocht. Ich soll dich zu ihr bringen.«
»Danke, aber ich kann nicht. Ich muss zurück ins Haus.«
»Das kannst du doch später auch noch, es läuft ja nicht weg. Es wird dir sicher nicht guttun, nach all dem, was passiert ist, allein in dem dunklen Haus zu hocken. Ich glaube, du brauchst dringend einen Kaffee und Mamas Knödel, die wecken sogar Tote, glaub mir.«
Nico hielt inne und wrang verlegen die Hände, wie konnte er nur so viel Stuss in so kurzer Zeit labern? Was hätte er jetzt für eine Kippe gegeben.
»Schon gut, aber nein danke«, sagte Nora barscher, als sie beabsichtigt hatte. »Ich muss jetzt wirklich allein sein, sorry. Aber wirklich danke für alles. Und sag deiner Mutter, dass ich sie heute noch anrufe.«

Nico begleitete sie zu ihrem Auto. Kaum draußen, zündete er sich eine Zigarette an und sog daran, bis ihm übel wurde.

Kapitel 13

Samstag, 20. Juli 2013, 13:49

Stefan schloss die Fenster und stellte die Klimaanlage auf achtzehn Grad ein. Dann schob er die steifen Stoffbahnen vor die Fenster. Am liebsten wäre er hier in dem kühlen, grauen Bunker geblieben. Aber er musste Nora suchen. Die Polizei hatte inzwischen auch schon angerufen, um ihn nach ihrem Alibi zu fragen. Er hatte ihr eines geben können, aber nur bis zum Zeitpunkt, zu dem er eingeschlafen war. Irgendwann später musste sie ja zur Tante gefahren sein. Offenbar hatte die da aber noch gelebt, wenn die SMS stimmte, die sie ihm am Morgen geschickt hatte. Aber das hatte er den Cops nicht gesagt. Er wollte zuerst mit Nora sprechen. Ihr Telefon war noch immer ausgeschaltet und er machte sich Sorgen. Und sauer war er auch. Warum hatte sie ihm nicht geschrieben, dass Julie tot war? Das war doch nicht ganz normal, so was. Dennoch musste er sich eingestehen, dass es ihm hundertmal lieber war, dass die Tante endlich ins Gras gebissen hatte, als dass Nora bei einem anderen Mann im Bett lag. Zudem war sie nun weg. War doch super passend, der Zeitpunkt, jetzt, wo sie Kinder wollten. Stefan versuchte sich zu schämen für seine Freude, aber er gab es bald wieder auf.
Er war einfach nur froh. Irgendetwas hatte Nora ständig zu der Alten gezogen, die nach Rauch und einer abgestandenen Überdosis Chanel Nummer 5 gerochen hatte.

Dabei war ihm Julie nie besonders hilfsbedürftig vorgekommen. Eher unheimlich und abstoßend – und als Bedrohung für seine Ehe. Er hatte den Geruch gehasst, der in Noras Haut hockte, wenn sie ein paar Tage dort gewesen war, er hasste es, dass sie lieber dort herumsaß, statt Leben in ihre gemeinsame Wohnung zu bringen oder sonst etwas Schlaues zu tun. Egal was, Ausstellungen, eine Weiterbildung. Was man halt so tat, wenn der Mann Kohle für zwei anschleppte, verdammt. Als sein Handy auf dem Betontisch brummte, zuckte Stefan zusammen.

»Hallo. Ich bin's. Bist du wach?«

»Was denkst du denn? Kannst du dir eigentlich vorstellen, was für Sorgen ich mir gemacht habe, als du plötzlich weg warst?! Und wie kommst du dazu, dein Telefon einfach auszuschalten, nachdem du mir eine solche SMS schreibst? Und jetzt hat auch noch die Polizei angerufen. Was müssen die nur von uns denken, dass ich nicht von dir, sondern von ihnen erfahre, dass deine Tante tot ist?« Er hatte sich eigentlich vorgenommen, locker zu bleiben, und holte tief Luft. »Verzeih. Ich wollte nicht ausrasten. Ich hatte einfach solche Angst um dich. Wie geht's dir?«

»Geht so. Wie du ja schon weißt, ist sie tot.«

Eine stille Peinlichkeit lang sagte keiner etwas, und Stefan versuchte, sich nicht anmerken zu lassen, wie erleichtert er war, sie zu hören und zu wissen, dass sie nun endlich ganz die Seine war. Nora würde ihm nicht verzeihen. Also sagte er ihr, wie leid es ihm tue.

»Musste sie leiden?«

»Ich weiß es nicht.«

»Ich komme gleich zu dir, mein Schatz.«
»Nein, geht schon, danke. Ich muss einen Moment allein sein.«
Der eben erst abgelegte Argwohn kroch Stefan wieder den Nacken hoch und stellte ihm die Haare auf.
»Und Paris?«
»Die Polizei will, dass ich im Moment in der Nähe bleibe, aber es wird schon klappen.«
»Wann kommst du? Brauchst du einen Anwalt?«
»Ich melde mich.«

Stefan starrte auf den Hörer. Sie war weg. Der heiße Tag dehnte sich vor ihm aus wie das Universum. Unaufhörlich, in Kreisen, unabsehbar. Er überlegte kurz, ob er Henrik nochmals anrufen sollte, aber dann schnappte er sich die Fernbedienung und heftete sich an Federers Ball und ein kaltes Bier.

Kapitel 14

Samstag, 20. Juli 2013, 15:02

Die Luft über dem Parkplatz beim Motel warf heiße Blasen. Die Elstern hatten sich in den Schatten der Linde verzogen und linsten schräg auf Nora hinab. Aasgeier, dachte sie und erschauerte, als sich Julies totes Gesicht wieder in ihre Erinnerungen schob. Sie wusste, es würde nun bleiben und bis ans Ende ihres Lebens wie ein Filter über allem liegen. Einer von immer zahlreicheren, die nach und nach ihre Sicht auf die schlichte Realität verzerrten, dessen war sie sich bewusst, ohne etwas daran ändern zu können. Wie gern hätte sie all diese Bilder und Worte, die an ihr klebten wie Fliegen auf der Falle, einfach weggewischt und nochmals von vorne angefangen, nach dem Tag, als Papa starb.

Im Flur war es angenehm kühl, wie in einem Wachsfigurenkabinett. Im Spiegel neben der Garderobe blitzte ein Funken Sommer auf, dann schloss Nora die Tür hinter sich und die Zeit wich wieder aus dem Haus.

Sie horchte. Meinte, ein Schaben gehört zu haben. Es kam von oben, aus Merets Zimmer. Nora nahm zwei Stufen auf einmal, bemüht, nicht auf die Schmieren zu stehen, die Julies Kot hinterlassen hatte. Vielleicht war es auch der stinkige Kater gewesen. Das Porzellanmädchen lag noch immer in der Ecke der zweitobersten Stufe. Putzen würde sie später.

Aus dem Kontrollfensterchen starrten sie Merets graue Augen an. Nora versuchte ein Lächeln und schwenkte den Schlüssel. Sie desinfizierte sich die Hände und schloss Merets Zimmer auf. Sie lugte um die Tür und rief gut gelaunt: »Hallo, Prinzessin. Welche Laus ist denn dir über die Leber gekrochen?«
Die eigene Stimme hallte falsch und viel zu laut in ihr nach. Nora setzte sich auf das Bett und streckte einladend ihre Arme aus. Meret reagierte nicht darauf. Sie kniete noch immer reglos vor dem Fensterchen, das Messer hatte sie unter die Decke gesteckt. Als sie schließlich sprach, klang ihre Stimme seltsam kehlig.
»Mama, was ist mit Julie?«
Elvis raschelte ein paar Sägespäne zurecht, und eine Schwade Hamsterurin mischte sich in die abgestandene Schwüle des Zimmers. Nora drückte ihr Gesicht in die klebrigen Handflächen. Sie wollte endlich schlafen.

Das hier erinnerte sie an die endlosen Nächte, als Meret ein Baby gewesen war. Damals hatten sie noch im zweiten Stock gewohnt, in Annis und Gustavs ehemaligem Schlafzimmer. Ihr und Julie erschien es dort am sichersten. Nirgendwo sonst im Haus lagen so viele Treppenstufen zwischen ihrem Geheimnis und der feindlichen Welt da draußen. Und sie wollten allzeit gewappnet sein für den Fall, dass sich doch mal jemand ins Haus verirren sollte, sei es einer der seltenen Motelgäste oder ein Handwerker – zu jener Zeit hatte Julie noch ab und zu versucht, dem Verfall des Hauses einen Klempner oder einen Schreiner entgegenzustellen. Bald war ihr das zu anstrengend und zu riskant geworden und sie hatte

beschlossen, auf den Anblick von Frischfleisch zu verzichten, wie sie Nora kokett mitteilte.
In ihrem ersten Jahr hatte Meret kaum länger als drei Stunden am Stück geschlafen. Oft hatte sie nur gedöst und dabei leise gewimmert. Das Einzige, was sie beruhigte, war, wenn Nora sie auf den Arm nahm und mit ihr wie ein Tiger in ihrem gemeinsamen Käfig hin und her ging, sieben Schritte vor, vier nach links, bis die Decke zu niedrig wurde, und dann wieder zurück. Sie fühlte wieder den groben Teppich unter ihren Füßen und sah die Schatten unter der Dachschräge, als der Morgen endlich gnädig anbrach, wenn auch nur draußen. Stets kam er nur langsam. Viel zu langsam.
War die Kleine dann endlich, endlich in stabileren Schlummer geglitten, traute Nora sich nicht, sie wieder hinzulegen, aus Angst, sie könnte wieder anfangen zu jammern. So verbrachte sie Stunden am Fenster mit den geschlossenen Läden, die Stirn an den Fensterrahmen gelehnt, und weinte, aus den Knien heraus wippend, damit das Köpfchen an ihrer Schulter auch ja stumm blieb.
Um sieben in der Früh hatte Julie jeweils für zwei, drei Stunden übernommen, hatte das Baby gurrend gewickelt und gefüttert und war mit ihm anschließend um das massige Bett aus den Vierzigerjahren gewandert, auf dem Nora wie eine Schiffbrüchige lag und Schlaf suchte. Meistens fand sie nur Erschöpfung, aber es tat gut, mal für eine Weile für nichts verantwortlich zu sein. Dann, und nur dann, war das Zimmer nicht zu eng für eine Siebzehnjährige und ihr Baby.

Das alles war weit weg und doch noch gar nicht lange her. Nora seufzte und nahm Merets Hand. »Du hast uns gesehen heute früh, nicht wahr?«
»Mhm. Julie war so komisch auf deinem Arm. Warum konnte sie nicht selbst gehen? Und wohin seid ihr gegangen? Ist sie krank?«
Erst jetzt wurde Nora klar, dass sie sich gar nicht überlegt hatte, wie sie Meret erklären sollte, dass Julie tot war. Sie hatte es ja selbst noch nicht begriffen.
»Julie ist krank. Es ist nichts Schlimmes, etwas mit den Beinen. Ich habe sie ins Krankenhaus gebracht. Dort werden sie sie wieder gesund machen.«
Wann war es für sie eigentlich so selbstverständlich geworden zu lügen? Papa hatte sie nie belogen, auch wenn sie ihm nicht immer alles erzählt hatte. Sie kannte die Antwort. Ezechiel. Er war die Antwort auf so vieles.
»Und was ist, wenn die da draußen böse sind zu ihr? Vielleicht war es ja eine Falle?«
Nora saugte ihre Wangen ein und biss sich auf das zähe Fleisch, bis sie das Eisen in ihrem Blut schmeckte. Dann stand sie auf, signalisierte Meret, dass das Gespräch hier zu Ende war.
»Du musst dir keine Sorgen machen. Ach, wann wirst du endlich anfangen, mir zu vertrauen? Es tut mir weh, wenn du immer so viel fragst.«
Meret starrte zu Boden. »Ich vertraue dir, Mama.«
»Schwör es.«
»Ich schwöre es, Mama.«
Nora ritt nicht weiter auf dem Thema herum. Sie sagte nur: »Du verstehst das alles nicht. Die da draußen wollen keine Alten, sie wollen nur die Kinder. Darum müssen

wir uns keine Sorgen um Julie machen.«
Entgegen ihrer Gewohnheit blieb Meret diesmal hartnäckig, auf die Gefahr hin, Mama wütend zu machen. Das hier war zu wichtig, um einfach klein beizugeben. Es fühlte sich unerwartet gut an, einfach weiterzumachen.
»Mama, darf ich dann auch nach draußen, wenn ich mal so alt bin wie Julie?«
Nora starrte Meret irritiert an und sagte betont leise: »Meret, es reicht für heute. Du solltest lieber die Aufgaben erledigen, die ich dir gegeben habe. Bist du mit Alice durch?«
»Nein. Ich mochte nicht lesen. Es tut mir leid, Mama. Ich wollte wirklich, aber es war so heiß und ich war müde und dann hatte ich Angst wegen …«
»Schon gut. Ist nicht so schlimm. Wir hatten alle eine anstrengende Nacht. Und heute musst du gleich nochmals stark sein.« Nora stellte sich fest auf beide Beine und verschränkte die Arme vor der Brust. »Mama muss für ein paar Tage weg. Danach dauert es nicht mehr lange, bis wir zwei von hier verschwinden.«
Meret begann trotz der Hitze zu frieren. »Und bis dahin? Wer passt auf mich auf? Ich will nicht allein sein. Mama, geh nicht weg. Bitte, bitte, bitte, ich hab' solche Angst! Ich mache alles, was du sagst, und frage dich nichts mehr, versprochen.«
Merets Verlorenheit sprang auf Nora über wie ein Lichtbogen. Sie hätte ihr Mädchen so gern in den Arm genommen. Aber das durfte sie nicht. Sie musste der Fels sein, das Fundament und das Korsett, das ihre beiden Leben trug und zusammenhielt. Wenn sie jetzt weich wurde, würde alles auseinanderbrechen. »Natürlich lasse

ich dich nicht allein, was für eine absurde Idee. Ich habe jemanden, der auf dich aufpasst. Es ist eine Frau und sie heißt Mihaela. Sie ist sehr nett. Du wirst sehen.«
»Aber sie ist von draußen. Was, wenn sie mir etwas tut, während du weg bist?«
»So, genug jetzt! Komm.« Nora stellte sich vor Meret, und die lehnte gehorsam den Kopf auf die Beine ihrer Mutter, wie sie es immer tat, wenn Mama wollte, dass sie Frieden schlossen, damit sie in Ruhe wegfahren konnte. Etwas war diesmal anders. Nora beugte sich hinab und schnupperte an Merets rotblonden Haaren. Sie rochen noch immer nach Pflaumenmus und Puder, aber nicht mehr nach Baby. Das Kind wurde groß. Bereits wuchsen ihr Knospen auf der sommersprossigen Brust. Ihre Scham hatte einen feinen rötlichen Flaum, der sich in der Mitte zu einem Streifen verdichtete. Immer öfter fand Nora in ihrer Unterwäsche gelbliche Krusten. Bald würde Meret zu bluten anfangen. Hoffentlich hat ihr Julie noch alles erklärt, dachte sie. Sie selbst fühlte sich nicht in der Lage dazu. Sie war ja nicht einmal fähig, ihrem Kind ein normales Leben zu bieten.

Nora rieb ihre Nase an Merets spitzer Schulter. »Ich muss los. Ich komme später wieder und bringe Mihaela mit. Mach dir einen schönen Tag. Zeichne etwas für mich, eine Szene aus Alice.« Sie versuchte, Merets Oberkörper von ihren Beinen zu lösen, sie aufs Bett zurückzuschieben, aber das Mädchen blieb stur an Noras Schoß liegen. Machte sich schwer wie ein Stein. Nora spürte, wie wütend sie diese anhängliche Widerborstigkeit machte. Es erinnerte sie an das fordernde Baby von damals.

»Meret, bitte.« Nora schubste Meret weg, und die kippte seitwärts auf den Boden. Nach einer Schrecksekunde lachten beide ein bisschen. Nur ein Scherz, nur ein Späßchen.
»Eines Tages wirst du dir noch was brechen, du Dickschädel«, neckte Nora. »Und nun muss ich wirklich los.«
Nora wollte ihre Tasche vom Stuhl nehmen, aber Meret hängte sich ihr an die Fußgelenke. Nora wollte sie abschütteln, hinkte einen Schritt in Richtung Tür. Sie lachte nicht mehr. Die Blase in ihr platzte, bevor sie etwas dagegen tun konnte, und sie zog ihren Fuß so heftig weg, dass Merets Kopf auf dem Boden aufschlug. Meret rollte sich zusammen wie ein kleiner Fuchs und wimmerte.
»Nicht gehen, Mama, bitte nicht.«
Aber Nora hörte nichts mehr. Sie strich sich die Haare aus der nassen Stirn. Das alles hier hatte sie nie gewollt. »Es tut mir leid. Und jetzt steh auf.« Sie atmete tief, zwang ihre Wut in den Magen zurück. Meret lag noch immer auf dem Boden und weinte. Tonlos, wie sie es gelernt hatte. Ihr ganzer Körper schüttelte sich.
Nora musste endlich all dem ein Ende bereiten, sie hielt das nicht mehr länger aus. Es war Zeit, die Flucht zu organisieren und Stefan zu beschwichtigen. Sie schulterte ihre Handtasche.
»So, geh dich jetzt waschen. Ich komme später wieder. Hab' dich lieb.«
An der Tür drehte sie sich nochmals kurz um. »Und trink viel, meine Prinzessin. Die Hitze ist sonst gefährlich.«
Sie beschloss, einen Ventilator zu kaufen, verwarf die Idee aber gleich wieder, als sie an die Verletzungsgefahr

durch die Rotorblätter und die Brandgefahr dachte. Dann schlich sie die Treppe hinunter. Ein geschlagener Hund, die Augen wund vom Salz.

Meret wartete auf das Geräusch des Motors. Dann kroch sie zu ihrem Bett und holte das Messer hervor.

Kapitel 15

Samstag, 20. Juli 2013, 16:14

Auf dem Herd brodelte ein Eintopf mit Huhn und Kartoffeln. Mihaelas Kittelkleid hatte dunkle Salzflecken unter den Armen. Immer wieder strich sie sich die Haare aus dem Gesicht, das von der Hitze ungesund glänzte. Trotzdem trank sie schon ihre dritte Tasse heißen Filterkaffee und bot Nora auch davon an.

»Nein danke. Ich sterbe sonst noch an einem Hitzschlag. Aber ein Glas kaltes Wasser nähme ich gern«, sagte Nora, biss höflich in eine der doppelstöckigen Oblaten, die Mihaela ihr aufgedrängt hatte, und hörte den Zuckerkörnern zu, wie sie zwischen ihren Zähnen zu Puder zermahlen wurden.

Sie war zum ersten Mal hier. Mihaela war immer Julies Angelegenheit gewesen, ihr soziales Gewissen, wie Papa es mal genannt hatte. Aber jetzt war sie Noras einzige Hoffnung. Und umgekehrt war es wohl kaum anders, denn wer würde Mihaela und Nico nun das Zubrot geben und sie unterstützen, wenn sie ohne Krankenkasse zum Arzt mussten, wenn nicht Nora? Sie würde Mihaela natürlich nicht wissen lassen, dass sie vorhatte, bald auf Nimmerwiedersehen von hier zu verschwinden. Denn bevor es so weit war, würde sie sich noch für einige Zeit auf Mihaelas unverbrüchliche Treue verlassen müssen.

»Warst du schon mal im alten Haus drüben?«, fragte Nora so beiläufig wie möglich und klopfte eine weitere

Oblate auf dem Teller ab, um Mihaela dabei nicht in die Augen sehen zu müssen. Den überschüssigen Zucker strich sie zu einem ordentlichen Häufchen zusammen. Einen ähnlichen Teller hatte sie als Kind auch mal gehabt. Er hatte einen kobaltblauen Rand mit Goldsaum, der ein Schäferpaar neben einem prächtigen Hirsch einrahmte.

Papa hat ihn von einer Reise nach Tschechien mitgebracht. »Ein bisschen Ost-Kitsch für meine Prinzessin«, sagt er, als sie ihn völlig verzaubert aus der Box mit dem Zellophansichtfenster zieht. Papa ist mit seiner aktuellen Freundin hingefahren. Marianka heißt sie. Ihr Vater ist zu Sowjetzeiten Förster gewesen. Später ist er in eine Platte abgeschoben worden, und jetzt verkümmert er zwischen Spitzendecken und dem mit Plastikfolie überzogenen Sofa, sagt Papa. Sie malt sich aus, dass der Jäger auf dem Teller Mariankas Vater ist, natürlich so, wie er war, bevor sie ihn eingesperrt haben. Sie will unbedingt nur noch von diesem einen Teller essen, aber Papa sagt, wenn sie sich schon vergiften wolle, dann solle sie es wenigstens mit etwas tun, was Spaß macht, wie Wein oder einem Joint. Marianka mit ihrem Pfannkuchengesicht kichert und strahlt ihn an. Sie ist nett. Nora mag sie gleich noch mehr, als sie zu Papa sagt: »Aaah Kristof, daaaas ist aaber nicht guut. Sie ist noch viiiel zu klain für solche Sachen. Ich saaage dir, das Kind braucht driingend eine Muuutter.« O ja, das wäre schön, denkt Meret. Aber das ist Mariankas letzter Besuch. »Ich brauche eine Frau, keine Mutter«, sagt Papa. Und Nora denkt für sich: Ja, du schon, aber ich hätte gern wieder eine. Doch so richtig sicher ist sie sich eigentlich auch nicht und hört auf, über Marianka nachzugrübeln.

Mihaela setzte sich zu Nora an den Tisch, die Kaffeetasse mit beiden Händen umfasst, als wäre es tiefster Winter. »Ja, ich war schon im Haus. Aber das ist lange her. Gustav war noch da. Ich habe geputzt. Seine Frau war krank. Als sie tot war, kam ich nicht mehr. Später hat Julie mit mir nur an der Tür gesprochen. Oder im Motel.«
»Weiß du, warum das so war?«, wollte Nora wissen.
Mihaela runzelte die Stirn, dann nickte sie ein Mal, sie hatte verstanden. »Nein. Und es ist nicht wichtig. Julie hat uns Arbeit gegeben. Auch ohne Papiere. Sie hat mich nichts gefragt und ich sie auch nicht. Das war genug.« Sie wischte sich mit dem nackten Unterarm über die Augen und die Stirn. Eine Strähne löste sich aus ihrem schwarzen Haar-Helm und stand wie eine Antenne aus Haarspray und Schweiß über ihrem runden Gesicht. Nora spürte ein hysterisches Kichern in ihrer Kehle kitzeln. Das alles war so absurd, wie ihre ganze verkachelte Existenz. Sie räusperte sich, lachen konnte sie ein andermal, falls es ihr dann noch danach zumute war.
»Wir alle haben unsere Geheimnisse. Das ist normal«, fuhr Mihaela nach einer Weile fort, und das letzte Restchen Kichern in Nora verpuffte. Sie hatte nie damit gerechnet, dass Mihaela sich ihren Teil zu all dem denken könnte. Es hatte sie schlicht nie beschäftigt, was im Kopf dieser kleinen Frau vorging. Wie leichtsinnig von ihr.
»Ok. Dann teilen wir beide jetzt nicht nur dein Geheimnis mit den Papieren, sondern auch meines. Verstehst du, was ich meine?«, sagte sie brüsk.

Aber Mihaela schüttelte nur bedauernd den Kopf. »Ach, Nora, wie denkst du nur von mir. Du musst mir nicht drohen, ich schulde deiner Großtante so vieles. Komm, gehen wir.«
Sie schlüpfte aus ihrem Kittelkleid und hängte es an einen Haken neben das Geschirrtuch mit einem Kalender von 1989. Dann ging sie ins Bad, wo sie sich bei offener Tür etwas Wasser vom Hahn unter die Achseln spritzte. Sie rubbelte sich mit dem Handtuch trocken und rieb den Schweiß von Gesicht und Nacken. Dann warf sie das Tuch in die Waschmaschine neben dem Waschbecken und nahm ein frisches Kittelkleid vom Bügel an der Wand. Vor dem Spiegel glättete sie ihr Haar mit den Händen und sprühte eine weitere Schicht Haarspray darüber. Nora juckte es schon vom Zusehen.

Im Auto erzählte sie Mihaela das Wichtigste, nicht sicher, wie viel sie ohnehin schon wusste. Aber darauf kam es nun nicht mehr an. Zum ersten Mal seit Merets Geburt brauchte sie Hilfe von außen, und Mihaela war die Einzige, die ihr diese geben konnte. Trotzdem fiel es Nora unsäglich schwer, auszusprechen, was sie noch nie ausgesprochen hatte: »Meine zwölfjährige Tochter lebt in dem Haus. Sie ist dort zur Welt gekommen und hat es noch nie verlassen. Niemand weiß, dass es sie gibt, außer mir. Und Julie natürlich. Warum das alles so ist, wie es eben ist, soll dich nicht kümmern. Aber du musst wissen, dass die Kleine mir weggenommen wird, wenn jemand erfährt, dass sie existiert. Julie hat immer gut für sie gesorgt, wenn ich wegmusste. Aber nun habe ich niemanden mehr. Und muss für fünf Tage weg, es geht nicht anders.«

Sie konnte nicht mehr weitersprechen. Mihaela gab ihr ein Taschentuch aus der braunen Handtasche auf ihrem Schoß.
»Ist das Kind krank?«
»Nein, natürlich nicht.«
»Dann helfe ich dir.«
»Danke! Es ist nicht schwierig. Wirklich nicht. Sie heißt Meret und ist sehr brav, meistens zumindest.« Dann erklärte sie Mihaela den strikten Plan, nach dem das Kind zu leben hatte, auch in den kommenden fünf Tagen. »Jeder Tag hat einen festen Ablauf. Die Zettel dazu liegen in der Küchenschublade. Das zeige ich dir dann. Darauf steht, was Meret tun muss, welche Menge an Hausaufgaben sie hat, ob sie die Haare waschen muss und was sie zu essen bekommt. Es reicht, wenn du in den nächsten fünf Tagen dreimal pro Tag zu ihr fährst, ihr Essen bringst und kontrollierst, dass sie ihre Dinge erledigt. Nach dem Abendessen bringst du ihr die Schlafmilch, damit sie gut schläft. Das Wichtigste ist aber, dass sie nicht krank wird, verstehst du? Wir können unmöglich zum Arzt mit ihr. Darum bekommt sie nur abgepacktes Essen und du musst dir immer die Hände desinfizieren, bevor du zu ihr reingehst. Zudem kontrollierst du täglich ihren gesamten Körper und schreibst alle Beobachtungen in das Heft. Schaffst du das?«
Mihaela hatte ruhig zugehört, ohne die Miene zu verziehen. »Wie viel?«
»Fünfzig pro Tag. Mehr kann ich dir nicht geben.« Sonst würde Stefan misstrauisch werden. Vielleicht sollte sie es ohnehin besser von dem Konto nehmen, auf das sie seit Jahren heimlich eigenes Geld einzahlte. Das wäre sicherer.

Nora parkte im Schatten der Linde und Mihaela streckte ihr die Hand hin. »Abgemacht.«

Merets Tagebuch

Einundzwanzig Wochen und vier Tage vor meinem dreizehnten Geburtstag, Abend

Das ist ja wohl der komischste Tag, den ich je erlebt habe. Irgendetwas stimmt nicht mit Mama. Zuerst dachte ich, das ist, weil Julie etwas mit den Beinen hat und im Krankenhaus ist. Und weil mich Mama deswegen allein lassen musste.
Aber ich habe nachgedacht. Ich glaube das alles nicht. Ich bin sogar sicher, dass Mama mich angelogen hat. Lieber Gott, ich würde das hier nie schreiben, wenn ich es nicht wüsste. Also bitte nicht böse sein.
Es ist doch logisch: Ich habe genau gesehen, wie Mama Julie gestern Nacht die Treppe hinuntergetragen hat. Und ich bin sicher, dass Julie tot war, auch wenn Mama etwas anderes sagt. Ich weiß nämlich, wie das aussieht, wenn jemand tot ist. Das habe ich bei den Elvissen schon drei Mal gesehen. Dann sind die Augen offen und der Mund auch und man sieht aus, als wäre man nicht richtig echt. Genau so hat Julie ausgesehen, da bin ich sicher, auch wenn nur wenig Licht im Treppenhaus war. Und als Julie Mama draußen aus den Armen gefallen ist, hat sie sich kein bisschen bewegt, auch nicht, als Mama danach lange geweint hat. Etwas stimmt hier gar nicht.

Ich habe keine Ahnung, was passiert ist, und ich weiß auch nicht, warum Mama mich anlügt. Ich kann sie aber

nicht fragen, weil ich sie schon viel zu viel gefragt habe heute. Jetzt ist sie ein bisschen böse, aber ich glaube, es ist nicht so schlimm wie sonst. Auch das ist doch komisch. Sie sieht sehr müde aus.
Ich werde auf jeden Fall weiterarbeiten mit dem Messer. Auch wenn ich nicht sicher bin, ob ich wirklich will, dass das Fenster rauskommt. Weil dann könnte ja auch jemand von denen da draußen reinkommen. Auch Parzival. Und vielleicht frisst er dann Elvis.
Aber ich mache trotzdem weiter. Weil dafür könnte nämlich ich raus. Ich meine, es ist ja nicht mehr lustig unten, so ohne Julie. Aber ich könnte mir zu essen holen, wenn niemand kommt. Und Schlafmilch. Und wenn diese Mihaela böse ist, kann ich mich verstecken.
Vielleicht werde ich mir sogar das Haus ansehen. Es gibt ganz viele Türen hier, habe ich gesehen. Aber Julie hat immer gesagt, dass ich nur ins Wohnzimmer und in die Küche darf. Ich glaube, sie hatte Angst, dass Mama plötzlich kommt und sie mich dann nicht mehr findet. Am liebsten möchte ich mal herausfinden, wo Mama eigentlich schläft, wenn sie da ist. Und vielleicht finde ich heraus, was mit Julie passiert ist.

Ich höre ein Auto! Das ist sicher Mama mit der neuen Julie.

Kapitel 16

Samstag, 20. Juli 2013, 17:22

Stefan war auf dem Sofa eingenickt. Als er aus einem wirren Traum über irgendwelche braunen Wiesen und ein Golfturnier auftauchte, klebte ihm die Zunge am Gaumen. Es fühlte sich an, als wäre sie völlig aufgedunsen und füllte seinen ganzen Kopf aus.

Bravo, zwei Mal am selben Tag mit einem Kater zu erwachen, das war wirklich eine Leistung. Höchste Zeit für eine Familie, bevor er sich gar nicht mehr im Griff hatte. Er hatte keine Lust, als alternder Edelalkoholiker zu enden. Vielleicht war es ja die Tatsache, dass er ab und an zu viel trank, die Nora von ihm wegtrieb. Nachdenklich watschelte er in die Küche und trank zwei Gläser Wasser, ohne abzuwarten, bis das abgestandene Zeug aus der Leitung geflossen war. Es war ekelhaft. Stefan spuckte den letzten Schluck in den Ausguss und drehte den Hahn voll auf. Er sah seinem schaumigen Geifer dabei zu, wie er am Chromstahl haften blieb, als wehre er sich verzweifelt dagegen, in den Abgrund mitgerissen zu werden, bis er mit einem »Schlüpp« im schwarzen Loch verschwand.

Stefan starrte angeekelt in das Becken. Dann reckte er sich. Nein, so viel soff er nun auch wieder nicht. Vermutlich hatte er einfach zu viel gearbeitet und sie war zu oft allein gewesen. Zudem brachte es nichts, hier alleine darüber zu brüten, warum Nora ihn nicht dabeihaben wollte in dieser schweren Stunde, oder wie man das nannte. Er musste sie jetzt in Ruhe lassen, ihr Raum geben, sie nicht einengen und so, das wusste man ja von Frauen. Sie würden in Paris genug Zeit haben zum Reden. Er musste einfach noch besser versuchen, seine Frau zu verstehen.

Nach kurzem Zögern holte Stefan sich ein Bier und setzte sich mit nacktem Oberkörper vor die Börsenkurse. Schon nach dem ersten Schluck war er wieder zuversichtlich, dass alles irgendwie gut werden würde mit ihnen beiden.

Kapitel 17

Mittwoch, 17. November 1998

Alles ist aus hellem Holz bei den Bürkis. Klar lackiert. Und über dem Bett hängt ein Kreuz, aber eines ohne Jesus dran. »Das ist der Unterschied zwischen den Katholen und dem Rest des frommen Packs«, hat Papa mal gesagt. »Es ist wie mit den Männchen und den Weibchen, die einen haben einen, die anderen nicht. Die Katholen wollen den Jesus unbedingt in ihrem Schlafzimmer haben, die anderen lieber im Himmel. Da kann man sich natürlich drüber streiten, wo es ihm besser geht.«

Papa glaubte zwar nicht an Gott, wie er immer betonte, aber er war mit ihr oft in Kirchen gegangen auf ihren Reisen mit dem alten VW-Bus und wechselnden Frauen ohne BH. Allerdings kamen für ihn nur katholische Kirchen infrage, je düsterer und goldiger, umso besser. »Bei den anderen schläft mir das Gesicht ein«, sagte Papa immer.

Er konnte völlig außer sich geraten, wenn in einer Kirche das Licht stimmte. Sie erinnert sich daran, wie er in der Kathedrale von Fribourg mit Tränen in den Augen auf die Knie gesunken ist, weil eine steinerne Tote von blauen und brandrosa Lichtpunkten zum Leben erweckt wurde. »Das muss ich malen«, hat er laut gerufen, und Nora hat beschämt eine Seitenkapelle studiert. Aber so war Papa eben. Seine Freunde verstanden nie, warum ein eingefleischter Atheist so gerne frommes Zeug malte.

Nora fand das völlig normal, schließlich geht es im Leben um Schönheit. Und an der fehlt es bei den Bürkis an allen Ecken und Enden, mit Absicht.

Vor den Fenstern hängen hier gelbe Vorhänge aus grobem Stoff und Sterne aus Stroh. Über dem Sofa aus eierschalenweißem Baumwollstoff hängt ein Bild von Ezechiel. Er scheint sie in Serie zu produzieren. Dafür verbindet er Nägel auf einer bemalten Pressspanplatte mit bunten Fäden zu einem Kreuz mit einem Strahlenkranz. Es steht auf einem Berg, auf dem ein Fisch liegt. Papa hätte sich göttlich amüsiert und sich in gespieltem Ernst einen Nachmittag lang in die Technik einführen lassen und wissen wollen, wie das arme Wassertier so ganz alleine auf den trockenen Berg geklettert sei.

Ezechiel hat sie gefragt, ob sie auch so ein Kreuz will. »Wenn du es anschaust, kannst du gleich viel besser beten, glaub mir, es wirkt fast Wunder.« Dabei lächelt er das, was er für ein verwegenes Lächeln hält, und dreht die Handflächen nach oben. »In aller Bescheidenheit vor dem Herrgott. Es hilft wirklich, wenn man seinen ganz privaten Altar hat.«
Er hat ihr dann doch nie eines seiner Werke geschenkt, sie hat sich vermutlich zu wenig enthusiastisch gezeigt. Aber wie soll sie auch enthusiastisch sein in diesem Haus? Die Stille hier drückt sie nieder und macht sie klein. Nur das Ticken der großen Holzuhr in der Küche verfolgt sie überallhin. Sie hört es Tag und Nacht wie einen tropfenden Wasserhahn. Sie hat mal an den Zeigern herumgedreht, nur um zu sehen, was passiert. Danach

klang im Ticken ein synkopisches Echo mit und sie hat den ganzen Nachmittag darauf gewartet, dass jemand ihren Frevel bemerken würde. Aber irgendwie hat keiner jemals etwas gesagt, wie meistens in diesem Haus. Die wichtigen Dinge geschehen hier nur indirekt, hier wird immer zuerst über die Bande der Kirche gespielt.

Nach diesem totgeschwiegenen Akt der Auflehnung meidet Nora die Küche. Sie mag den Raum ohnehin nicht. Er riecht nach Molkerei und den Golden-Delicious-Äpfeln in der Schale aus grobem Glas, auf die Katharina so stolz ist. An manchen Tagen müffelt es auch süßlich nach Emmentaler, dem einzigen Käse, den Nora nicht mag.

Sie hört schon bald auf zu essen. Man darf sich hier sowieso nichts holen, ohne vorher um Erlaubnis zu fragen. »Bei uns muss niemand hungern«, sagt Katharina immer. »Aber es ist ganz wichtig, dass man nur isst, um zu leben, und nicht umgekehrt. Essen kann die Leere in dir nicht füllen, Nora. Das kann nur Gott.«

Etwas mehr Essen und etwas weniger leere Worte würden dir sicher gut stehen, denkt Nora und schaut auf Katharinas flächige Brüste, die ihren Brustkorb bedecken wie zwei Waschlappen, und auf die tiefen Kuhlen über ihren Schlüsselbeinen. Daraus könnte man glatt Champagner schlürfen, hätte Papa gesagt. Aber das tut natürlich keiner. Alkohol wird hier durch den Heiligen Geist ersetzt. Kurz, hier ist alles tabu, was Papa ausgemacht hat: Zigaretten, Menschen, Joints, Lärm, Wein, Lachen, Musik und nackte Brüste.

Die Bürkis haben eigene Kinder, aber die leben schon lange nicht mehr zu Hause. Die Söhne sind erwachsen und haben beide schon eine Familie gegründet, wie Katharina Nora in den ersten Tagen erzählt hat, als sie sie noch nicht für hoffnungslos und verstockt erklärt hatte. Für einen Menschen, der sein Glück mit Füßen tritt und die Hand beißt, die ihn füttert.
Nora sieht die zwei Vorbildfamilien immer im Gottesdienst. Dort sitzen sie in der ersten Reihe, Nacken an Nacken. Die kräftigen Jungs sind zwei angesehene Mitglieder der Gemeinschaft, ein wahrer Zuchterfolg. Ihre Frauen angemessen farblos und die Brut zahm und hinterhältig, wie Kinder nun mal werden, wenn man sie an zu straffer Leine und mit Maulkorb hält.
Über die Tochter spricht niemand. Nur einmal unterhalten sich zwei der älteren Vogelscheuchen in Beige und Altrosa flüsternd darüber, dass sie vor vier Jahren weggezogen sei und in der Stadt mit einem Mann zusammenlebe, unverheiratet, soweit Nora sich das zusammenreimen kann. Sie mag sie instinktiv. Einmal, als sie allein zu Hause ist, durchwühlt sie alle Schubladen und Fotoalben, um ein Bild von ihr zu finden. Aber außer leeren Klebeecken und amputierten Gruppenfotos findet sie keine Spur eines dritten Bürki-Kindes.
Sie legt sich auf den Lumpenteppich im Wohnzimmer und weint um die fremde junge Frau und um sich. Als Katharina nach Hause kommt und die Alben auf dem Boden verstreut findet, sagt sie kein Wort. Mit verkniffenen Lippen räumt sie alles zackig in den Schrank zurück. Später teilt Ezechiel Nora mit, dass sie an diesem Abend ohne Essen zu Bett gehen werde. Offenbar hat er

noch nicht mal bemerkt, dass sie längst nur noch so viel in den Mund schiebt, dass keiner merkt, wie sie fastet. Über die Sache mit den Alben fällt nie ein Wort.

Überhaupt weiß Nora nie, worüber man hier sprechen könnte, selbst an den Tagen nicht, wenn sie Katharina nochmals eine Chance zu geben versucht. Und sei es nur, damit sie sich nicht auflöst vor lauter Einsamkeit. Mit Papa ist alles so anders gewesen. Wenn sie von der Schule heimgekommen ist, haben sie sich meist ins Wohnzimmer gelegt. Jeder hatte ein Sofa für sich, und ihre Köpfe lagen im rechten Winkel zueinander. So tranken sie Schwarztee mit Milch und Unmengen Zucker. Ihre Stimmen plauderten, trafen und umwarben sich über ihren Köpfen, gebaren Ideen und respektlose Neckereien. Manchmal zeigte Papa ihr auch, was er gemalt hatte. Sie wusste immer schon im Treppenhaus, wenn ein Bildertag war. Der olivige Geruch der Ölfarben verriet es ihr.

Bei den Bürkis fällt Nora nach der Schule in ein Vakuum. Meist ist sie allein mit Katharina und dem Ticken. Musik hört hier keiner, und einen Fernseher hat sie bislang auch nicht gesehen. Allerdings hegt sie den Verdacht, dass in Ezechiels Arbeitszimmer einer steht. Ab und zu hört sie durch die Tür Geräusche, die sie sich nur so erklären möchte.

Immer wieder fragt sich Nora, warum das viele Holz und die Abwesenheit von Leben Margarethe Zihler dazu bewogen haben, das »arme Kind«, wie sie sie nennt,

ausgerechnet hier unterzubringen. Und dafür offenbar noch Dankbarkeit von ihr zu erwarten. »Glaub mir, du hast großes Glück. Die Bürkis sind eine sehr angesehene Familie. Sie haben schon manchem Pflegekind auf den rechten Weg geholfen.«
Der rechte Weg, das ist ja wohl das Letzte, was Papa sich für mich gewünscht hätte, denkt Nora. Der linke Weg war schon immer eher unsere Sache. Und wenn auch nur, um sich möglichst von Gustav abzugrenzen.

Fast noch schlimmer als die Bürkis selbst findet Nora die Tatsache, dass sie so kompromisslos aus der Stadt nach Dillikon umgesiedelt worden ist. Die Zihler-Bürki-Verschwörung hatte nämlich beschlossen, dass es gut sei für sie, die Schule zu wechseln und damit auch noch ihre letzten Wurzeln auszureißen. Sie war eine mäßig gute Gymnasialschülerin gewesen, hatte geraucht, ab und zu gekifft und war meist irgendwie anwesend. Durchschnittlicher Durchschnitt halt. Aber sie hat verstanden. In den Augen der Weltretter vom Amt ist sie ein verlorenes Schaf, das in ein geborgenes Zuhause und ein stabiles schulisches Umfeld verfrachtet werden muss, ungeachtet ihrer Meinung. Oder vermutlich gerade deswegen. Damit das »arme Kind« endlich begreift, dass die nichts zählte. Natürlich sagt ihr das keiner ins Gesicht, aber sie geben sich auch keine Mühe, es vor ihr zu verhehlen. So wenig Gewicht hat sie in ihrem eigenen Leben.

Wie gern würde sie zu Julie ziehen. Auch wenn das noch weiter am Arsch der Welt liegt als Dillikon – Papas Worte –, das Haus nach alter Pisse mieft und man nie weiß, wo man als Nächstes auf einen von Julies Gesichtsmassagestäben stößt.

Kapitel 18

Samstag, 20. Juli 2013, 17:23

Nora nahm das Telefon aus der Tasche. »Unbekannt« stand auf dem Display. Eine unterdrückte Nummer. Am Apparat war der Schnauzer. Passt, der war wirklich eine unterdrückte Nummer. Nora schob Mihaela sanft aus dem Auto und bedeutete ihr, dass sie gleich nachkommen würde.

»Fässler, Kriminalpolizei, guten Tag. Also. Die Sache mit Ihrer Tante muss Ihnen keine Bauchschmerzen mehr machen. Der Arzt hat bestätigt, dass sie eines natürlichen Todes gestorben ist. Herzinfarkt. Ähm. Allerdings wäre da noch eine Sache. Es handelt sich dabei um einen Gegenstand, den wir bei ihr gefunden haben. Also ...« Er hielt inne.

Oje, dachte Nora, Julie, das kannst du mir nicht antun. Aber sie konnte.

»Ja ...«, drückte der Schnauzer rum, »also das Objekt, von dem ich spreche, es war quasi in ihr. Sie verstehen, was ich meine?«

Nora verstand sehr wohl, aber sie verneinte. Sollte er zappeln und etwas von dem Unbehagen abbekommen, das sie beim Verhör hatte aushalten müssen.

»Es war ein elektromagnetisches Sexspielzeug, ein sogenannter Vibrator. Das ist auch einer der Gründe, warum wir verunsichert waren, was die Todesursache anbelangt. Wir mussten ein Fremdverschulden ausschließen.

Darum möchte ich noch einmal von Ihnen wissen: War in jener Nacht jemand bei ihr?«

Nora konnte es sich nicht verkneifen. »Ich weiß ja nicht, wie es bei Ihnen so läuft, aber wenn jemand bei ihr gewesen wäre, hätte besagter Gegenstand den Weg in sie hinein vermutlich nicht gefunden. Doch wer weiß? Jedem das Seine, gell. Verstehen Sie auch, was ich meine?«

Der Schnauzer zog sich sofort in die Sicherheit seiner Funktion zurück, ganz die beleidigte Amtsschnecke: »Wie auch immer, Frau Helbling, das tut hier nichts zur Sache. Da die Todesursache offensichtlich natürlicher Art ist, steht es uns nicht zu, Sie weiterhin am Verreisen zu hindern. Der Gegenstand wird übrigens derzeit noch auf fremde Fingerabdrücke untersucht. Allenfalls müssten Sie dann halt rasch auf dem Posten vorbeischauen, um uns die ihren zu geben. Besagtes Objekt wird Ihnen dann zusammen mit der freigegebenen Leiche ausgehändigt. Es ist Ihnen überlassen, wie Sie weiter damit verfahren möchten.«

»Danke für die Informationen. Ich werde mit dem Krematorium abklären, ob der Gegenstand an seinem Fundort verbrannt werden darf. Auf Wiederhören.«

Mist. Nora warf ihr Handy in die Handtasche. Nach kurzem Zögern öffnete sie die Autotür und zündete sich eine Zigarette an. Paris war also doch nicht ins Wasser gefallen, wie Nora gehofft hatte. Dabei wäre das so eine elegante Lösung für ihr Dilemma mit Meret gewesen. Andererseits wäre sie so oder so nicht umhingekommen, Mihaela einzuweihen. Nicht, wenn sie Stefan mit einem gut durchdachten Plan verlassen wollte, damit er keine

Nachforschungen über sie anstellen ließ. Eigentlich war er kein paranoider Mensch, aber sie hatte ihn auch mit großem Bedacht nie ahnen lassen, dass er dazu durchaus Anlass gehabt hätte. Wenn sie sich allerdings von einem Tag auf den nächsten aus dem Staub machen oder einen Trennungsstreit vom Zaun brechen und ausziehen würde, würde er vermutlich wissen wollen, was dahintersteckte. Sie musste es so drehen, dass die Trennung von ihm aus kam und er ihr einen guten Unterhalt bezahlen würde. Oder ihm doch von Meret erzählen?
Ihre Gedanken wollten sich in die ewig gleiche Schleife einhängen, in der sie sich seit Jahren drehten. Aber diesmal kappte sie ihren Fluss. Im Notfall würde sie das alte Haus verkaufen und mit Meret im Ausland ein neues Leben anfangen, weit weg von Ämtern und Fragen. Egal ob mit oder ohne Stefans Geld. Der Lichtblick war nur von kurzer Dauer. Ohne einen Pass für Meret würden ihre Pläne früher oder später scheitern.

Sie stieg aus dem Auto und ging zu Mihaela hinüber, die eben dabei war, die alten Coladosen und Plastiktüten ums Motel herum zusammenzusammeln.
»Ich kann hier aufräumen, alles schön machen, wenn du möchtest. Kostet nichts. Aber vielleicht kommen so wieder mehr Leute und ich putze dann für dich?«
»Schon möglich«, sagte Nora. »Danke fürs Angebot.« Wer würde heute noch hierherkommen wollen? Selbst die billigste Hotelkette bot längst mehr Komfort für weniger Geld.

Sie öffnete die Haustür und bat Mihaela herein. Zum ersten Mal seit Jahren fiel ihr auf, wie verwahrlost das Haus war.

Merets Tagebuch

Einundzwanzig Wochen und vier Tage vor meinem dreizehnten Geburtstag, spät

Mihaela ist ok. Sie hat ein lustiges Gesicht. So, als wäre die Haut nicht richtig gut angemacht. Alles hängt ein wenig nach vorn. Sie redet komisch und sehr langsam. Aber sie ist nett. Mama hat ihr alles gezeigt, und sie hat mir sogar die Schlafmilch in der Rigi-Tasse gebracht, zum Üben, wie Mama sagt. Zum Schluss hat Mihaela mir die Haare gestreichelt. Vielleicht werden wir ja Freunde. Aber eine neue Julie ist sie nicht.

Jetzt sind die beiden weg. Mama hat gesagt, sie kommt übermorgen früh nochmals, bevor sie wegmuss. Ich bin froh, dass ich die Milch schon getrunken habe. So geht es schneller, bis der Morgen kommt. Und jetzt geht es sogar noch schneller. Ich bekomme nämlich eine stärkere Schlafmilch, solange ich in der Nacht allein im Haus sein muss. So wache ich nicht auf und habe keine Angst. Ich bin froh. Ich will nicht nochmals so eine Nacht erleben wie die, in der Julie gestorben ist und ich die Schlafmilch ausgeleert habe!

Noch lieber hätte ich Mama oder wenigstens einen Hund. Aber das geht nicht wegen Elvis und wegen Parzival. Zudem müsste ein Hund ja nach draußen, um zu pinkeln und so. Das geht also sowieso nicht. Ich habe sogar gefragt, ob Mihaela nicht einfach bei mir wohnen kann. Aber das will Mihaela nicht. Sie hat selbst auch ein Kind zu Hause. Vielleicht frage ich sie morgen, ob sie es mitbringt. Nein, ich glaube, das wäre dumm wegen denen da draußen. Oder nicht?

Ich werde morgen nochmals über alles nachdenken, jetzt bin ich zu müde dafür. Meine Hand ist schon ganz schlapp.

Kapitel 19

Sonntag, 21. Juli 2013, 18:17

»Weißt du, wo das zweite Ladegerät ist?« Den Paris-Führer in der einen, den Kindle in der anderen Hand tauchte Stefan in der Tür des kleinen Arbeitszimmers hinter der Küche auf. Eigentlich waren die zwei einzigen abgetrennten Räume der Wohnung als Kinderzimmer gedacht. Sie nutzten sie als Büro und als Ankleidezimmer. Wenn es nach ihm ginge, würde sich das bald ändern, dachte Nora, als sie ihren Mann nur in Boxershorts und einem Zimmerli-Shirt im Türrahmen stehen sah. »Wer braucht schon ein Ankleidezimmer, wenn er dafür eine Familie haben kann?«, hatte er sie vor ein paar Monaten mal geneckt, zumindest hatte es scherzhaft geklungen. »Ich«, hatte Nora trocken geantwortet. Und dann rasch ein Sommersprossenlachen dem harten Wort hinterhergeschickt, als sie Stefans Gesicht zusammenfallen sah. Sie war wieder mal unbedacht in ein Minenfeld gehüpft.

Heute schien er beschlossen zu haben, auf das Thema Familienplanung zu verzichten. Nora war ihm dankbar, auch dafür, dass er bislang kein Gewese um ihren fehlenden Enthusiasmus und ihre herbe Abfuhr vom Vortag gemacht hatte. Sie spürte, wie viel Anstrengung es ihn kostete, sie nicht zu fragen, warum sie ihn nicht hatte dabeihaben wollen und warum sie so lange nicht nach Hause gekommen war. Schließlich konnte es ja wohl kaum einen ganzen Tag dauern, einen Sitter für einen alten Kater aufzutreiben, der eh nur ab und zu aufkreuzte.

Stefan legte Reiseführer und Reader auf den Tisch neben die »Architectural Digest«-Hefte, die er nie las, und setzte sich aufs Sofa. Er bewegte sich bedächtiger als sonst, mit eingezogenem Schwanz, wie Julie es ausgedrückt hätte, und dachte über jeden Satz zweimal nach, bevor er ihn aussprach, das spürte Nora. Sie sagte trotzdem nichts und setzte sich stumm neben ihn. Zwischen ihnen dehnte sich ein Ozean aus Unausgesprochenem aus. Für Nora war das nichts Neues. Für sie war das Verschweigen Fundament ihrer Existenz. Stefan jedoch fühlte sich seit seiner Rückkehr aus London hilflos, wie ein Kind, dessen Eltern vergessen hatten, es nach dem Sommerlager abzuholen. Er hatte ganz offensichtlich Angst, sie zu verlieren.

Angst. Papa sagt, wenn es einen Teufel gebe, dann habe der nicht das Böse, sondern die Angst in die Welt gesetzt. »Viel wirkungsvoller. Angst ist die größte Geißel der Menschheit und Ursache fast allen Übels«, sagt er. Sie stehen vor Boschs »Versuchungen des heiligen Antonius« in Lissabon. Papa hat zwei seiner Akte verkauft, mit dem Geld sind sie für ein paar Tage aus Zürich abgehauen und dem Frühling entgegengefahren. Papa hat einfach in der Schule angerufen und gesagt, Nora habe eine Magen-Darm-Grippe. Sie hat neben dem Telefon gestanden und sich vor Lachen fest auf die Faust gebissen. Und ein bisschen auch, weil er sie wie immer nicht gefragt hat, was sie selbst eigentlich will. Als sie losgefahren sind, hat Papa ihr nicht verraten, wohin er will. Irgendwann hat sie den französischen Zoll erkannt, dann den spanischen und als Letztes den portugiesischen. Warum Papa sie ausgerechnet hierher mitnimmt, begreift sie erst, als sie vor dem Bild stehen. Sie liebt es, seit sie denken kann. Sie kennt jede Szene, jedes Figürchen und jede Fratze darauf. In Wirklichkeit ist es viel kleiner, als sie es sich vorgestellt hat, nicht größer als sie selbst. Aber gleichzeitig ist es auch gigantisch, und die sichtbaren Pinselstriche und Unregelmäßigkeiten machen das Original noch viel fantastischer und beklemmender als die Abbildungen in dem Buch, das sie schon unzählige Male zusammen studiert haben. Sie liebt es mehr als jedes Kinderbuch, das sie je hatte. Zu jeder Figur haben sie und Papa ihre eigenen Geschichten erfunden. Der Vogel mit den komischen Pantoffelohren und dem Trichter auf dem Kopf bringt gerade einen Brief zu der Frau ganz hinten, die in einem Hügel lebt, dessen Eingang unter einem menschlichen Arsch ist. Im Brief steht, dass sie eine Reise auf einem fliegenden Fisch gewonnen hat, der sie gleich abholen wird. Was sie nicht weiß, ist, dass der sie zu ihrer Schwester bringen wird, die in einem Haus gefangen gehalten wird, das wie ein genietetes Blechei aussieht. Sie werden nicht mehr allein sein, aber dafür sind sie nun beide gefangen. Sie und Papa haben lange darüber debattiert, was schlimmer sei, frei und einsam oder zu zweit und gefangen zu sein. Sie sind zu dem Schluss gekommen, dass Liebe wichtiger sei als Freiheit.

Ja, sie versteht sofort, was Papa meint, als er das mit der Angst sagt. Sie ist überall auf dem Bild versteckt, auch wenn man sie nicht gleich auf den ersten Blick sieht, sie springt daraus heraus und kriecht in einen hinein wie eine stille Krankheit. Wie im Leben halt.

Sie roch Stefans Angst. Und sie verstand sie. Sie war berechtigt. Aber sie empfand sie nicht mit ihm. Sie blieb ein Wort, das einem Menschen zugeteilt worden war wie ein Namensschild einem unbekannten Teilnehmer. »Stefan, Angst.« Seine Sorgen waren nicht die ihren. Sie hatte ihre eigenen Dämonen, mit denen sie fertigwerden musste. Seit dreizehn Jahren war kein Tag vergangen ohne Bangen, ohne die Panik davor, Meret könnte gefunden werden oder etwas anderes Schlimmes widerführe ihr. Ihre Angst war größer als alles andere in ihrem Leben, allumfassend. Die Angst und die Schuld. Sie, Nora, schuld daran, dass es Meret gab, und daran, dass das Mädchen nicht glücklicher war, weil die Welt nun mal war, wie sie war. Sogar daran fühlte sie sich manchmal mitschuldig. Aber nicht immer. An anderen Tagen hasste sie sie einfach und war nicht Teil davon.

Stefan räusperte sich, und sie merkte erst jetzt, wie gedankenverloren sie gewesen war, völlig unbeteiligt, wie Gemüse. Als er sah, dass sie wieder zu ihm zurückgekehrt war, hob er mehrmals mit einem Schnalzer an zu sprechen. Endlich fragte er sanft: »Nora, Schatz, bist du ok? Kann ich etwas für dich tun?«
Ja, mich in Ruhe lassen, dachte ihr Hirn. Aber sie schüttelte nur den Kopf, holte das Ladegerät aus der Küchenschublade und legte es ebenfalls auf den Tisch. Dann setzte sie sich wieder, nahm seine Hand und drückte

sie einen Pulsschlag lang. Stefan erwiderte den Druck umgehend und umschloss ihre Finger mit beiden Händen, viel zu kräftig und viel zu fordernd. Brüsk riss Nora ihre Hand weg. Er stammelte: »Sag mal, spinnst du jetzt völlig? Ich hab' dir doch nichts getan. Also wirklich.« Verlegen wrang Nora die Hände im Schoß, sie musste besser aufpassen. Seit sie wusste, dass sie gehen würde, ertrug sie seine Berührungen nicht mehr, sein Geruch ekelte sie, und selbst seine weiche Stimme drang ihr in jede Pore, besetzte sie und drängte sie an den Rand ihrer selbst. Sie kannte das Phänomen von Papa. Immer wenn er anfing, einer Frau überdrüssig zu werden, merkte Nora es als Erste, vermutlich noch vor ihm. Es fing mit kleinen Dingen an. Er kaufte ein Set frische Zahnbürsten. Oder er wusch das Bettzeug und lüftete das Schlafzimmer aus, in dem er zuvor wochenlang wie in einer schummerigen Liebesgrotte gehaust hatte. Wenn er anfing, die Böden zu wischen und die Kloschüssel mit Zitronenpulver zu schrubben, bis es schäumte, dann wusste Nora, dass die Frau nicht mehr zurückkommen würde.

Sie zwang ihre Wange an Stefans Schulter. »Geht schon. Ich kann einfach nicht fassen, dass sie wirklich weg ist. Für immer.« Sie war nicht hier, sondern weit entfernt, wo sie nur ihre Stimme hörte, die da sprach wie eine überbezahlte C-Schauspielerin mit miesem Drehbuch. Und doch mussten ihre Worte wahr sein. Wie sonst könnte sie noch aufrecht gehen, stehen und mit Menschen sprechen? Sie durfte nichts begreifen und erst wieder anfangen zu fühlen, wenn sie und Meret in Sicherheit waren.

»Es ist vielleicht der falsche Moment, das zu sagen, Herzchen«, schnitt Stefan in ihre Gedanken. »Aber das Ganze hat auch sein Gutes. Ich meine, jetzt, wo wir ernsthaft darüber nachdenken, Kinder zu haben, wäre es doch auch eine Belastung für dich gewesen, immer in die Pampa zu fahren, um Julie in ihrer Bruchbude Gesellschaft zu leisten. Ich weiß, das klingt jetzt vielleicht etwas krass, aber du wirst sehen, dass ich recht habe, Schatz.« Nora kniff bestürzt die Mundwinkel zusammen und sagte nichts. »Sorry, es tut mir leid, wenn ich etwas Falsches gesagt habe. Das Timing war vielleicht etwas unglücklich. Bitte entschuldige, ich bin ein Trampel. Aber es ist doch wirklich verrückt, dass die Alte ausgerechnet jetzt stirbt. Vielleicht ist das ja ein gutes Omen für unsere Familienplanung.«
»Stefan, bitte. Lass uns ein andermal darüber sprechen, ja?«, sagte Nora ein bisschen zu laut und richtete die Hefte auf dem Tisch im rechten Winkel zur Kante aus. Familienplanung, was für ein hässliches Wort. Ihr Verstand wollte sich schon wieder aus ihr herauslösen, frei sein, aber sie zwang sich, ihn hierzuhalten und ganz zu bleiben. Diese Sache war zu wichtig. Sie vermisste Meret entsetzlich. Wie sollte sie es aushalten, das Mädchen fast eine Woche allein in fremder Obhut zu wissen, wenn sie schon diesen einen uferlosen Sonntag ohne sie kaum durchstand? Aber es fiel ihr einfach keine wasserdichte Ausrede mehr ein, warum sie heute nochmals nach Breitenach hätte fahren müssen. Und Zweifel konnte sie sich nicht erlauben.
Versöhnlich neigte sie den Kopf und lächelte Stefan mit engen Lippen an: »Komm, wir gehen etwas essen. Ich

habe seit gestern nichts Anständiges mehr gehabt. Und ich muss raus hier.«

Eine Dreiviertelstunde später saßen sie unter einem der Bögen der Eisenbahnbrücke, die vor ein paar Jahren mit Läden und Restaurants ausgefüllt worden waren, alle nach dem gleichen Schnittmuster, wie Reihenhäuschen. Fixe Kompartimente, in denen man seine Luxuskreativität in geordneten Würfeln entfalten durfte. Zürich halt. In dieser zwischen zwei Hügelzügen eingeklemmten Stadt war jedes Marroni-Häuschen und jeder Abfalleimer genormt. Kein Wunder, dass sie nie wirklich groß wurde, auch wenn sie das selbst von sich glaubte, dazu fürchtete die winzige Metropole das Chaos großer Ideen zu sehr.

Nora mochte die Bögen trotzdem. Sie erinnerten sie an die Reise nach London, die Papa ihr geschenkt hatte, nachdem sie die Aufnahmeprüfung fürs Gymnasium geschafft hatte.

Sie wohnen in einem heruntergekommenen Viertel, dessen Namen sie sich nicht merken kann. Jeden Tag kommen sie bei ihren Streifzügen an denselben verwitterten Bögen unter einer Eisenbahnbrücke vorbei. Fast alle sind mit Rolltoren versehen und oft verrammelt. Ab und zu steht einer offen und aus dem Dunkel riecht es nach Motorenöl und Blech, einmal sehen sie einem Schweißer zu, wie er in einem Lichtbogen eine Naht setzt, die Nachbilder der Funken tanzen noch lange in Noras Augen.

In einige der Rolltore sind kleine Türen eingelassen, andere sehen verwaist aus, alle sind mit mehreren

Schichten welligem Graffiti überzogen. Nora liebt die zeitlosen Höhlen, die sich unter die Brücke schmiegen. Sie erinnern sie an den Adventskalender, den Papa ihr immer in der Nacht auf den 1. Dezember über den Küchentisch hängt, auch wenn sie schon lange nicht mehr an das Christkind glaubt. Die kleinen Reiche hier sind zwar schäbig und unheimlich, aber vor allem schwingen sie vor Geheimnissen und Abenteuern, Nora kann sie sirren hören. Bei jedem Tor überlegen sich Papa und sie, was sich wohl dahinter verbergen könnte. Bei einem Rolltor mit einem verblassten Spray-Sternenhimmel unter den unzähligen Tags sagt er: »Psst. Hier versteckt sich seit vielen Jahren eine persische Prinzessin. Sie wurde aus ihrer Heimat vertrieben. Doch noch immer hat es die Nachfolgeregierung auf ihre Juwelen abgesehen. Die Ärmste, da sitzt sie nun Tag und Nacht im Dunkeln, nur damit sie den Schatz ihrer entehrten Familie nicht hergeben muss. Und was hat sie davon? Nichts. Ihre Mandelaugen sind längst stumpf und sie kann den Glanz und das Schillern der Geschmeide nur noch mit den Händen ertasten. Arme Prinzessin. Dumme Prinzessin.«
Bei einem anderen sagt er: »Ah, das hier ist der Lagerraum eines Massenmörders. Er ist voller Einmachgläser mit toten Händen und abgehackten Köpfen, die so aufgequollen sind, dass ihre offenen Augen gegen das Glas drücken und die Nasen schon ganz platt sind. So was rieche ich sofort.« Sie glaubt ihm und drängt ihn, zur Polizei zu gehen. Aber Papa hebt sie nur hoch wie ein kleines Kind und wirbelt sie herum »Hach, wie habe ich bloß so eine anständige Tochter verdient?« Dann küsst er sie auf den Hals. »Komm, lassen wir dem armen

Menschen doch seine kleine Freude. Die Leute in den Gläsern sind ja eh schon tot, da kann auch die Polizei nichts mehr dran ändern.« Als sie ihn bestürzt ansieht, flüstert er ihr ins Ohr: »Kleines, glaub doch nicht immer alles, was ich sage. Ich rede so viel Blödsinn daher, wenn der Tag lang ist.« Aber es ist zu spät. Das Bild wohnt jetzt in ihrem Kopf. Jedes Mal, wenn sie fortan auf dem Weg zur U-Bahn an dem Mörderbogen vorbeikommen, ist sie sicher, dass unter dem Tor der Geruch von Toten hervorkriecht. Selbst wenn sie keine Ahnung hat, wie der genau riechen soll.

Diese Bögen hier waren anders. Sie waren so sauber und elegant, da kamen niemandem mehr irgendwelche Geschichten in den Sinn, die waren alle sorgfältig wegrenoviert worden.
Nora stocherte in einem marktfrischen Salat. »Der hier muss wohl vom Nachtmarkt sein«, sagte Stefan und hielt ihr einen blassen Champignon unter die Nase. Nora rang sich ein Schmunzeln ab. Dann schwiegen sie wieder. Auf der anderen Straßenseite standen ein paar Kids, die einen Joint teilten, zwei Frauen mit Sidecut und ein Typ mit Rastawürsten bis über den Steiß hinab. Nora wäre am liebsten zu ihnen hinübergegangen, so viel jünger als sie selbst waren die doch gar nicht. Wie hatte sie nur so früh so ernst werden können?

»He, ich glaub's nicht, Stefaaaaan!«, schrillte es hinter ihnen. Lea. Egal wie schlimm das Leben war, es konnte immer noch ärger werden, dachte Nora. Reflexartig beugte sie sich vornüber, wobei ihr Haar ihr wie ein

Vorhang vor das Gesicht glitt, und nestelte etwas aus ihrer Handtasche. Aber gegen Lea war kein Kraut gewachsen, und subtile Hinweise pflegte sie kategorisch zu übersehen. »Na, ihr Schönen, gönnt ihr euch einen romantischen Abend zu zweit? Recht habt ihr, bei dem Wetterchen, gell, wenn in diesem Nebelloch schon mal die Sonne scheint. Passiert ja selten genug.« Sie legte den Kopf in den Nacken und stöhnte lasziv: »Ah, einfach herrlich! Wie im Süden! Ist es erlaubt?«
Ohne eine Antwort abzuwarten, hebelte sie sich einen Horgenglarus-Stuhl unter dem roten Resopaltisch hervor und setzte sich ungemütlich auf seine Vorderkante. Die riesige Handtasche auf den angewinkelten Knien, strahlte sie Stefan an wie ein Honigkuchenpferd. Nora gab auf, setzte sich wieder gerade hin und strich sich die Haarsträhne hinter die Ohren zurück. Ihr Kopf war heiß. Lea zwinkerte und schmatzte ihr einen Luftkuss zu. »Hallo, Guapa, ich hatte schon Angst, du hättest dich in deiner Handtasche verirrt, haha. Eine gesunde Farbe hast du heute. Steht dir gut mit dem roten Haar. So feurig.« Dann fuchtelte sie plötzlich wild mit dem rechten Arm über ihrem Kopf herum und rief: »Henrik! Heeeenrik! Huhu, hier bin ich! Hier drüben! Schau nur, wen ich getroffen hab'!«
Ein Mann mit knittrigem Leinenanzug und Strohhut kam zum Tisch geschlendert, offensichtlich gab er heute den verlebten Kolonialisten, stellte Nora fest. Papa hatte auch mal kurz eine solche Episode durchgemacht, jedoch rasch wieder zu Jeans und T-Shirt zurückgefunden, nachdem er Harriet, eine Architektur-Fotografin mit bordeauxrotem Mund, per Scheuerpulver entlassen

hatte. Henrik tippte sich mit der rechten Hand an die Hutkante: »Was für eine Überraschung.« Dabei hob er die Brauen und sah von Stefan zu Nora und wieder zurück zu Stefan. »Na, was hab' ich dir gesagt? Ist doch alles in Butter«, feixte er, und Nora fragte sich, was Stefan seinem Freund wohl erzählt haben mochte.

Lea hatte lange genug geschwiegen, zumindest für ihren Geschmack. »Was sagt ihr zu einem gemütlichen Kinoabend zu viert? Wie wär's zum Beispiel mit dem Kampusch-Film? So als kleine Unterbrechung der Zweisamkeit? Ihr Leute ohne Kids könnt ja dann daheim weiterschnackseln so viel ihr mögt, ihr Glückspilze.« Lea ließ keine Gelegenheit aus, darauf hinzuweisen, dass sie Mutter war, und zwar eine alleinerziehende. Laut Stefan dachte Henrik im Traum nicht daran, mit ihr zusammenzuziehen. Die Scheidung von seiner ersten Frau habe seinen Bedarf an alltäglichen Reibereien für den Rest seines Lebens gedeckt, sagte er jedem, der es hören wollte. Außer Lea. Für sie war er offiziell noch dabei, eine geeignetere Wohnung zu finden, eine, die ihrer würdig war. Tatsächlich wollte er sich den geschwätzigen Gratissex mit ihr einfach noch ein Weilchen warmhalten, bevor eine neue Frau in Sicht war, bei der Aufwand und Ertrag in besserem Verhältnis standen.
Stefan strahlte. »Super Idee, das wird uns guttun und Nora ablenken. Ihre Großtante ist gestern gestorben, furchtbare Geschichte.« Er legte Nora den Arm um die Schulter und presste sie an sich. Papa hatte einen speziellen Ausdruck gehabt für diese Art von zur Schau gestellter Anteilnahme. Er nannte es das Hilfswerkmit-

arbeitergehabe. »Wie ein Hilfswerkmitarbeiter in einem Katastrophengebiet, der mit einem Opfer posiert und auf das Pressefoto des Jahres hofft und sich einen Dreck schert, dass durch seine Anwesenheit die Lebensmittelpreise so überteuert geworden sind, dass rund um sein Gutmenschenmonoversum alle darben.« Aber Nora schob den Gedanken in die Zukunft und lehnte sich brav an Stefan. Er hatte ihren Zynismus wirklich nicht verdient.

Erst als plötzlich keiner mehr sprach, realisierte sie, dass alle sie anstarrten und offenbar auf eine passende Reaktion von ihr warteten. Auf ihren Verlust und auf den Filmvorschlag. Wobei sich eigentlich alle nur für Letzteres interessierten. Nora wollte lieber sterben, als sich diesen Film anzusehen. Sie hatte diese Kampusch-Hysterie nie ganz begriffen, der unverhohlene Voyeurismus dahinter war ihr unanständig vorgekommen. Zwar hatte selbst sie ab und zu ein Interview geschaut, das weiche Gesicht mit dem Blinzeln eines Höhlentierchens angestarrt, aber nur allein zu Hause im Web. Danach hatte sie sich beschmutzt gefühlt, wie nach einer langen Zugfahrt oder einer jener Ess-Brech-Attacken, die sie für kurze Zeit mal durchgemacht hatte, am Anfang ihrer Beziehung mit Stefan, bis sie das Valium durch Temesta ersetzt und allen Hunger in sich auf das Erträgliche heruntergedämpft hatte.

An den spekulativen Tischrunden über Priklopil und darüber, ob er Einzeltäter gewesen sei oder ob er sich auch körperlich an Natascha vergangen habe, hatte sie sich nie beteiligt. Auch nicht an den selbstgerechten Verurteilungen von Nataschas Eltern bei einer Flasche Wein, die sie an Dürrenmatts »Panne« erinnerten. Noch nie hatte sie sich eingereiht in die vielen Tischredner, die sich bei einem Gewürztraminer über das Stockholmsyndrom ereiferten, als wüssten sie, wie es war, gestohlen, eingekerkert und ungewollt berührt zu werden, egal ob sexuell oder in schlichter Missachtung der eigenen Grenzen. Nora wurde allein beim Gedanken an solche Abende körperlich flau. Mehrere Male hatte sie sich sogar entschuldigt und war unter einer schalldichten Glocke aus Schwindel nach Hause gefahren, sobald das Thema auf die Kampusch gekommen war.

Stefan hingegen hatte sich förmlich darin verbissen, warum, begriff sie nicht so recht. Er hatte einen regelrecht missionarischen Eifer entwickelt und hartnäckig versucht, Nora dazu zu bewegen, die Biografie der Kampusch zu lesen, »dieses berührende Zeitdokument«, wie er es nannte. Vielleicht wollte er ihr damit demonstrieren, wie gut sie es doch hatte mit ihm, vielleicht weckte die Geschichte auch einfach den Ritter in ihm – oder geheime Fantasien. Nora kam nicht dahinter. So hatte das Buch monatelang auf ihrem Nachttisch gelegen, bevor sie es schließlich heimlich in den Müll gesteckt hatte.

Ihr tat diese Frau leid, die wie ein Engerling in die Welt hochgekrochen und dort mit etwa der gleichen Sympathie empfangen worden war, die man allem unterirdischen Gewürm entgegenbrachte. Dabei war sie so unfassbar tapfer gewesen und so hart. Sie hatte vor allem eines verdient: Respekt.

Natürlich hatte Nora versucht, sich zum Offensichtlichen zu zwingen, Parallelen zu ihrem Leben zu suchen und sich zu fragen, ob ihr Widerwille dagegen, die Kampusch als Gesprächsthema wie Tennis, Berlusconi, Mileys Zunge und den Taksim-Platz abzuhandeln, damit zusammenhänge. Bloß gab es diese Parallelen gar nicht. Ihre einzige Gemeinsamkeit war, dass Meret ebenfalls eingeschlossen leben musste. Aber einzelne Gemeinsamkeiten ließen sich schließlich zwischen beliebigen zwei Menschen finden. Das bedeutete rein gar nichts. Was sie tat, geschah aus Liebe, das war ein ganz grundlegender Unterschied. Und sie hatte ihr Kind nie jemandem weggenommen. Im Gegenteil. Sie beschützte es. Sie tat alles, was sie tat, für das Kind und nicht für sich selbst. Zwischen den beiden Geschichten gab es rein gar nichts zu vergleichen. Also würde sie sich heute auch dem Film stellen können. Bald wäre ohnehin alles Geschichte.

»Ok, ja, warum nicht, sehen wir uns den Film an«, sagte sie darum endlich, gerade als der Kellner ihren Lachs auf Linsenbett mit Sommergemüse brachte. Bei seinem Anblick zog sich ihr der Magen zusammen. Sie entschuldigte sich, und Henrik zog den Teller ohne zu fragen zu sich hinüber. Den Blick auf dem rosa Fisch, bestellte er eine Flasche Grauburgunder.

Eine Dreiviertelstunde und ein paar Aperol Spritz später standen sie in der Popcornluft des großen Kinokomplexes im ehemaligen Industriequartier, in dem Stefan immer irgendwelche Bekannten antraf, während Nora danebenstand wie ein Schluck Tee. Aber diesmal würde das nicht passieren. Seine unmöglichsten Bekannten hatten sie ja bereits im Schlepptau. Nora grinste zum ersten Mal an diesem Abend. Stefan nahm es für ein Lächeln und küsste ihre Fingerspitzen.

Dann schoben sie nacheinander ihre Hintern an einer Galerie von Köpfen vorbei und murmelten »Sorry, Entschuldigung, Pardon, Merci.« Erleichtert ließ sich Nora in den breiten Sessel fallen. Die Lehnen auf beiden Seiten schufen ihr eine sichere Nische. Sie legte sich die Jacke über die Beine, deren Haut sich nach der Hitze draußen überempfindlich anfühlte. Dann nahm sie ihr Handy aus der Handtasche und schirmte das Display ab. Keine Nachricht von Mihaela. Das war gut.

»Meinst du, die Bullen melden sich nochmals?« Sie zuckte zusammen, als sie Stefan so nah an ihrem Ohr hörte, obwohl er fast tonlos gesprochen hatte, damit niemand ihn hörte.

»Keine Sorge, alles ist gut.«

»Dann stell das Ding doch ab. Jetzt musst du ja nicht mehr nonstop erreichbar sein. Genieß es. Wenn wir erst Kinder haben, wirst du das blöde Teil noch oft genug brauchen.« Rasch stopfte er sich eine Handvoll Popcorn in den Mund. Er hatte sich fest vorgenommen, das Thema Kinder erst in Paris wieder anzusprechen und kaute es hastig weg.

Betreten wandten er und Nora ihre Köpfe der Leinwand zu und ließen sich von der Werbung und den Trailern einwickeln. Nora schwebte weit über dem Saal und fragte sich, warum sie um alles in der Welt zugesagt hatte, mitzukommen.

Ein Mädchen mit großen Augen kauerte am Boden einer Kammer und weinte. Stefan drückte Noras Hand. »So ein Sauhund«, sagte er laut.
Später sah man eine magere, unschöne Frau in der gleichen Pose. Offenbar war das Kind jetzt größer und durch eine andere Schauspielerin ersetzt worden. Die Frau störte Nora. Körperlich. Es stieß sie ab, dass sie so bockig war und ohne Charme. Irgendwie hatte es etwas mit ihrem Gesicht zu tun. Mit jenem der Schauspielerin, nicht mit dem der echten Kampusch. Arme Natascha, dachte Nora. Kein Wunder, dass sie niemand mögen wollte, wenn so eine ihr Leben darstellte. Die Frau da vorn war ein Missgriff. Viel zu viel Potenzial als Mobbingopfer. Willkommen im Club. Nora wusste selbst noch sehr genau, wie es war, jeden Morgen von einem Grauen gepackt zu werden, das von Minute zu Minute wuchs, je weiter die Zeiger vorrückten.

Papa hat ihr ein neues Nachthemd geschenkt, eines mit Puffärmeln und einem Sara-Kay-Mädchen drauf. Eigentlich ist das gar nicht sein Stil, aber seine derzeitige Geliebte ist eine, die weiß, wovon kleine Mädchen träumen, egal wie alternativ ihre Eltern sie erziehen. Sie heißt Silvana, hat einen schokoladebraunen Zopf, der ihr fast bis in die Kniekehlen reicht, und kocht die beste Lasagne, die Nora je gegessen hat. Überhaupt steht sie ständig in der Küche und backt und kocht. Sie ist die erste Frau, bei der Nora hofft, dass sie bei ihnen bleibt. Wenn sie da ist, ist es warm und hell.
Nora ist begeistert von dem Nachthemd. Sie liebt seit jeher alles, was so ist wie die Dinge der anderen Kinder.

Der normalen Menschen, die Papa so verachtet. Am sehnlichsten wünscht sie sich einen beigen Spannteppich und einen hellgrünen Wellensittich. Und Möbel aus weißem Kunststoff. Papa schnödet darüber nur. Er knufft sie dann und nennt sie »meine Spießer-Tochter«, aber nie, ohne sie danach in den Arm zu nehmen und abzuküssen. »Mach dir keinen Kopf. Wenn alle Spießer so wären wie du, mein Schatz, dann wäre die Welt ein besserer Ort.«

Und nun hat sie also endlich ein Ding, das so normal aussieht, dass es genauso gut jedem anderen Kind in der Klasse gehören könnte. Es ist nicht vom Flohmarkt, nicht selbst genäht oder indianisch und es hat weder Flecken noch Löcher. Kurz, es ist das schönste Ding, das sie je gesehen hat. Nora beschließt, diesen Beweis ihrer Normalität zur Schule anzuziehen und nicht zum Schlafen. Wie sonst sollte jeder es sehen? Papa hat keinen Einwand, das hat er nie, wenn es um ihre Kleider geht, zudem spricht er am Morgen ohnehin kaum. Er schaut jeweils nur rasch aus seinem Schlafzimmer und fragt: »Brauchst du etwas, Nörchen?« Sie sagt: »Nein«, und er brummelt: »Pass auf dich auf, Kleine«, und legt sich zurück ins Bett, während seine Tochter wie jeden Tag aus dem Fenster springt, ohne dass er etwas davon ahnt.

»Du hast aber ein schönes Kleid«, sagt Anita auf dem Pausenplatz. Sie sieht aus wie eine hungrige Katze, als sie ihr spitzes Kinn in Richtung der Claudias und Nicoles reckt, die eben dabei sind, sich gegenseitig ihre Poesiealben zurückzugeben. »Wow, ich wollte, ich könnte so schön zeichnen wie du, du hast eine so schöne Schrift.«

Blabla. Nora würde so gern dazugehören. Aber das sagt sie natürlich nicht.
Wie auf Kommando unterbrechen die Mädchen ihr Ritual und sehen zu Anita hinüber. Sie ist die Alpha-Zicke. Nora kennt den Ausdruck noch nicht, aber sie weiß schon, dass es ihr nicht ansteht, Anita nicht zu mögen. Das bringt Unheil. Wie jetzt. Alle Blicke streifen Noras Nachthemd. »Süß, ja, sehr süß«, sagen alle und drehen ihr wieder die Rücken zu. »Irgendwer ist heute tatsächlich mit dem Nachthemd zur Schule gekommen. Unglaublich. Na ja, es muss jede selber wissen, wie sie rumlaufen will«, sagt Anita jetzt laut im Weggehen, ihre bösen Sätze wehen hinter ihr her wie eine tödliche Fahne. Nora spürt, wie ihr das Blut in den Hals schießt und die Wangen hochkriecht, bis es nicht mehr weitersteigen kann, weil sie aufhört und über ihr nur der Himmel ist, den das ganze Theater hier unten einen feuchten Kehricht interessiert. Sie macht den gleichen Fehler wie immer, sie verteidigt sich. »Das ist kein Nachthemd, das ist ein Kleid von der Freundin von meinem Papa«, ruft sie, viel zu laut.
»Wieso regst du dich auch immer so auf?«, fragt Anita zuckersüß über die Schulter zurück. »Habe ich von dir gesprochen? Ich glaube nicht. Ich habe nur gesagt ›irgendwer‹. Nicht immer dreht sich die ganze Welt um dich, Nora. Das solltest du langsam lernen.«
Dann lassen die Mädchen Nora für den Rest des Tages links liegen. Sie steht den Unterricht eisern im Nachthemd durch, nackt würde sie sich vermutlich weniger verletzlich vorkommen als in diesem Lumpen. Am Abend stopft sie das Ding in die Mülltonne und schließt

sich in ihrem Zimmer ein. Papa merkt es nicht. Er ist mit Silvana auf einem Element-of-Crime-Konzert.

Der Kinosaal roch nach Popcorn und sauren Zungen. Und diese ausgehungerte Frau da vorn auf der Leinwand sah aus wie eine, die Tritte und Spott kassierte, seit sie denken konnte. Nora wollte sie nicht sehen. Wollte nicht an Natascha denken und schon gar nicht an Anita. Sie wollte zu Meret. Das hier drin hatte nichts mit ihr zu tun. Es machte sie nur wütend.
»Stefan, bitte entschuldige, aber ich muss raus hier. Ich ertrage das nicht länger«, flüsterte sie ihm zu.
Er legte ihr seine warme Hand auf ihren Oberschenkel unter der Jacke und zischte: »Ja, heftig, gell? Aber ich finde, man darf nicht wegsehen. Gerade weil es so hart ist. Damit zeigen wir der Welt, dass wir so etwas kein zweites Mal zulassen dürfen. Solche Typen sollte man kastrieren.« Nora legte seine Hand auf sein Bein zurück. Sie nahm ihre Jacke und die Tasche von den Knien und stand auf. Die Popcorntüte auf ihrem Schoß fiel vor ihr auf den Teppich und sprenkelte den dunklen Boden mit Salz und Styroporwölkchen. Die dünne Frau auf der Leinwand wischte gerade den Tisch des Täters sauber. Er hatte ihr alle Haare vom Kopf geschoren.
Unter dem Schnalzen und Zischen der Köpfe hinter ihr drängte sich Nora ans Ende der Reihe. Dabei trat sie versehentlich einer Frau auf den großen Zeh.
»Passen Sie doch auf!«
»Dumme Kuh.«
Nora stolperte zum Ausgang und hörte das Zischeln der Empörten hinter sich, es erinnerte sie an die Schlangen-

grube in »Indiana Jones«. Sie ging zur Bar in der Eingangshalle hinab und bestellte sich ein kaltes Bier. Auf ihrem Handy war noch immer keine Nachricht von Mihaela eingegangen. Vielleicht sollte sie nochmals hinfahren und nachsehen, ob alles in Ordnung war. Die Hitze machte ihr Sorgen. Hoffentlich trank Meret genug. Man las ja immer wieder von Menschen, die dehydriert in ihren Wohnungen aufgefunden wurden. Plötzlich war sie nur noch traurig. Sie vermisste Meret, Papa, Julie. Sie vermisste die schlichte Leichtigkeit eines Sommerabends, so wie sie damals gewesen waren, als sie klein und Papa stark und fröhlich war. Sie hatte sie seit so vielen Jahren nicht mehr geschmeckt.

»Was ist denn los mit dir, mein Schatz?« Stefan drückte seine Schulter sanft an ihre. Sie hatte ihn gar nicht kommen hören. Der Junge hinter dem Tresen drehte ihnen den Rücken zu und füllte Becher um Becher mit Popcorn.
»Sorry. Tut mir leid. Ich bin völlig mit den Nerven runter heute. Ich ertrage einfach nichts.«
»Schon ok. Du hast auch zwei harte Tage hinter dir. Und der Film geht auch mir sehr nahe. Unfassbar, was muss bloß im Kopf dieses Typen vorgegangen sein … Komm, wir gehen an die frische Luft, ist eh schade um die schöne Sommernacht. Ich schreib' den anderen von unterwegs.«
Nora stützte den Kopf auf beide Hände, und heiße Tränen tropften vor ihr auf den marmorierten Kunststoff. Stefan legte ihr den Arm um die Schultern. »Schsch, du Arme. Schsch. Alles wird gut. Ich passe auf dich auf.

Ich bin immer für dich da, egal was passiert. Das weißt du doch, ja?«
Das war zu viel. Zum ersten Mal seit Langem weinte Nora laut und hemmungslos. Stefan führte sie nach draußen wie ein krankes Kind, wo sie seine Brust nass weinte, bis sie nur noch leer und unsäglich müde war. Er streichelte ihr Haar und murmelte Versprechen größer als der Himmel, die sie ihn doch nie würde einlösen lassen, weil er gar nicht wusste, was er da sagte.
Stefan schob seine Finger zwischen die ihren. »Komm, du gehörst ins Bett.« Hand in Hand gingen sie unter der Hardbrücke hindurch bis zum Fluss hinab und nach Hause. So nahe waren sie sich schon lange nicht mehr gewesen.
»Es tut mir so leid«, wisperte Nora.
»Macht doch nichts, wir können den Film ja ein anderes Mal zu Ende schauen, mein Schatz.«

Kapitel 20

Sonntag, 21. Juli 2013, 20:07

»Wohin gehst du? Ist alles ok?« Nico würgte dem Nachrichtensprecher die Stimme ab, der aus der Wohnwand heraus über die Hitzewelle laberte, als hätte man die nicht schon längst selbst bemerkt, danke schön. Verschränkte die Arme vor der Brust und schaute Mihaela erwartungsvoll an. Seit er denken konnte, hatte seine Mutter noch nie nach dem Abendessen die Wohnung verlassen. Und schon gar nicht das Haus, ohne ihm zu sagen, wohin sie ging und für wie lange. Mihaela seufzte.
»Ich muss noch etwas für Nora erledigen.«
»Kann ich dir helfen?«
»Nein, geht schon, danke. Ich bin bald wieder da.«
Mihaela küsste Nico auf die Stirn und verschwand rasch im Flur, als fürchte sie jede weitere Frage.
Nico blieb im stillen Wohnzimmer zurück und zündete sich eine Zigarette an, während der stimmlose Nachrichtensprecher vor einer grünen Flagge mit schnörkeligen weißen Zeichen betroffene Gesichtsgymnastik machte. So einfach kam seine Mutter nicht davon. Er würde hier auf sie warten. Er fragte sich, ob es eigentlich normal war, dass Kinder ab einem gewissen Alter anfingen, sich um ihre Eltern zu sorgen statt umgekehrt. Er musste weg, bevor das noch zur Gewohnheit wurde.

Mihaela steckte den Schlüssel ins Schloss des alten Hauses und hielt kurz inne. »G. Helbling und J. Spiess-Mellinger« stand auf dem Papierchen im Messingrahmen neben der Klingel. Alles war dunkel beschlagen, gilbig. Die nächsten Tage würde sie ihre Putzutensilien mitbringen und mal etwas Ordnung in dieses Haus bringen. Sie spürte Merets Blick oben hinter der Glyzinie. Arme Kleine. Mädchen. Mihaela wusste schon lange, dass es dort eingesperrt war. Julie hatte es ihr vor Jahren einmal im Suff erzählt. Wie nun Nora offenbar war auch die Alte sich stets völlig sicher gewesen, dass sie niemandem etwas verraten würde. Damals hatte sie es als Vertrauensbeweis aufgefasst, jetzt fand sie es eher respektlos. Aber dafür konnte die arme Kleine dort oben nichts.

Mihaela legte den Kopf in den Nacken und hob ihre Hand zum Gruß nach oben. Die Haut des Oberarms löste sich dabei mit einem Flutschen vom Pölsterchen über dem BH-Rand. Durch die Schutzfolie auf dem Fenster meinte sie eine Bewegung zu sehen, nur ein Schatten, der hinter der Scheibe atmete.
Als Mihaela allein im dämmerigen Flur stand, konnte sie es sich nicht verkneifen, sich ein wenig umzuschauen. Im Schirmständer steckte ein Speer. Sein Schaft war von einem Netz mit Glasperlen umfasst, schwarz, weiß, rot wie die Schlange in der Tierhandlung im Kasten, gleich neben dem Sonnenstudio und dem Shop, in dem man sich Tassen bedrucken lassen konnte. Er sah irgendwie afrikanisch aus. Auf dem Holzschaft steckte eine Metallspitze, die aussah wie das Halma-Hütchen,

auf das Nico im Kindergarten mal draufgetreten war. Der Fuß hatte sich entzündet und es hatte sie Tage gekostet, bis er endlich wieder hingegangen war.
Wozu das fiese Ding wohl gut war? Sie würde die Leute hier nie ganz verstehen. Vor allem Julie war ganz schön seltsam gewesen, aber auch sehr liebenswert. Erst jetzt fiel ihr auf, dass ihr Geruch noch immer im Haus hing. Kalter Rauch, Katzenpisse, Irisch Moos und noch etwas anderes, Süßliches. Die Junge wirkte zwar normal, aber sie war ihr fast unheimlicher. Auf der Kommode neben dem Schirmständer stand ein Spiegel mit bronzefarbenen Krampfadern im Glas. In seinem Rahmen steckten Fotos. Eines zeigte Nora als kleines Mädchen. Sie trug einen roten Kinder-Bikini mit weißen Plastikknöpfen und stand allein neben dem Bassin. Auf einem anderen Bild standen Anni und Julie vor einer Schweizer Flagge, schwarz-weiß, auf einem weiteren, ganz allein, Gustav in Militäruniform, einen zwei Finger breiten Schnurrbart unter der Adlernase. Stolz und zu Großem geboren, das dann nie gekommen war. Dem war es offenbar auch nicht besser ergangen als ihnen allen.
Sie glitt mit dem Finger über den oberen Rand des Spiegels, dabei fielen ein paar Staubflocken und ein getrocknetes vierblättriges Kleeblatt auf die Bilder. Mihaela hob es behutsam auf und legte es auf die gehäkelte Decke unter der Schale mit grauen Zuckerbriefchen, Schlüsseln zu vergessenen Türen, Irisch-Moos-Bonbons und einer Sicherheitsnadel.
Sie fühlte sich beobachtet, und als sie sich umsah, entdeckte sie neben der Tür am Ende des Flurs eine graue Kugel. Zwei gelbe Augen schauten reglos zu ihr hinüber,

ohne sie wirklich anzusehen. Mihaela zog sich rasch zur Treppe zurück, beschämt von einem kindlichen Gefühl des Ertapptseins, das sie schon lange vergessen hatte.

Die Katze hatte recht, eigentlich ging das hier sie nichts an. »Ich bin gleich bei dir«, rief sie nach oben und stieg keuchend in den ersten Stock hinauf. Ein Strahl tanzender Partikel schnitt eine Schneise ins Dämmerlicht. Mihaela schloss sofort den Mund und schnaubte durch die Nase. Nicht vorzustellen, wie die Staubteilchen ihr Nasenwände und Lungen verklebten. So viel Schmutz, so viel Verantwortung, alles viel zu krank. Am liebsten hätte sie auf dem Absatz ihres Gesundheitsschuhs kehrtgemacht und wäre nie wieder hierher zurückgekommen.

Meret saß auf ihrem Bett und hatte die Hände zwischen die Knie geklemmt. Sie hielt den Kopf schief und beobachtete Mihaela.
»Kennst du die Elstern?«, fragte sie.
»Die Vögel, meinst du?«
»Ja. Die da draußen. Die schauen immer schief. Weißt du warum? Ich hab' es herausgefunden: Man sieht die Sachen genauer, wenn man so guckt. Probier's mal.«
Mihaela strich sich verlegen die Hände an der Schürze ab. Warum eigentlich nicht? Sie neigte ihren Kopf ebenfalls, und sie und Meret schauten einander zum ersten Mal in die Augen. Sie mussten kichern.
Meret konnte fast nicht mehr aufhören. Es war so schön, wieder mal zu lachen. »Du bist nett, Mihaela. Gott sei Dank. Ich hatte schon solche Angst, dass die neue Julie blöd ist. Trotzdem vermisse ich sie.« Ihre

kurze Heiterkeit war verflogen. Mihaela murmelte: »Mutter Gottes sei ihr gnädig« auf Rumänisch. Dann stellte sie ihre Tasche auf das kleine Tischchen und holte eine Tüte mit Multivitaminfruchtsaft heraus, einen Himbeerquark, einen Mini-Babybel und eine Packung Vollkorncracker, wie Nora ihr aufgetragen hatte. Sie legte Meret eine Papierserviette hin und das abgepackte Besteck. Das Ganze erinnerte sie an das Essen für ihre alten Pflegefälle. »Möchtest du sonst noch was?«

»Wie meinst du das?«

»Eine Frucht oder ein Sandwich oder etwas Warmes zum Beispiel.«

»Du meinst Brei?«

»Nein, Spaghetti, Reis, Kartoffeln, Fleisch, Eintopf, Eiscreme, was weiß ich, irgendwas halt.«

Meret verstand ganz offensichtlich nicht, wovon Mihaela sprach.

»Wenn du möchtest, bringe ich dir morgen etwas von zu Hause mit, dann kannst du ja sehen, ob du es magst.«

Sie würde besonders sauber arbeiten beim Kochen, dann konnten unmöglich Keime im Essen sein. Sie und Nico lebten ja schließlich auch noch.

»Ist das, was du mir bringst, gefährlich?«

Diesmal hielt Meret den Kopf unbewusst schief, nur ein paar Grad. Sie sah wirklich aus wie ein misstrauischer Vogel, ein Küken. Viel zu mager, fast durchsichtig und zerzaust. Mihaela hätte sie so gern in die Arme genommen, sie bei sich zu Hause aufgepäppelt. Sie an die Sonne mitgenommen. Sie musste behutsam sein mit dem Kind.

»Nein, ich würde dir nie etwas Gefährliches mitbringen. Ich esse es auch.«

Meret überlegte. »Also, ich werde es probieren. Aber nur, wenn du auch davon nimmst und ich dir dabei zusehen kann. Wie bei Schneewittchen, aber ohne Tricks.«
Mihaela bekreuzigte sich, armes Kind. »Gut, ich bringe etwas mit und probiere es vor deinen Augen wie die böse Hexe. Und jetzt iss. Danach darfst du noch ein bisschen mit der Maus spielen und lesen, hat Mama gesagt, dann musst du deine Schlafmilch trinken und die Zähne putzen.«
Meret rollte mit den Augen. »Es ist ein Hamster, keine Maus. Und er heißt Elvis.«
Mihaela lachte. »Ah, ein Rockstar. Das ist gut. Ich bin gleich wieder da.«
Sie ließ die Tür offen, als sie in die Küche hinabging, und den Schlüssel stecken. Das war eine Falle. Garantiert. Meret beschloss, es zu übersehen.

In der Küche holte Mihaela die Pläne aus der Schublade und kontrollierte nochmals, ob sie nichts vergessen hatte. Bis jetzt hatte sie alles richtig gemacht. Gut. Nora sollte zufrieden sein mit ihr. Vielleicht überlegte sie es sich dann ja nochmals mit dem Motel und dem Job.
Mihaela öffnete den Schrank hinten beim Fenster. Er roch nach Rohrzucker und vetrockneten Bouillonwürfeln. Im obersten Regal stand ein fettiger Toaster mit einem alten Stoffkabel, wie sie Mihaela noch aus ihrer Kindheit in Rumänien kannte. Daneben lag ein gelbes Plastiksieb mit einem abgebrochenen Griff. Das mittlere Regal war vollgestopft mit Katzenfutterschachteln und Beutelsuppen in allen Geschmacksrichtungen. Mihaela wollte eine herausziehen, doch sie klebte am Regal-

brett und riss. Überall klebte eine gelbe, zähe Masse, Honig vielleicht oder altes Fett. Nur das unterste Abteil des Schranks war aufgeräumt und sauber. Es war sogar mit hellblauem Wachspapier ausgeschlagen. Hier standen Einzelportionen Erdbeermarmelade und Honig in geraden Türmchen, daneben lagen Bündel mit einzeln abgepacktem Wegwerfbesteck. Zuvorderst in einer Vorratsdose aus mürbem Kunststoff fand Mihaela, was sie gesucht hatte: das Temesta für die Schlafmilch. Sie wischte sich die Hände an ihrem Kittelkleid ab. Trockene, saubere Hände seien enorm wichtig, hatte Nora ihr eingebläut. »Die Tabletten lösen sich mit dem kleinsten bisschen Feuchtigkeit auf.« Mihaela drückte ein rundes, weißes Plättchen aus dem Blister, halbierte es sorgfältig und ließ die eine Hälfte in die Sisi-Tasse fallen, die sie zuvor aus dem Fläschchensterilisator geholt hatte. An der beschrifteten Hakenleiste über dem Herd hatte sie gesehen, dass dies die Sonntagstasse sein musste. Die Tablette machte kein Geräusch, als sie leicht wie eine Flocke aus Styropor auf den Tassenboden fiel.

Nun stellte sie den roten Topf auf den Herd und holte aus dem Kühlschrank einen der Viertelliter-Milchkartons. Eine abgestandene Schwade aus ranziger Salami und faulem Fenchel schlug ihr entgegen. Rasch warf sie die Tür wieder zu, drückte fest drauf, bis die Gummidichtung sich leise festschmatzte.

In diesem Moment hörte Mihaela ein dumpfes Geräusch, als ob etwas zu Boden gefallen wäre, und nur einen Atemzug später strich ihr das haarige Ding aus dem Flur um die Beine und maunzte vorwurfsvoll. »Gscht,

geh weg.« Sie musste sich jetzt konzentrieren. Die Milch durfte nicht zu heiß werden, sonst ging der Wirkstoff der Tablette kaputt, hatte Nora gesagt.
Doch das Viech dachte nicht ans Aufgeben. Im Gegenteil. Der Kater reckte seine Vorderpfoten Mihaelas Beine hoch und räkelte seine Krallen in ihr Fleisch. Sie zuckte zusammen und hätte dabei fast versehentlich den Milchtopf vom Herd gerissen. »Heilige Maria, du blödes Biest, ist ja gut!«, schimpfte sie. Dann würgte sie genervt die Flamme unter der Milch ab und füllte einen der verklebten Näpfe neben dem Kühlschrank mit Futter aus der angebrochenen Packung, die auf dem Küchentisch vor sich hinmiefte. Parzival machte sich gierig darüber her, den stämmigen Fellrücken quer zum Herd gestellt, als müsste er zeigen, wem das hier alles gehörte. Mihaela versuchte, ihn mit dem Fuß zur Seite zu schieben, um an den Topf heranzukommen. Doch er lehnte sich einfach mit dem ganzen Gewicht an Mihaelas Rist, schnurrte und schlang unbeirrt weiter seinen Fraß herunter. Angeekelt zog sie ihren Fuß zurück und rieb ihn an der anderen Wade sauber. Wozu das ganze Theater mit den abgepackten Portionen und dem Desinfizieren gut sein sollte, wenn eine solche Flohschleuder durchs Haus spazierte, war ihr schleierhaft. Nora hatte ihr erklärt, dass alles steril bleiben müsse, damit Meret nicht krank würde. Wenn man sie fragte, war das ein trauriger Witz, insbesondere bei einer solchen Siffhöhle von Küche, aber sie würde einfach tun, was man ihr aufgetragen hatte.
Mihaela schüttelte den Kopf, als könnte sie ihre Zweifel damit loswerden. Das Ganze hier ging sie nichts an.

Hauptsache, Meret blieb gesund, bis Nora wieder da war. Nicht auszudenken …
Sie holte ein Döschen Honig aus dem Schrank und rührte seinen Inhalt in die Milch ein. Es erinnerte sie an die Honigmilch, die ihr die Großmutter mit den deutschen Wurzeln manchmal gemacht hatte, wenn sie nicht schlafen konnte. Als Kind war das für sie der Inbegriff von Deutschland gewesen, wo alle reich waren, die süße weiße Milch und eine essiggurkensaure Hand, die sie in den Schlaf streichelte. Unvermittelt fühlte Mihaela ihre Einsamkeit als traurigen Klumpen hinter dem Brustbein. Sie hatte sich schon so lange an sie gewöhnt, dass sie sie nicht mehr wahrnahm, so wie man seinen eigenen Geruch nicht mehr riecht. Vielleicht sollte sie sich ein paar der Tabletten mit nach Hause nehmen? Sie schlief immer so schlecht, seit Nico samstags manchmal spät heimkam, wenn er mit seinem Rad zwischen den schlafenden Häusern herumkurvte oder vor dem Kasten mit den anderen Jungs aus seiner ehemaligen Klasse ein paar Biere kippte. Oft lag sie auch wach, wenn er längst schon schlief, und fragte sich, was werden würde, wenn er einmal weg war. Sie spürte sehr wohl, dass es ihn wegzog, auch wenn sie nichts sagte. Was man ausspricht, wird wahr, hatte es bei ihr im Dorf geheißen. Getratscht hatten trotzdem alle, als ob es nicht gelte, wenn man die Dinge leise und hinterrücks sagte. Schön wär's. Aber das lag weit zurück. Sie konnte nun auch nichts mehr daran ändern, auch wenn sie oft davon träumte.
Sie beschloss, mit den Tabletten zu warten, bis Nora wirklich nach Paris abgereist war. Vielleicht kontrollierte sie vor der Abreise ja nochmals alles, zuzutrauen

war es ihr. Aber nach ein paar Tagen Ferien fiel es ihr bestimmt nicht auf, wenn etwas fehlte. Sie freute sich darauf, dass Nora wirklich weg war. Dann würde sie sich das Haus vornehmen und dem Mädchen wenigstens anständige Verhältnisse schaffen. Das war ja kein Zustand hier. Ihre Fußsohlen waren schon ganz pappig und voller Krümel. Sie würde Pantoffeln mitbringen.

Mihaela saß auf dem niedrigen Stuhl an Merets Tischchen und richtete die Stifte darauf gerade aus, strich den Block flach. Meret hatte sich inzwischen umgezogen und saß mit dem Hamster im Schoß auf dem Boden. Sie hatte die Schlafmilch schon getrunken, und als sie langsam träge wurde, hob sie Elvis in seinen kleinen Käfig und stülpte seine Kokosnuss über ihn. Sie ging hinter das Pressspanwändchen ins Bad, wischte sich mit dem Waschlappen den Milchschnauzer ab und schrubbte sich die Zähne, bis das letzte rosa Quarzkörnchen in der Sanduhr das Glas gewechselt hatte. Dann pinkelte sie und wusch sich nochmals gründlich die Hände, bevor sie sich ins Bett legte. Mihaela wollte sie zudecken, ihr die Stirn streicheln, sie mitnehmen. Weglaufen mit ihr. Oder ohne sie, Hauptsache weg. Aber sie würde das Mädchen nicht mehr im Stich lassen können, jetzt, wo sie wusste, dass es existierte. Sie fragte sanft: »Soll ich mich ein bisschen zu dir legen?«
»Nein, viel zu heiß«, murmelte Meret, und dann fielen ihr die Augen zu.
Mihaela wollte das Fenster öffnen, um in der Nacht etwas Kühle hereinzulassen. Aber es war verschlossen und sie musste zuerst nach dem richtigen Schlüsselchen

am Bund suchen. Die Luft draußen war noch zähflüssiger als jene im Zimmer. Also schloss Mihaela das Fenster wieder und stellte dafür ein kaltes Glas Wasser neben das Buch auf Merets Nachttisch. »Alice im Wunderland« stand drauf. Sie blätterte kurz darin. Es war voller bösartiger Bilder.

Auf dem Weg nach draußen ging Mihaela in die Küche, holte sich eine Temesta aus dem Schrank und wickelte sie in ein Taschentuch, damit sie nicht feucht wurde.

Kapitel 21

Sonntag, 21. Juli 2013, 22:56

Mihaela horchte ins Treppenhaus hinaus. Sie wartete auf Nicos Schlüssel in der Tür, darauf, wie er an ihrem Bettsofa vorbei in sein Zimmer schleichen würde, etwas wankend, aber beherrscht. Er war ein guter Junge.

Nach langem Hadern langte sie endlich neben sich unter das Sofa und hob sich die Handtasche auf den Bauch. Die Temesta lag in der Geldbörse. Sie klaubte sie heraus und wickelte sie vorsichtig aus dem Taschentuch. Das weiße Plättchen hatte kein Gewicht. Sie traute Medikamenten eigentlich nicht über den Weg. Man wusste nie, was sie mit einem anstellten. Aber wenn die übervorsichtige Nora ihrem Kind davon gab, konnte es unmöglich bedenklich sein. Mihaela überlegte, ob sie sich ihre Tablette auch in einer warmen Milch mit Honig auflösen sollte, griff dann aber einfach nach dem alten Senfglas mit Leitungswasser, das sie sich für die Nacht bereitgestellt hatte.

Sie schloss die Augen und legte sich die Temesta in den Mund. Sie klebte an ihrer Zunge fest, nur kurz, und war dann einfach weg. Dabei hatte sie sie doch noch gar nicht verschluckt. Mihaela verstand das nicht. Mühsam setzte sie sich auf und schlüpfte in ihre Adiletten. Im Bad streckte sie ihrem Spiegelbild die Zunge heraus. Außer einem dünnen schaumigen Streifen war dort nichts zu sehen. Irgendwie war das Ding einfach verschwunden,

nur ein bitterer Geschmack war noch da, wie wenn man aus Versehen in einen Zitronenkern beißt. Mihaela war erleichtert. Das war sicher besser so. Sie bereute bereits, dass sie einfach etwas geschluckt hatte, von dem sie nicht einmal genau wusste, was es war. Aber dann wurde ihr bewusst, dass das Medikament schon in ihrem Blut unterwegs war und sich in alle Zellen verteilte, ganz fein nur, aber flächendeckend. Wie ein Nieselregen in ihr drin.
Ihr wurde etwas schwindlig, aber sie wusste nicht, ob es schon das Medikament war oder erst die Angst davor. Sie musste sich am Waschbecken festhalten, das Porzellan unter ihren Händen war angenehm kühl. Sie stand ruhig da und schaute sich an. Ihr Gesicht war schwammig und glänzend, um die glasigen Augen lagen schlaffe Fältchen. Wenn ich je in mein Dorf zurückkehren würde, würde mich dort kein Schwein mehr kennen, dachte sie. Und sie beschloss, Nico bei Gelegenheit zu sagen, dass sie ihn nicht mitschleppen würde, um ihn vorzuführen, wie sie es ihm ein Leben lang prophezeit hatte. Er würde sich ja für sie schämen müssen.
Trotz dieser schonungslosen Erkenntnis fühlte sich Mihaela leicht. Nichts berührte sie wirklich, weder ihr verlebtes Aussehen noch die Erinnerungen, die sie sonst wie ein Trauerzug überallhin begleiteten, noch die Fantasien vom großen Tag der triumphalen Abrechnung mit allen. Nichts davon hatte noch eine Bedeutung.
Wenn nur ihr Mund nicht so trocken wäre. Sie neigte sich zum Wasserhahn hinab und trank das schaumige Wasser direkt von der Düse. Das hatte sie seit einer Ewigkeit nicht mehr getan. Es war gut.

Dann tapste sie mit weichen Beinen zum Sofa zurück. Trotz der Hitze trug sie ihren Morgenmantel. Sie fand, Nico sei zu alt, um seine Mutter noch im Nachthemd zu sehen. Schlimm genug, dass er nach der Arbeit nie Freunde mit nach Hause bringen konnte, weil seine Mutter im Wohnzimmer schlief.

Wenn sie es sich recht überlegte, wusste sie eigentlich nicht einmal, ob er überhaupt welche hatte, mal abgesehen von den paar Kumpels von früher. Nur Mike kannte sie, und der würde nie zu Nicos Freunden zählen. Selbst wenn Nico es gewollt hätte. Der junge Steiner war viel zu völkisch, um sich mit Ausländern und solchem Pack gemein zu machen, wie er es nannte.

Mittlerweile waren Mihaelas Zunge und Geist angenehm taub. Sie legte sich auf die Decke und löste sich auf.

Als Nico vierzig Minuten später behutsam die Klinke niederdrückte, hörte er seine Mutter zum ersten Mal schnarchen. Ihr Morgenmantel lag neben dem Sofa auf dem Boden.

Kapitel 22

Montag, 22. Juli 2013, 07:24

»Ich sehe hinten und vorne nicht ein, warum du da heute nochmals hinmusst. Das ist doch ein Witz. Nora, begreifst du nicht? Julie lebt nicht mehr.«
»Danke für den Hinweis. Doch, ich begreife es sehr wohl, das darfst du mir glauben.«
Nora suchte Unterwäsche für Paris aus ihrer Schublade und warf den winzigen schwarzen String zurück in das Gewühl aus durchsichtigen Stöffchen in allen Farben, die Stefan ihr nach und nach geschenkt hatte. Sie wollte keine falschen Signale senden, zudem waren die Dinger entsetzlich unbequem und rieben einem die Spalte wund.
Sie verstand Stefans Missfallen daran, dass sie unbedingt nochmals nach Breitenach wollte, jetzt, wo Julie tot war. Aber sie konnte es nicht ändern, und erklären schon gar nicht. Sie versuchte es trotzdem, um seinen Argwohn zu zerstreuen. Offenbar hatte er Angst, sie habe einen Liebhaber. Wenn seine Bedenken und seine Neugierde nicht so bedrohlich gewesen wären, hätte sie am liebsten gelacht über diese absurde Idee. Sie spürte, wie das Kribbeln in den Armen erwachte und das Ziehen im Bauch. Das Letzte, was sie jetzt brauchen konnte, war eine Panikattacke, sie musste so schnell wie möglich los. Ihr Verstand übernahm ihre Außenfunktionen, er befahl ihrem Mund, Stefan anzulächeln, und ihrer Stimme, langsam und samtig zu sprechen.

»Schau, ich möchte einfach noch mal rasch hinfahren, um den Strom auszuschalten und den Kühlschrank leer zu räumen. Was man halt so tun muss in einem verlassenen Haus. Es dauert auch nicht lange. Du kannst gern mitkommen.«

»Nein, ist schon gut. Du hast sicher recht. Ich möchte einfach, dass du mehr bei mir bist, auch mit dem Herzen. Verstehst du, was ich meine?«

Gerade nochmals gut gegangen. Sie nickte versöhnlich. Fast tat er ihr leid. Bis er seine Arme um sie legte, seine Handflächen auf ihren Steiß drückte und sein Becken gegen ihres. Instinktiv lehnte sie sich mit dem Oberkörper zurück. Paris würde hart werden.

Sie küsste ihn flüchtig auf den Mund und schob ihn von sich weg. »Ich muss vorwärtsmachen mit Packen. Sonst wird die Zeit knapp.«

Stefan trollte sich mit einem unmutigen Seufzer zu seinem offenen Schrank zurück. Nora kehrte ihm den Rücken zu und faltete das anthrazitfarbene Kostüm mit den bunten Streifen am Saum dreimal neu, bevor sie es übertrieben langsam in ihren Schalenkoffer legte. Sie spürte Stefans Anwesenheit, als ob er sie körperlich berührte. Sie spürte, wie die Wut in ihr hochkroch, er sollte endlich verschwinden. Jede Sekunde, die er blieb und Hemden auswählte, schrumpfte das Zimmer. Erst als Nora nah dran war aufzugeben und sich einen Kaffee zu holen, verschwand er im Bad.

Rasch huschte sie durch die halb offene Schiebetür ins Arbeitszimmer hinüber. Dort stand der kleine Holzsekretär, den sie von Papa geerbt hatte. Wie ein urzeitliches Tier

kauerte er zwischen dem USM-Chromstahl von Stefans Büromöbeln. Sie nahm den schnörkeligen Schlüssel aus ihrer Jeans und öffnete die große Schublade. Unter ein paar Katalogen von Versandhäusern lagen ihre Aufzeichnungen über ihr Konto, Papierauszüge ließ sie sich absichtlich keine schicken. Stefan hatte ihr zur Hochzeit eine Kreditkarte geschenkt und ihr ein eigenes Konto eingerichtet. Als sie ihm erzählt hatte, dass dies ihr erstes Konto sei, hatte er ungläubig gelacht – sein Professor-Higgins-Lachen – und gefragt, hinter welchem Mond sie eigentlich aufgewachsen sei. Er war ganz offensichtlich begeistert. Das alles passte so wunderbar in sein Bild von ihr als unschuldiges Mädchen vom Land, das dank ihm die Welt entdecken durfte. Dabei kannte er offenbar das Ende von Shaws »Pygmalion« nicht. Von wegen Bildung, hatte sie damals gedacht.
Er hatte die Anekdote mit dem Konto sogar auf ihrem Hochzeitsfest zum Besten gegeben. Na ja, Fest war ein bisschen übertrieben für den Anlass, Besäufnis in noblem Rahmen traf es wohl eher. Stefan hatte darauf bestanden, dass sie in einem Gewächshaus feierten, in dem auch schon ein paar lokale Prominente geheiratet hatten. Von Noras Seite war niemand gekommen. Außer Julie gab es keinen, und die musste zu Hause bei Meret bleiben. Das konnte sie Stefan natürlich nicht unter die Nase reiben. Also nahm sie seine Empörung über ihre sture Tante, die nicht einmal für die Hochzeit ihrer einzigen noch lebenden Verwandten ihr Haus verließ, einfach hin. Mangels Freundinnen hatte Stefan Henriks damalige Frau zur Trauzeugin bestimmt. Die war etwa so begeistert gewesen wie sie: gar nicht. Es sollte auch das letzte

Mal sein, dass sie sich überhaupt sahen, danach verließ sie ihren Mann für einen elf Jahre jüngeren Chemielaboranten und durfte in Henriks Gegenwart nicht mehr erwähnt werden. Der Rest der Gäste bestand aus Stefans Leuten. Das waren seine Eltern, ein paar Jungs vom Badmintonclub mit ihren Frauen, Arbeitskollegen von der Bank sowie ein paar vereinzelte alte Schulfreunde. Sogar eine Exfreundin war gekommen und hatte Nora gratuliert und sie ermahnt, sie solle gut auf ihn aufpassen, so einen fände sie nicht noch einmal. Das waren ihre letzten nüchternen Worte an diesem Abend gewesen.

Es war schwül gewesen zwischen all den Pflanzen, und der Spitzenbesatz des Brautkleides hatte Nora die Achseln wund gescheuert. Stefan wich den ganzen Abend über nicht von ihrer Seite, und sie war ihm ausnahmsweise dankbar für seine Anhänglichkeit, die ihr sonst oft zu anstrengend war. Sie lenkte sie von ihrer Sehnsucht nach Meret und Papa ab. Nach dem Filet Mignon im Rosmarinjus hatte Stefan mit dem Messer an sein Glas geklopft. Unter den Palmwedeln johlten die Gäste ihm zu. Stefan stützte sich mit der linken Faust auf dem Damast-Tischtuch ab, während er mit dem rechten Zeigefinger das erzählte, was er für ihre Liebesgeschichte hielt. »Diese Frau hier …«, der Zeigefinger schwenkte in Noras Richtung, »… ist ein Wunder.« Noch mehr Grölen und vereinzelter Applaus. »Könnt ihr euch vorstellen, wo ich sie gefunden habe?« Pause, Atem anhalten. »In einem heruntergehalfterten Stundenmotel!« Pfiffe, Uhu-Rufe. »Jawohl! Aber ich ließ mich nicht täuschen von der schäbigen Umgebung, nein, im Gegenteil.

Ich habe in dem verschlossenen Mädchen mit dem verwaschenen T-Shirt sofort die Prinzessin erkannt. Und? Hatte ich nicht recht?« Henrik hielt sein Glas über seinen Kopf und rief mit schwerer Zunge: »Ein Hoch auf unseren Ritter hier! Und, musstest du auch einen Drachen erlegen? Hä? Wir wollen alle Details, ungeschönt!« Stefan grinste anzüglich zu Nora hinüber: »No comment, Leute, no comment. Der Gentleman schweigt und genießt. Wo war ich stehen geblieben? Ah ja, auf jeden Fall hauste diese Schönheit hier neben einer ausrangierten Kutsche irgendwo in der Vorstadt und … jetzt kommt er, der Beweis für ihre Unschuld: Sie hatte nicht einmal ein eigenes Bankkonto … Jawohl. Ihr habt richtig gehört. Tja, es gibt sie noch, die Frauen, die der Kapitalismus noch nicht verdorben hat. Wie auch immer, danke Nora, dafür, dass es dich gibt, dafür, dass du in mein Leben gekommen bist, und ganz besonders dafür, dass du heute meine Ehefrau wirst.«
Das Publikum skandierte: »Küssen! Küssen! Küssen!« Und zum ersten Mal seit den Monaten bei den Bürkis änderte Noras Verstand wieder seinen Aggregatszustand und sublimierte zu einem unsichtbaren Gas, das ihren Körper verließ und in die Höhe stieg.

Später hätte sie schwören können, dass sie ihre eigene Hochzeit über den Wipfeln von Topfpalmen verbracht hatte, in gestauter Hitze und schnapsigem Gebrabbel dicht unter einem Glasdach. Aber sie musste unten gewesen sein, brav an der Seite ihres Mannes. Auf den Fotos sah sie eine blutleere Frau mit einem Lächeln, wie sie es selbst noch nie im Spiegel angetroffen hatte. Das also ist die Nora, die Stefan geheiratet hat, hatte sie gedacht, als sie zum ersten Mal gemeinsam in ihrem Hochzeitsalbum blätterten und Stefan immer wieder ausrief, was für eine schöne Braut sie doch abgegeben habe. Ja, dachte sie. Abgegeben. Das war ein gutes Wort dafür.

Nora hob die Kataloge so an, dass sie sie gleich wieder fallen lassen konnte, sobald Stefan käme. Sie überflog die Beträge, die sie bis auf den letzten Rappen im Kopf und als Notiz auf dem Handy hatte. Es gab ihr Sicherheit, sie stets doppelt zu kontrollieren. »Kreditkarte: -1'345.05« Bei einem Limit von 10'000.- waren hier folglich rund 8'600.- zu holen, wenn sie das Geld auf einmal bar abhob und dann umgehend die Karte als vermisst melden und sperren ließ.
»Sparkonto: 56'400.-« Im Gegensatz zur Kreditkarte verwaltete sie dieses Geld selbst. Leider sah Stefan die Abrechnung dennoch, wenn er sie für die Steuererklärung an seinen Treuhänder weiterreichte. Einmal hatte er sie gefragt, wie sie so viel Geld hatte anhäufen können: »Es ist ja nicht so, dass du mir vom Haushaltsgeld nur Wasser und Brot vorsetzt. Du musst ein Finanzgenie sein.« Dabei hatte er gelacht. Großzügig und gutmütig war er schon immer gewesen. Sonst hätte er schon längst durchschaut, dass sie über die Jahre regelmäßig in wechselnden Boutiquen fünf bis sechs schlichte und sehr ähnliche Kleider gekauft und sie ihm dann vorgeführt hatte. Die zwei, drei, die ihm am besten gefallen hatten, hatte sie jeweils behalten, die anderen brachte sie zurück und behielt die Rückerstattung für sich. Er merkte nie, dass sie nicht all die Kleider im Schrank

hatte, die er glaubte, ihr gekauft zu haben. Ihm reichte es, wenn er das eine oder andere erkannte.
In den fünf Jahren ihrer Ehe hatten sich diese Rückerstattungen zu einer ansehnlichen Summe zusammengeläppert, aber es wäre wohl nie genug, um mit Meret im Ausland eine Zukunft unter neuem Namen anzufangen. Immerhin konnte sie jetzt Julies Haus und das Motel verkaufen. Viel würde es wohl nicht geben, aber auf jeden Fall genug, es war immerhin gutes Bauland. Vielleicht konnte sie sogar darauf verzichten, die Kreditkarte zu plündern. Das wäre unauffälliger. Andererseits würde sie jeden Franken brauchen, den sie bekommen konnte. Hauptsache, Stefan würde nach einer baldigen gütlichen Trennung keine Nachforschungen über ihren Verbleib anstellen. Wie das gelingen sollte, war ihr schleierhaft.

»Suchst du etwas Bestimmtes?«
Nora zuckte zusammen und ließ die Kataloge auf ihre Notizen fallen. Stefan stand in der Tür und schaute sie besorgt an. Sie fasste sich rasch wieder. »Ah, gut, dass du da bist. Ich suche unsere Reiseversicherungen.«
»Jesses, und warum fragst du nicht einfach mich? Dafür hat man doch einen Mann.«
Stefan winkelte die Arme auf Schulterhöhe an und zeigte mit beiden Zeigefingern auf seine Brust. Es sollte wohl gangstermäßig aussehen. Nora zog einen Mundwinkel zu einem angedeuteten Grinsen hoch und schloss die Schublade wieder ab.
»Dann ist das ja geregelt, wunderbar. Ich muss ohnehin los.« Sie schob sich an Stefan vorbei und hauchte ihm auf dem Weg nach draußen einen freundschaftlichen

Kuss am Nacken vorbei. »Warte nicht auf mich, es wird sicher einen Moment dauern.«

»Bitte schick mir eine SMS, bevor du wieder losfährst. Ich mache mir im Moment Sorgen um dich«, rief Stefan ihr nach, aber da war die Tür bereits ins Schloss gefallen. Er kratzte sich am Kopf und überlegte kurz, ob er ihr nachfahren sollte. Aber vermutlich hatte Henrik recht. Er war paranoid und würde ihnen damit nur die Tage in Paris verderben.

Kapitel 23

Montag, 22. Juli 2013, 09:07

Nachdem Nora Meret zum Abschied geküsst und ihr eingebläut hatte, gehorsam zu sein, wenn sie weg sei, war sie zu Julies Schlafzimmer geschlichen. Meret sollte es nicht merken. Das Mädchen war weiß Gott schon aufgewühlt genug.

Sie war kaum jemals in Julies Zimmer gewesen, bis zu ihrem Tod hatte es ja auch nie einen Anlass dafür gegeben. Noras eigenes Zimmer lag gleich neben Merets. Zwischen ihr und Julie gab es zwei unbenutzte Kämmerchen, die sich über die Jahre mit alten Möbeln, kaputten Geräten und verwaisten Schuhen gefüllt hatten. Julies Zimmer lag ganz hinten am dunklen Ende des Flurs. Diese wenigen Meter waren Nora immer ewig lang vorgekommen und sie war froh darum gewesen. Denn dort im toten Winkel lag die Tür zum verbotenen Stockwerk. Aller Vernunft zum Trotz fürchtete sie sich noch immer davor, dass Gustav unvermittelt auftauchen könnte. Jetzt heftete sie ihren Blick starr auf Julies Tür. Was war bloß los mit ihr? Vorgestern Nacht hatte sie es doch auch geschafft, hier durchzugehen, ohne groß nachzudenken. Aber damals hatte die Sorge um Julie alles andere überdeckt. Jetzt war es umgekehrt, die vergangenen Tage hatten sie ausgehöhlt, durchlässig gemacht für das Dunkle, für die Angst. Hieronymus Bosch.

Sie war plötzlich nicht mehr sicher, ob sie Julies Zimmer wirklich nochmals sehen mochte. Abscheu gegen die Dinge, die sie hier vermutlich finden würde, lähmte sie. Sie ging trotzdem hinein, stand etwas ratlos in dem stickigen Raum, auf dessen Decke Gustavs und Annis früheres Schafzimmer lastete.
Nach einigem Zögern legte Nora sich in Julies Himmelbett. Zu ihrem Erstaunen war es, abgesehen von dem Fleck, den Julies Leiche hinterlassen hatte, als sie sie kurz hatte hinlegen müssen, steif und frisch. Die Tante hatte immer auf weißer Bettwäsche bestanden, die könne man am besten kochen und bleichen. Auch sie und Meret hatten sich daran gehalten. Zusammen mit den weiß gestrichenen Wänden und Bodendielen gab das Merets Zimmerchen etwas Feines, Unverletztes und Sauberes, auch wenn die Farbe mittlerweile verblasst und verwohnt war. Nach den Monaten bei den Bürkis hatte Nora beschlossen, nie wieder in einem Naturholzzimmer zu schlafen. Julies Weiß- und Reinheitsfimmel hatte sich hingegen leider auf die Bettwäsche beschränkt. Die Wände mit der braunen Biedermeiertapete und der Baldachin über ihrem Bett machten den schmuddeligen Raum zudem beklemmend eng. Nora starrte auf den hängenden Tafthimmel über sich. Hier drin fühlte sie sich bei aller Enge unerwartet geborgen und beschützt wie schon sehr lange nicht mehr, auch wenn die altrosa Vorhänge Stockflecken hatten und mit einem feinen, grauen Film überzogen waren. In den Winkeln hing da und dort ein Hauch von Spinnweben. Nora musste an den alten Schwarz-Weiß-Film denken, den sie mal mit Papa gesehen hatte. Er war so gruselig gewesen, dass

sie sich ganz eng aneinandergekuschelt hatten. »What Ever Happened to Baby Jane« hatte er geheißen. Sie schauderte. Fehlte nur noch der Schminktisch mit dem Emaillekrug und der Waschschüssel. Neben Julies Bett standen aber eine waldgrüne Kommode und ein Sechzigerjahre-Küchenhocker mit angeknickten Chromstahlbeinen. Darüber hatte sie ein Seidentuch mit Pferdehufdruck gelegt, darauf eine Packung Feuchttücher und einen Topf Vaseline.

Nora drehte sich zur Wand. Sie mochte sich nicht auf Julies einsame Fantasien einlassen. In Sachen Libido hatte jede von ihnen auf einem ganz anderen Planeten gelebt. Dennoch, in Noras Abscheu vor Julies Altersgeilheit mischte sich auch Neid. Es musste schön sein, sich so gut mit seinem eigenen Körper zu verstehen.
Sie zog die Knie unters Kinn. Julie. Julie fehlte ihr so sehr. Was sollte sie bloß tun? Jetzt hatte sie keinen Menschen mehr, den sie alles fragen konnte, dem sie vertraute und vor dem sie keine Geheimnisse hatte. Alle waren weg. Zuerst Mama, dann Papa und jetzt auch Julie.
Mihaela zählte nicht. Was wusste sie schon über diese Frau?
Wie in den warmen Jahren vor den Bürkis, vor Papas Tod, sogar noch vor den Schikanen in der Schule, schob sie sich den Daumen in den Mund und döste ein, erschöpft von der langen Reise hierher und vom Lorazepam, das sie im Auto geschluckt hatte. Ihr Gemüt erinnerte sich noch immer an diesen Trost. Er war in seinen alten Schichten gespeichert und jederzeit abrufbar.

Als Nora wieder erwachte, war die Sonne schon auf die andere Seite des Hauses gewandert. Ein Stirnrunzeln lang wusste sie nicht mehr, wo sie war. Jäh wurde ihr klar, dass sie verschlafen haben musste. Stefan war sicher schon auf dem Weg hierher. Resigniert drehte sie sich zurück auf den Rücken, verquollen und schlapp vom Schlaf und von der Hitze. Sie streckte ihre Beine und Arme, bis ein wohliges Ziehen ihre Glieder weckte. Da stieß sie mit den Fingern der linken Hand an etwas Hartes unter dem Kopfkissen. Ach, Julie, wirklich. Mit spitzen Fingern hob sie das Kissen an. Fassungslos ließ sie es zurückfallen und wuchtete sich aus dem Bett. Die ärmliche Julie hatte bündelweise Bargeld gebunkert.

Merets Tagebuch

Einundzwanzig Wochen und zwei Tage vor meinem dreizehnten Geburtstag, Mittag

Heute Morgen war Mama nochmals kurz bei mir, bevor sie wegfahren musste. Danach ist sie in Julies Schlafzimmer gegangen. Ich habe gehört, wie sie im Flur nach hinten geschlichen ist. Zudem habe ich es gesehen. Sie ist ganz leise aufgetreten und im dunklen Flur dicht an der Wand entlanggegangen. Ich glaube, sie wollte nicht, dass ich merke, was sie tut. Ich verstehe ehrlich gesagt nicht ganz, wozu all diese Heimlichtuerei gut sein soll. Zudem finde ich es doof, sie weiß doch, dass ich immer durch das Kontrollfensterchen schaue, wenn sie geht. Seit Julie tot ist, benimmt sich Mama wirklich komisch. Das macht mir Angst. Ich bin fast froh, dass sie erst in fünf Tagen wiederkommt. Ich hoffe, dass sie das hier nie liest. Falls du es trotzdem liest, Mama, sei bitte nicht böse, ich habe dich trotzdem ganz fest lieb. Dich natürlich auch, lieber Gott. Ich habe euch beide gleich gern. Logisch.

Jetzt kommt Mihaela drei Mal pro Tag zu mir. Ich möchte lieber, dass sie die ganze Zeit bei mir bleibt. Aber das geht leider nicht, hat Mama gesagt. Mihaela hat ja selbst auch noch ein Kind zu Hause. Von mir aus könnte sie das mitbringen, das wär' sicher lustig. Auf jeden Fall lustiger, als wenn ich ganz allein hier sein muss. Aber ich

frage sie nicht, hab' ich beschlossen, es ist zu gefährlich. Überhaupt finde ich die ganze Sache gefährlich und dumm. Ich meine, wenn ich schon allein sein muss, sollte ich doch wenigstens wissen, was ich tun soll, wenn etwas passiert. Ich bin ja in meinem Zimmer eingeschlossen und kann mich nicht wehren.
Ich habe Mama dann aber trotzdem nicht gesagt, dass ich Angst habe. Ich will nicht, dass sie sich noch mehr Sorgen machen muss.

Bevor sie gegangen ist, hat sie mir noch gesagt, dass sie Mihaela die Nadelstrafe erklärt hat. Ich glaube ihr nicht. Das hätte ich doch gesehen, sie hätte Mihaela ja zeigen müssen, wo sie bei mir reinstechen muss und wo die Sachen sind. Aber Mama hat halt Angst, dass ich Mihaela zu viel frage oder so. Ich habe auch gehört, wie sie Mihaela gesagt hat, dass sie ihr jeden Tag in einer SMS schreiben muss, was ich gemacht habe und wie es mir geht und alles. Anrufen darf Mihaela sie aber nicht. Das sei zu gefährlich.
Mama hätte auch mir ein Telefon geben können. Dann könnte ich ihr immer schreiben, wenn sie weg ist. Aber sie sagt, das sei eine Schnapsidee. Die da draußen könnten es lesen und mich finden.

Oh, bevor ich es vergesse: Ich muss Mihaela unbedingt sagen, dass sie Mama nicht schreiben darf, wenn sie mir das andere Essen bringt. Ich weiß zwar noch nicht, ob ich es dann wirklich nehmen soll. Vielleicht ist es ja auch ein Trick von Mama, um zu schauen, ob ich ihr gehorche, wenn sie weg ist. Sie sagt immer, dass ich selber schuld bin, wenn man mich findet. Wenn ich Fehler mache, kann sie mir auch nicht mehr helfen. Dabei gebe ich mir wirklich Mühe.

Julie, ich vermisse dich so, so, so, so, so fest!!!! Mit dir war es einfach viel lustiger und nicht so kompliziert.

PS: Ich habe noch weiter am Kitt vom Fensterchen gearbeitet. Es ist viel schwieriger, als ich gemeint hatte. Das braune Zeug kommt super gut weg, aber die Scheibe steckt im Holz fest. Ich müsste sie also doch kaputt machen, wenn ich rauswill. Ich weiß nicht, ob das eine gute Idee ist.

Merets Tagebuch

Einundzwanzig Wochen und zwei Tage vor meinem dreizehnten Geburtstag, vor dem Schlafengehen

Mihaela hat mir heute Abend ihr Essen mitgebracht. Sie sagte, es heißt Hühnereintopf. Ich habe einen halben Löffel davon probiert. Es war eklig. Ich weiß nämlich, wie Hühner aussehen. Ich hatte mal ein Buch mit Hühnern drin, es hieß »Mein Bauernhof«. Die sehen aus wie fette, braune Elstern und ganz sicher nicht wie etwas, was man essen kann. Zudem waren in dem Hühnereintopf ganz große Stücke drin. Das mag ich nicht. Mamas Essen ist immer ganz fein und sie bringt es mir in einem Glas.

Aber es ist natürlich trotzdem nett von Mihaela, dass sie mir etwas mitgebracht hat. Ich glaube, sie meint es wirklich gut und es ist kein Trick von Mama. Darum habe ich ihr auch gesagt, dass ich es lecker finde.

Als sie dann in die Küche gegangen ist, um die Schlafmilch zu holen, habe ich die Hühner ins Klo gespült. Ich musste dreimal drücken, bis alles ganz weg war. Uff. Hoffentlich hat Mihaela es nicht gehört. Sie ist nämlich sehr, sehr nett.

Sie hat auch wieder die Tür offen gelassen. Ich bin leise rausgegangen und die Treppe zwei Stufen heruntergerutscht. So konnte ich ihr zuschauen, als sie in der Küche war. Sie hat alle Schränke aufgemacht und die Türen abgeputzt. Dann hat sie eine Büchse aus dem hintersten

Schrank geholt und etwas Silbriges rausgenommen. Sie hat davon ein kleines Papierchen weggezogen und dann ist etwas Weißes in meine Tasse gefallen. Ich glaube, ich weiß jetzt, wie sie die Schlafmilch machen. Sie tun etwas in die Tasse und geben dann Milch und Honig dazu. Ist ja eigentlich logisch.
Danach hat Mihaela etwas gezählt und noch mehr von den weißen Dingern herausgenommen und sie in eine meiner Papierservietten gewickelt und in die Tasche von ihrem Kleid gesteckt. Ich glaube, sie hat auch Angst vor der Nacht, wie ich.

Kapitel 24

Donnerstag, 11. Februar 1999

Nora entdeckt Katharinas Geheimnis nur per Zufall. Sie hat Kopfschmerzen und geht ins Bad im ersten Stock hinauf. Es ist Ezechiels und Katharinas Bad. Sie selbst benutzt die Dusche im Keller. Sie will eine Aspirin suchen, weil sie wieder Monatsschmerzen hat. Diesmal fragt sie gar nicht erst nach einem Medikament. Sie weiß, Katharina würde ihr nichts geben. Das letzte Mal, als Nora sie um ein Schmerzmittel gegen ihre Bauchkrämpfe gebeten hat, hat sie ihr gesagt, sie solle beten. »Gott gibt und nimmt unsere Schmerzen. Vertraue auf Ihn, und Er wird bei dir sein und dich erlösen.« Warum die Kuh dann überhaupt Aspirin im Schrank hat, will Nora nicht in den Kopf.

Sie öffnet die Badezimmertür leise. Es ist zwar niemand im Haus, aber sie hat dennoch ein schlechtes Gewissen. Sie ist hier nur Gast, das hört sie jeden Tag, und sie muss dankbar sein für alles, was sie bekommt. Das muss reichen, mehr steht ihr nicht zu.

Es riecht nach Gummiteppich und der billigen Flüssigseife aus dem Supermarkt, die Katharina kistenweise aus Deutschland holt, wenn sie und ihre Freundin die vierteljährliche Schnäppchenfahrt »ins Deutsche raus« machen, wie sie das nennen. Das obere Bad ist mit algengrünen, schlierigen Kacheln ausgekleidet, Boden, Wände und sogar die Wanne sind grün. Nora stellt sich vor, sie sei unter Wasser, wie in Papas Postboten-Traum, so

still ist es hier in dieser grünen Welt. Sie schwimmt zum Badezimmerschrank. Streift die harten, braunen Badetücher, die ihre Farbe und ihre Weichheit in Gottes Sonne verloren haben. Sie öffnet den Spiegelschrank unter der Neonleuchte. Da stehen der Rasierapparat von Ezechiel und eine Flasche Pitralon. Später wird der Geruch dieses Rasierwassers reichen, um in ihr ein Würgen zu wecken, das den ganzen Magen aus dem Körper herausstülpen will. Gut, dass kaum mehr jemand es verwendet.
Daneben stehen eine Tube Reservezahnpasta, eine Packung Pflaster und die Schachtel mit dem Aspirin. Trotz Gott. Hinten in der zweiten Reihe sieht Nora Katharinas gestepptes Reisetäschchen für die wenigen Nächte, die sie anderswo verbringt. In einem anderen Kirchengemeindehaus, bei einem Treffen in Sachen Jesus.
Nora schaut sich um, horcht in das Haus hinein bis hinunter zur Küchenuhr. Nichts. Sie hebt das Täschchen behutsam aus dem Schrank, ohne dabei etwas zu verrutschen. Sie zieht den goldfarbenen Reißverschluss mit dem Herzchen am Schlitten auf und linst hinein. Eine Pinzette, abgepackte Desinfektionstücher, ein Deodorant, eine Reisezahnbürste und ein weiteres Täschchen. Die Geschichte von dem Mann mit dem hohlen Zahn kommt ihr in den Sinn, in dem ein Kistchen war mit einem Zettel, auf dem stand, es sei einmal ein Mann gewesen mit einem hohlen Zahn und so weiter. Papa konnte ihr die Geschichte ewig erzählen, und jedes Mal wenn sie meinte, diesmal tue er es nicht, baute er eine unerwartete Wendung ein. Einmal springt ein Bär aus dem Zahn, ein andermal verschwindet der Mann in seinem eigenen Zahn und wohnt seither dort.

Sie zieht das zweite Täschchen vorsichtig mit vier Fingern aus dem ersten. Es knistert, als sie es in die Finger nimmt. Sie muss es einfach aufmachen. Es ist voller Medikamente. Abführtabletten, Xanax, Noctamid, Valium und etwas, das Cipramil heißt. Nora hat den Namen schon gehört, wo, weiß sie nicht mehr. Was Xanax und Valium sind, weiß sie. Viele von Papas Freundinnen haben solche Pillen geschluckt. Sie hat jede ihrer Handtaschen und Kulturbeutel gekannt. So wusste sie immer Bescheid, wie die Neue war. Und jetzt weiß sie auch, wie Katharina ist. Sehr gut.
Sie nimmt sich zwei Valium und stellt alles an den alten Platz zurück, auch darin ist sie geübt. Man muss sich immer merken, wo und wie die Dinge stehen, die man sich heimlich ansehen will.

Bevor Nora das Kästchen zuklicken lässt, nimmt sie zwei Aspirin aus dem offiziellen Teil. Zum Schluss haucht sie auf den Spiegel und poliert mit dem Ärmel ihre Fingerabdrücke weg. Im Flur streckt sie dem Holzkreuz die Zunge heraus.

Kapitel 25

Dienstag, 23. Juli 2013, 09:46

Mihaela stand in Julies Küche und knetete sich mit geschlossenen Augen den Nacken. Im kalkverkrusteten Aluminiumtopf mit heißem Wasser stand ein Breigläschen. Karotte, Kartoffel, Kalb. Das Etikett hatte sich vom Glas gelöst. Ohne die schöne Illustration darauf sah der Inhalt etwa so appetitlich aus wie Erbrochenes, fand Mihaela. Aber dem Mädchen schien das nichts auszumachen. Im Gegenteil. Sie hatte sehr wohl gemerkt, dass es ihren Hühnereintopf im Klo entsorgt hatte. Schade um das Fleisch, da hätte sie es lieber dem widerlichen Kater vorgesetzt, als es verschwendet zu wissen. Aber sie sagte nichts. Sie wollte das Mädchen nicht in Verlegenheit bringen. Was konnte es schon dafür, dass es nicht einmal wusste, wie man richtig aß?

Auf einem Tablett hatte Mihaela eine Multifruchtsafttüte, eine Packung Cracker, eine Banane, einen abgepackten Plastiklöffel und eine Honigmilch vorbereitet, heute war die Tasse mit dem Skifahrer dran.

Selbst diese kleinen Handgriffe schienen sie viel mehr Kraft zu kosten als üblich. Das musste an der Bruthitze liegen, die seit Tagen nicht mehr richtig abklang, nicht einmal in der Nacht. Jeden Morgen lauerte die abgestandene Schwüle des Vortages schon darauf, sich mit noch mehr Sonne, Abgas und Feuchte vollzusaugen.

Möglicherweise rührte ihre Erschöpfung auch ein wenig von den Schlafmilchdingern, die sie genommen hatte, auch wenn Mihaela sich das nur sehr ungern eingestand. Gestern Abend hatte sie sich das kleine Plättchen schon um acht auf die Zunge gelegt, damit sie die Leichtigkeit noch etwas länger genießen konnte, bevor der Schlaf sie bedeutungslos machte. Diesmal hatte sie sogar gespürt, wie es sich in ihrem Speichel auflöste und über ihre Schleimhäute ins Blut einzog.

Nico war nach dem Abendessen nochmals mit dem Rad losgezogen, wohin, hatte er nicht gesagt. Sie hatte eine Sehnsucht nach Weite an ihm gerochen, die wie eine Erinnerung an eine Erinnerung kurz in ihr selbst aufblitzte, bevor sie weg war. Und nur noch der Kloß im Hals war geblieben, ein Geschwür, genährt von der Einsamkeit, die sie aus ihrer Heimat mitgebracht hatte. Im Sommer war sie besonders schlimm, wenn Mihaela durch die offene Balkontür hörte, wie andere Menschen auf anderen Balkons zusammen lachten und lebten. Darum hatte sie ihr Bettsofa ungewöhnlich früh hergerichtet und sich gesagt, dass im Winter ja auch kein Hahn danach krähte, wenn man sich so früh vor den Fernseher legte. Die Tablette hatte den Kloß in ihr aufgeweicht und sie war durch einen Film über eine Frau gedämmert, die eine Modezeitschrift leitete und jeden Morgen eine andere Handtasche und einen anderen Mantel auf den Tisch ihrer Assistentin knallte. Das sollte dem Zuschauer wohl zeigen, wie gemein sie war. Aber Mihaela hatte sie gemocht. Ihr hatte die Vorstellung gefallen, wie sie selbst der alten Seiler Tasche und Mantel hinpfeffern

würde, bevor sie die Alte aus dem Bett hob und ihr den Hintern wusch, während diese ohne Punkt und Komma Hasstiraden gegen Nachbarn, Ausländer und Junge im Allgemeinen sowie Raser im Speziellen absonderte. Den Mund sollte man der mal tüchtig abwischen statt den Po, bei all der Scheiße, die da oben rauskommt. Mihaela hatte das ungewohnt hässliche Wort in ihrem Kopf gemocht. Scheiße. Scheiße. Scheiße. Wunderbar. Eigentlich schade, dass sie sich niemals trauen würde, so etwas laut auszusprechen. Plötzlich war ihr eine Idee gekommen. Morgen würde sie eine Tablette nehmen, bevor sie zur Arbeit ging statt hinterher. Für zehn Franken pro Stunde, schwarz und ohne Sozialabgaben, Kündigungsschutz und Urlaub konnte die Seiler nicht von ihr verlangen, sie nüchtern zu ertragen.
Zudem würde sie Nora ohnehin erklären müssen, warum ein paar Temestas fehlten, da kam es auch nicht mehr darauf an, ob es zwei, fünf oder zehn waren. Sie würde sie natürlich bezahlen. Und Nora fragen, wo man das Zeug kaufen konnte.

Und so war es gekommen, dass sie heute Morgen nach dem Kaffee eine Tablette genommen hatte, bevor sie mit dem Bus zur Seiler hinübergefahren war. Als die Alte dann endlich sauber vor ihrem gigantischen Block von einem Fernseher geparkt war, hatte sie nach einer Tasse Tee gekrächzt, aber nicht zu heiß und mit nicht so viel Zucker wie beim letzten Mal, wie oft musste man das eigentlich noch sagen, bis Madame das kapiert hatte, und gern noch einen Butterkeks dazu, aber nicht wieder stibitzen, sie war ja nicht blöd, sie merke so was und die wuchsen schließlich nicht auf den Bäumen. Mihaelas Gelassenheit war dahin gewesen. Sie war nur noch entnervt und gleichzeitig matt gewesen. Körperliche Arbeit und Temestas passten offenbar nicht zusammen. Schade. Scheiße. Den Rest ihrer Aufgaben hatte sie lediglich halbherzig erledigt, nicht mal die Untertasse hatte sie ausgeleert, in die ihr vor Ärger der Tee geschwappt war, und einfach nicht mehr hingehört, als die Alte ihr weitere Beschwerden und Forderungen nachgekeift hatte.

Und nun stand sie hier in dem alten Haus, es war noch nicht mal zehn Uhr und sie wäre schon jetzt am liebsten einfach unter ihrer Bettdecke verschwunden, Hitze hin oder her. Sie drehte das Gas aus und goss das heiße Wasser ab. Dann hielt sie das Gläschen zum Abkühlen unter das fließende Wasser, bis es klickte. Mit einem Küchentuch drehte sie den Deckel ab, stellte den Brei auf das Tablett und ging damit in den ewig dämmrigen Flur. Morgen würde sie eine Glühbirne mitbringen, das war ja gemeingefährlich, diese Düsternis überall.
Stufe um Stufe schleppte Mihaela sich mit Merets Frühstück die knarrende Treppe hoch, als jäh ein Schatten zwischen ihren Beinen hindurchschoss. Sie zuckte zusammen und flüsterte um die Hilfe der Muttergottes, dabei begriff sie kaum einen Herzschlag später, dass das nur Parzival gewesen sein konnte. Zu spät. Schon stieß sie mit der Spitze ihres Pantoffels an die Kante der nächsten Stufe, zog im Reflex das angehobene Bein zurück und ruderte mit den Armen. Dabei katapultierte sie das Tablett von sich. Glas und Porzellan zerschepperten in der Stille, und langsam, wie in Zeitlupe, fiel

Mihaelas plumper Leib nach hinten, drehte sich, während der eine Fuß stur blieb, wo er stand, und schraubte ihre Hüfte aus der Gelenkpfanne. Sie hörte ihren spitzen Schrei, bevor sie mit der Wange auf dem filzigen Teppich am Fuß der Treppe landete, nur Zentimeter neben einem Klecks heißer, grauer Brühe aus dem Gläschen. Da war nur noch Hüfte, Feuer und Schmerz. Sie schrie: »Maria, Maria! Meret!«

Meret hatte sich ganz dicht an die Wand im oberen Flur gedrückt. Wollte sich winzig zusammenziehen oder einfach ins Zimmer rennen und sich hinter der Klowand verstecken. Aber sie war wie gelähmt. Also hielt sie sich einfach mit den Händen die Ohren zu und wiegte sich. Immer wieder drang ihr Name zu ihr vor, da hob sie an zu summen, wiegte sich rascher und rascher, aber das Rufen wurde immer lauter und bohrte sich in ihren Kopf. Dann war es plötzlich still. Zaghaft hob sie die Hände von den Ohren. Nun wimmerte es da unten nur noch kläglich. Als sie auf Zehenspitzen zum Treppenabsatz schlich, sah sie Mihaela vor der Küche liegen, neben sich das Tablett, ein ausgeleertes Gläschen und eine dampfende Milchpfütze.
»Mihaela? Was ist passiert?«
»Bring mir meine Tasche. Sie ist in der Küche. Mach schnell. Bitte.«
Jetzt weinte Mihaela, wie Mama es manchmal tat. Kaum hörbar und abgehackt.

Meret wollte, dass es aufhörte. Das Geräusch tat ihr auf der ganzen Haut weh und tief drinnen auch. Sie musste

es abstellen. Also rutschte sie im Sitzen die Treppe hinunter, stieg vorsichtig über Mihaela hinweg und brachte ihr die Tasche. »Mein Handy«, sagte Mihaela gepresst. Meret leerte die ganze Tasche auf den Boden und fand das kleine Kästchen mit den Gummitasten. Es sah anders aus als das von Mama, das ganz aus Glas war, aber sie erkannte, was es war.
Mihaela riss es ihr aus der Hand und drückte mit dem Zeigefinger auf den Tasten herum. Dann hielt sie sich das Telefon ans Ohr und schimpfte etwas, was Mihaela nicht verstand.
»Nicolino, du musst mich holen. Ich bin gestürzt ... Bei Nora im alten Haus. Hol ein Auto bei Mike ... Das erkläre ich dir alles später. Komm jetzt einfach. Und beeil dich, bitte!« Diese letzten Sätze hatte sie auf Deutsch gesprochen und dabei Meret angeschaut und genickt. Sie wollte offenbar, dass sie verstand, was nun geschah.
Kaum hatte sie die rote Taste gedrückt, sagte sie: »Geh und versteck dich. Mein Sohn kommt mich gleich holen. Du musst still sein wie ein Hase, hast du verstanden?«
Meret rührte sich nicht. Ihr magerer Brustkorb hob und senkte sich, die Halsschlagader pulste wild gegen die zarte Haut. Mihaela ächzte. »Du musst keine Angst haben, alles wird gut, aber jetzt geh bitte endlich, ja? Du musst dir selbst zu essen holen heute, gell. Bist ein gutes Mädchen.«
Rückwärts und im Sitzen zog sich Meret nach oben zurück und Mihaela lullte sich in einen Singsang aus Gebeten.

Im Bett lauschte Meret mit angehaltenem Atem. Reifen auf Asphalt, eine Autotür, die mit einem weichen »Plack« zufiel, die Haustür, die aufflog und mit der Klinke gegen die Täfelung schlug. Sie zog die Decke über ihren Kopf. Wenn sie ganz still blieb und sich nicht rührte, würden die vielleicht nicht bemerken, dass es sie gab.

Kapitel 26

Dienstag, 23. Juli 2013, 23:41

Mihaela lag auf dem Rücken auf ihrem Sofa, den Kopf hatte sie von Nico abgewandt. Sie starrte blicklos in den Nachthimmel vor dem Balkon, ein enges Rechteck, beschnitten und erdrückt vom Betonboden des oberen Balkons, der Markise und der Betonbalustrade. Die Lichter des Einkaufszentrums hauchten kaltes Licht an die Wohnzimmerdecke. Weit weg hörte man die Autobahn rauschen wie Baumwipfel im Wind. Irgendwo brummelte ein Fernseher und über ihr schlurfte der dicke Rentner seinen Kontrollgang. »Hoffentlich hat mich keiner im Treppenhaus gehört«, sagte Mihaela leise, bevor sie in das Niemandsland zwischen Erschöpfung und Verzweiflung fiel.

Nico hatte Mihaela am Morgen gleich zur Notaufnahme bringen wollen, aber sie hatte sich ungewohnt entschieden geweigert: »Blödsinn. Bring mich heim! Ich kann unmöglich ins Krankenhaus. Wie stellst du dir das vor? Wenn die merken, dass ich keine Krankenkasse habe, holt mich die Polizei, und das war's dann. Ist es das, was du willst? Aaaaaah, Maria!!!!«
Mihaelas Schmerzen waren so heftig gewesen, dass Nico sie nur mit Mühe überhaupt bis in Julies Wohnzimmer gekriegt hatte, geschweige denn ins Auto. Zuerst hatte er versucht, sie auf den Arm zu nehmen, aber sie hatte ihn

weggestoßen, also hatte er sie unter den Achseln gefasst und neben sich herhüpfen lassen. Bei jedem Hopser hatte sie gebrüllt wie die Sau damals beim alten Steiner auf dem Hof, als der Metzger die ersten beiden Bolzenschüsse nicht anständig gesetzt hatte, weil ihm die Klaren vom Vorabend noch die Sicht getrübt hatten. Auch beim dritten Versuch hatte er es nur halbwegs hingekriegt, weil der Steiner ihm geschworen hatte, wenn er das arme Schwein noch eine Minute länger plage, werde der Stümper seinen Kaninchentöter höchstpersönlich kennenlernen. Zu allem Übel hatte die Aufregung auch noch den Hahn hysterisch gemacht, und er hatte heiser mit der Sau um die Wette gekräht. Grässlich war es gewesen, der Lärm und das Blut und das Gefluche, und hatte den kleinen Nico noch tagelang verfolgt. Steiners Alte hatte dem ganzen Aufruhr dann ein Ende bereitet, indem sie dem Metzger und ihrem Mann vom Selbstgebrannten serviert hatte.

Seine Mutter so leiden zu sehen, war für Nico noch unerträglicher gewesen als das Gemetzel damals. Aber das mit dem Klaren hatte eigentlich etwas. Hektisch hatte er in Julies Buffet mit den Bierhumpen, der welligen Postkarte von den Chippendales und Annis gespenstischer Harlekin-Sammlung, die keiner mehr abgestaubt hatte, seit sie gestorben war, herumgestöbert. Nichts. Im Küchenschrank hatte er dann vier ganze und eine zu drei Vierteln volle Flasche Baileys gefunden, versteckt hinter den ungebügelten Tischtüchern, vor wem, war ihm schleierhaft. Auch egal. Dort in der Kühlschublade, wo Julie jetzt lag, würde ihr das klebrige Zeug eh nichts

mehr nützen, hatte er gedacht und sich ein bisschen gefallen in seiner Schnoddrigkeit.
Nico hatte in der Küche eine dieser dämlichen Souvenirtassen geholt, die an Haken hingen, auf denen die Abkürzungen aller Wochentage mit Filzstift geschrieben standen. Mensch, die Hexe musste sogar noch durchgeknallter gewesen sein, als alle im Kaff sagten, hatte er gedacht und die Tasse randvoll mit dem klebrigen Likör gefüllt und sie seiner Mutter unter die Nase gehalten. »Rein damit.«
»Coco, bitte, ich trinke doch nicht.«
»Dann wird es höchste Zeit, dass du damit anfängst. Ohne Betäubungsmittel kriege ich dich hier nämlich nicht mehr raus.«
Mihaela hatte nichts von den Temestas gesagt und die Hälfte der schmierigen Flüssigkeit in sich hineingekippt, wo sie sich mit den restlichen Molekülen der Tabletten vom Morgen zu einem kräftigen Cocktail vermengt hatte. Belämmert hatte Mihaela auf der Couch gelegen, im Gaumen den Nachgeschmack viel zu süßen Milchkaffees. Immer wieder war ihr Blick in Richtung Treppe geglitten.
»Was ist, Mama? Beruhige dich, da kommt schon keiner.«
Mihaela hatte mit dem Kopf gewackelt und zum Teppich gesagt: »Du hast recht. Ich bin wohl nur etwas nervös.« Bevor Nico Verdacht schöpfte, versuchte sie, sich selbst hochzuziehen und aufzustehen. Eine Welle von Übelkeit war ihr aus dem Magen in den Kopf gestiegen und die Wände waren auf sie zugekippt. Trotzdem hatte sie weitergemacht, sich auf das heile Bein gezogen und Nico

beschieden, sie sofort nach Hause zu fahren. Sie hatten sich wieder ineinander verschlungen und waren dreibeinig zur Tür gehinkt. Gerade noch rechtzeitig.
Kaum hatte das gleißende Licht vor dem Haus Mihaela erfasst, hatte sie sich mit einem sauren Schwall in die Hortensie übergeben. Nico wollte einen Eimer Wasser holen, um es wegzuspülen, aber Mihaela hatte nur ungehalten mit der Hand gewedelt. »Das ist egal. Komm jetzt endlich!«
Brav hatte Nico seine stöhnende Mutter ins Auto gehoben.

Und jetzt lag sie da seit Stunden und sah immer elender aus. Ihre Haut spannte sich gelblich um Nase und Mund. Sie hatte hohes Fieber.

Nico war dankbar gewesen, als der Lift sie die dreizehn Stockwerke hochgezogen hatte. Auf den letzten Metern bis zur Wohnungstür hatte sich seine Mutter ihre Faust blutig gebissen, damit sie nicht schrie. Es durfte bloß keiner auf die Idee kommen, sie durch den Türspion zu beobachten. Auch nach bald zwanzig Jahren in dieser Wohnung versuchte Mihaela noch immer angestrengt, unsichtbar und unbemerkt zu bleiben. Dabei scherte es hier ohnehin keinen, ob es sie gab oder nicht. Jeder hatte mehr als genug am Hals mit den eigenen Sorgen und Heimlichtuereien, sagte er seiner Mutter immer.
Er fand die ganze Paranoia lächerlich und lästig. Doch heute war auch ihm der Flur zu ihrer Wohnungstür endlos lang erschienen. Die Kolonne der fremden Türen mit ihren Zyklopenäuglein war ihm zum ersten Mal

Bedrohung geworden, und ein wenig von der Angst seiner Mutter war auf ihn übergesprungen. Was tun und sagen, wenn jemand sich unter dem Deckmantel der Hilfsbereitschaft in ihre Probleme einmischen würde? Er hatte sich damit getröstet, dass bei diesem Wetter vermutlich alle auf ihren Balkonen hocken und den Verkehrskreisel vor dem Haus bewachen würden, in der Hoffnung, als Erste dem Lokalradio zu berichten, wenn dort unten endlich wieder einer einen Unfall baute.
Nico hatte Mihaela zum Sofa begleitet und dann die Wohnungstür doppelt abgeschlossen. Er musste wirklich weg von hier, sonst würde er noch genauso werden wie alle anderen.

Nun saß er in der offenen Balkontür und zündete sich eine Zigarette nach der anderen an, blies den Rauch brav nach draußen und sah ihm dabei zu, wie er sich unter der Markise in den ausgewaschenen Himmel hinauszog. Im Bad war eine Packung Aspirin gewesen, an Stärkeres würde er irgendwie herankommen müssen. Julie hätte Rat gewusst, garantiert. Sie hatte zu denen gehört, die für jedes Problem eine Lösung gefunden hatten, einfach weil sie daran glaubten, dass es eine gab. Andererseits: Wäre die blöde Hexe nicht gestorben, wäre seine Mutter gar nicht erst die Treppe hinuntergestürzt.

Mihaela wachte auf. Ihre Fieberaugen glänzten ihn stolz an. Er hatte sie heute gerettet. Ihr Sohn. Woher er bloß seine Größe hatte? Bei ihr im Dorf war keiner viel größer als sie gewesen, nicht einmal die, die sich selbst für groß gehalten hatten. Sie hatte sich schon oft gefragt, ob

es etwas mit dem Essen hier zu tun haben könnte oder mit dem Trinkwasser. Wasser. Sie merkte erst jetzt, wie heftig ihr Durst war.
Alles um sie herum war stehen geblieben, als hätte jemand nur kurz auf »Pause« gedrückt. Und nun war jemand versehentlich auf die »Play«-Taste gekommen. Der Schmerz regte sich. Er war jetzt weniger scharf als nach dem Sturz, mehr wie eine weiche Kugel, die dumpf im Rhythmus ihres Herzens in ihrer Mitte pulsierte.
Sie wollte sprechen. Aber sie war zu schlaff, beobachtete stumm das orange Glutköpfchen, das regelmäßig heller wurde wie ein Glühwürmchen. Nico spürte ihren Blick. Vielleicht hatte er auch einfach wahrgenommen, dass sie anders atmete.
»Bist du wach, Mama?«
»Mhm.« Ihre Zunge war dick und trocken wie ein Schnitzel. Sie schluckte ein paarmal, um sie zu befeuchten, und trank endlich einen Schluck von dem Wasser, das Nico ihr neben das Sofa gestellt hatte. Es war warm.
»Wie geht's?«
»Nicht so gut. Ist noch Aspirin übrig?«
Das Glutköpfchen zeichnete eine perfekte Parabel in die Nacht und verschwand hinter der Balkonbrüstung. Nico knipste die kleine Lampe neben dem Sofa an und hielt Mihaela zwei Tabletten hin. Sie bedeutete ihm, sich zu ihr zu setzen.
»Morgen organisier' ich dir etwas Besseres, wird schon klappen.«
Nico setzte sich nicht. Er stand dicht bei Mihaela und schaute auf sie hinab, lange und unverblümt. Ohne sie aus den Augen zu lassen, klopfte er sich eine weitere

Zigarette aus der Schachtel. Mihaela mochte es nicht, wenn er in der Wohnung rauchte, aber das war ihm jetzt egal. Mihaela verstand. Es war Zeit für ihn, endlich wütend auf sie zu sein.

»Erzählst du mir jetzt, was du in Julies Haus verloren hattest? Und wem du das Tablett mit dem Brei bringen wolltest, mit dem du um dich geworfen hast? Soweit ich weiß, lebt Julie nicht mehr und Nora ist in Paris. Also?«

Eine halbe Stunde später lag Nico im Bett. Die Decke hatte er an das Fußende der Matratze gestrampelt, über seinem nackten Körper spürte er die reglose Säule Luft stehen. Sie drückte ihn nieder. Alles drückte ihn nieder. Wie konnte man ein Mädchen einfach einsperren? Und wie konnte seine Mutter davon wissen, ohne ihm etwas zu erzählen? Er fragte sich, ob er sie überhaupt kannte. Welche hässlichen Wahrheiten mochte sie sonst noch mit sich herumschleppen, ohne sie mit ihm zu teilen?

Er wollte nicht mehr denken, nur noch schlafen und erst wieder aufwachen, wenn er alle miesen Träume von sich abgeschüttelt hatte wie einen Schwarm Schmeißfliegen.

Merets Tagebuch

Einundzwanzig Wochen vor meinem dreizehnten Geburtstag

Sie haben mich nicht geholt. Aber es war die allerschlimmste Nacht meines Lebens. Noch schlimmer als die Nacht, in der Julie gestorben ist. Dabei hatte ich gedacht, dass so was gar nicht geht.
Die ganze Nacht waren Mihaelas Schreie in meinem Kopf. Der komische Mensch, der immer mit Julie geredet hat, hat sie dann abgeholt. Sie hat ihn sogar ins Haus hineingelassen!!!! Ich hatte so große Angst.
Darum habe ich fest probiert, heute Nacht nicht einzuschlafen. Es ist gut, dass keiner mir die Schlafmilch gemacht hat. Ich wollte wach sein und hören, wenn sie wiederkommen. Vielleicht sogar zusammen mit anderen von da draußen.
Das Blödeste war, dass meine Zimmertür die ganze Zeit nicht abgeschlossen war. Gestern am Tag war das gut, da konnte ich mir in der Küche etwas zu essen holen. Aber dafür hätten sie in der Nacht einfach in mein Zimmer reinkommen können! Irgendwann musste ich ganz dringend pinkeln, aber ich wollte nicht aufs Klo. Dann hätte ich nicht gehört, wenn jemand reinkommt. Darum habe ich lieber ins Bett gemacht. Zuerst war es ganz warm, aber dann wurde es kalt. Das Leintuch klebte an mir. Das war eklig.

Jetzt ist es endlich, endlich hell und ich kann duschen. Lieber Gott, bitte, bitte mach, dass Mama wiederkommt! Oder wenigstens Mihaela. Sie hat es Mama versprochen. Die dürfen mich doch nicht einfach vergessen!!!!

Kapitel 27

Mittwoch, 24. Juli 2013, 07:31

Mike sah aus, als platzten ihm gleich alle Adern gleichzeitig und verspritzten ihr Blut unter Hochdruck, der Speichel flog ihm in zähflüssigen Spritzern auf seinen Bierwanst hinab. Sein Hals, der nahtlos in seinen riesigen Kopf überging, war rot wie der Kinnlappen eines Hahns und von derselben faltigen Hässlichkeit.
»Wenn du jetzt hier rausläufst, bleibt diese Tür für dich für immer verschlossen!«, brüllte er weiter. »Es reicht, dass du gestern schon den ganzen Tag gefehlt hast, verdammt!«
Nico setzte mehrmals zu einer Entgegnung an, aber Mike dachte nicht daran, heute noch jemand anderes als sich selbst zu Wort kommen zu lassen. »… und schon gar keinen verfickten Rumänen! Dreckspack, Zigeuner allesamt …«
Nico seufzte. Diese Leier kannte er, das konnte dauern. Er schaute so friedfertig und einsichtig, wie es eben ging, wenn man gerade jahrhundertmäßig zur Schnecke gemacht wurde.
Mike starrte ihn an. »Ob du verstanden hast, du Scheiß-Gipsy, hab' ich gefragt! Oder bist du Krüppel jetzt auch noch taub?!?«
Nico räusperte sich und schaute betroffen. Er durfte das alles nicht an sich heranlassen. Wenn er jetzt wütend werden würde, wäre alles umsonst und er könnte nichts

ausrichten. Aber, schwor er sich, eines Tages würde das tobende Arschloch da doppelt für all die Scheiße bezahlen, die er seinetwegen schon hatte fressen müssen. Für den Moment bezwang er seinen Stolz, seiner Mutter und dem unbekannten Mädchen im alten Haus zuliebe, und sagte: »Es tut mir alles extrem leid, Mike, wirklich. Meine Mutter hatte einen schweren Sturz und ich muss mich um sie kümmern. Glaub mir, das macht mir auch keinen Spaß. Ich würde hundertmal lieber mit dir Autos flicken, statt ihr den Arsch abzuwischen.« Verzeih, Mama, bitte verzeih, dachte er. Er fühlte sich schäbig. Aber es waren offenbar genau die Worte gewesen, die Mike hören wollte.

»Ok, ok. Es ist halt einfach ein verdammter Scheißdreck! Wer soll so lange den ganzen Mist hier machen?« Mikes Brüllen war schon nicht mehr so mächtig und seine Halsschlagader hatte ein paar Bar eingebüßt. Vielleicht würde es ja doch noch klappen. Nico spielte seine letzten Trümpfe aus: »Schau, Mike, ich mach' das natürlich unbezahlt, dann kannst du dir eine Aushilfe nehmen, bis ich wieder da bin. Und im Sommer gibt es für mich keine Ferien mehr nach all dem hier. Ehrensache.«

»Shit, du kannst wirklich Gott danken, dass ich so ein lieber Kerl bin. Ok. Aber ich schwöre dir, das ist deine allerletzte Extrawurst. Verstanden, du Loser?«

»Verstanden.«

»Na, wenigstens hat die Hexe ins Gras gebissen. Jetzt gibt es keine Spezialtouren mehr in der Mittagspause«, grunzte Mike versöhnlich. Hauptsache, er hatte das letzte Wort.

Sobald er den Lehrabschluss in der Tasche hatte, würde er diesem Nazi-Wichser Zucker in den Tank schütten, und das wäre erst der Anfang, schwor sich Nico und katzbuckelte rückwärts aus der Werkstatt, die unangezündete Zigarette schon im Mundwinkel.
Draußen schickte er Mihaela eine SMS. »Alles ok, gehe jetzt ins Haus. Komme bald. Brauchst du was? Bringe Medikamente. N.«

Kapitel 28

Mittwoch, 24. Juli 2013, 08:37

Nichts in ihm wollte hier sein. Zwischen den Riegeln des alten Fachwerkhauses bröckelte der Putz. Die Glyzinien und ein struppiger Efeu fraßen die Mauern schleichend auf, genährt von der dickflüssigen Hitze, die seit Tagen über der Ebene lag. Nico stellte sich ganz nah an die Hausmauer und zündete sich eine Zigarette an. Die Erkenntnis, dass all die Jahre tatsächlich jemand hinter dem verwachsenen Fenster da oben gestanden hatte, zog seine Gedärme zu einem harten Knäuel zusammen. Unvermittelt musste er dringend auf die Toilette. Fängt ja gut an, diese Begegnung, dachte er. Reintrampeln und dann erst mal scheißen. Was für ein Prinz ist das denn, der das Dornröschen erst küssen kann, nachdem er seinen Darm entleert hat? Schönheit, verzeiht, meine Eingeweide …

»Gscht!« Jetzt trippelten auch noch diese beiden stinkigen Vögel um sein Rad herum, denen der Parkplatz hier zu gehören schien. Mit schrägen Köpfen inspizierten sie die hitzeprallen Reifen und den Silberwürfel auf dem Ventildeckel am Hinterrad. Er warf seine Zigarette nach ihnen. »Wenn da auch nur das kleinste Schräubchen fehlt, wenn ich wiederkomme, könnt ihr die Alte da oben persönlich von mir grüßen.« Er schaute mit zusammengekniffenen Augen zum grellen Himmel hoch. »Du schuldest mir was, Julie, das garantier' ich dir.«

Dann stocherte er eine gefühlte Ewigkeit im Schloss herum, bis die von der Hitze verzogene Tür endlich nachgab. Ein Geruch nach altem Gorgonzola stieg aus der Hortensie und sollte ihm für die nächsten Stunden in der Nase haften bleiben wie ein unangenehmer Gedanke. Mittlerweile war das mit der Toilette mehr als dringend.

Dicke, uralte Luft schloss sich um Nico, als er endlich im Haus stand. Wie wenn einen jemand in ein altes Foto hineingeschubst hätte, dachte er. Die Welt da draußen war mit einem Mal weit weg, ein anderes Universum. Alles in ihm wollte wieder dorthin zurück, sofort. Unentschlossen sah er sich um, die Klinke noch immer fest umfasst wie ein Tau, das er auf keinen Fall kappen durfte, wollte er je wieder in sein bisheriges Leben zurückkehren.

Erst da bemerkte er, dass oben an der Treppe ein Mädchen saß, den Kopf zwischen die Knie gezogen, und ihn schräg ansah wie ein Vogel, der nicht mehr rechtzeitig vor der Katze hatte fliehen können. Ihre rotblonden Haare lagen in Strähnen um ihre Schultern. »Ophelia« von Everett Millais als Kind. Das Bild hatte tagelang in ihm gegärt, nachdem sie es in der Schule besprochen hatten. Es hatte ihn im Innersten seiner Seele berührt, wie jetzt dieses Mädchen da oben. Ganz ohne Vorwarnung.

Beide sagten nichts.

Dann gurgelten Nicos Innereien den Zauber weg. Er versuchte es zu übertönen. »Äh. Hallo. Ich bin Nico. Ich tu dir nichts. Aber ich muss dringend rasch auf Toilette. Wo kann ich?«

Das Vogelmädchen hob ihr Köpfchen und zeigte mit dem Kinn unbestimmt ins Dunkel des Flurs hinab. Dann war sie weg.

Nico griff nach dem altmodischen Kippschalter neben der Tür, klickte ihn auf und ab, aber nichts geschah. Also tastete er sich eben in die Richtung vor, welche das Mädchen ihm gewiesen hatte. Bevor er zu guter Letzt das WC-Kämmerchen fand, blieb er mit dem Saum seines T-Shirts an irgendeinem spitzen Ding hängen, das aus dem Schirmständer stak, erwischte die Tür in den Keller und dann jene in eine überfüllte Abstellkammer und stand beinahe einer empörten alten Katze auf den Schwanz. Immerhin gab es hier eine nackte Glühbirne. Aus der Zeit Edisons vermutlich. Nico gab sich Mühe, sich möglichst nicht umzusehen, als der ganze Stress der vergangenen Tage faulig aus ihm herausbrach. Er suchte nach dem Spülknopf, fand nichts, auch das noch, bis er eine Art Penis an einer Kette aus lauter kleinen Stahlkügelchen neben sich herabbaumeln sah. Er zog daran und erschrak ob des urtümlichen Rauschens, mit dem sein Kummer in die Kanalisation gestrudelt wurde.

Beschämt schloss Nico die Tür hinter sich. Von hier aus sah er in ein kleines Wohnzimmer und eine Küche, dazwischen standen ein überfüllter Schirmständer mit einem langen Speer drin und eine Spiegelkommode. Er würde sich ein andermal genauer umsehen. Jetzt musste er erst mal das Mädchen suchen.

Oben, gleich gegenüber der Treppe, war ein kleines Fenster in die Wand eingelassen. Dahinter fixierten ihn zwei Augen. Nico versuchte ein Lächeln, das war das Mindeste, was er der Kleinen schuldete nach diesem wahrhaft beschissenen Start. Aber das Mädchen reagierte nicht.
»Du musst keine Angst haben vor mir, Meret. Mihaela schickt mich. Sie ist meine Mutter. Wegen ihrem Sturz kann sie im Moment nicht kommen. Deshalb passe ich in den nächsten Tagen auf dich auf, ok?«
Hinter der Scheibe schüttelte sich kaum sichtbar ein Kopf.
»He, ich weiß, dass das alles schwer ist für dich, das mit Julie und mit deiner Mama, die grad weg ist und so. Aber du wirst sehen, alles wird gut. Und deine Mama ist ja auch bald wieder zurück. Ich komme jetzt zu dir rein. Ja?«
»Du bist von draußen.«
Nico verstand nicht, was sie damit meinte. Wo sollte er sonst hergekommen sein, wenn nicht von draußen? Aber er spürte, dass sie ihn für eine Bedrohung hielt.
»Schau, ich schwöre dir, dass ich dir nichts tu.« Er legte sich seine linke Hand auf die Brust und hielt die schwielige Handfläche der rechten neben seinen Kopf. »Ich komme auch nur rein, wenn du es erlaubst. Los, Kleine, du musst doch was essen.«
Meret rührte sich noch immer nicht, und Nico beschloss, das zu tun, was er mit der verschüchterten Katze getan hatte, die er als Achtjähriger vor dem Ersaufen gerettet hatte. Er glitt langsam die Wand hinunter auf den Boden und setzte sich so, dass er das Fensterchen

und Merets Tür im Blick hatte, die Beine demonstrativ wehrlos von sich gestreckt. Die Mutter hatte das Kätzchen damals heimlich weggegeben, als er in der Schule war; die Hausordnung verbot jegliche Tiere. Danach hatte er tagelang nicht mehr mit Mihaela gesprochen. Sie war schuld daran, dass er nicht für immer und ewig auf das Tierchen hatte aufpassen können, wie er ihm gelobt hatte, als es seine Geduld belohnte, indem es ihm mit rauer Zunge den Finger ableckte.

»He, kein Stress. Wir haben alle Zeit der Welt. Ich häng' mal ein bisschen hier draußen rum, und du entscheidest, wann ich reindarf, ok? Wenn du möchtest, werde ich dir auch einfach das Essen vor die Tür stellen und wieder gehen«, sagte Nico, ohne direkt in Merets Augen zu schauen.

Er überlegte, ob er wohl eine rauchen könnte. Mit seinen Zigaretten würde er es hier stundenlang aushalten. Er kam zum Schluss, dass es erlaubt war, er hatte ja den kalten Rauch im Wohnzimmer gerochen, als er durch das Erdgeschoss getappt war. Zigaretten musste die Kleine demnach kennen. Er schaute sich um und fand eine kleine Porzellanschale mit einer schlampig gepinselten Madonna am Grund. »Grüße aus Lourdes« stand über ihrem Heiligenschein. Mit tranigen, berechenbaren Bewegungen zündete er sich eine Zigarette an und rauchte, als gäbe es nichts anderes auf der Welt. Dabei bemühte er sich, nur sporadisch kurz zum Fensterchen hinüberzusehen. Die restliche Zeit betrachtete er seine Kippe und seine Jeans. Sie sollte ihn beobachten können, ohne sich von ihm bedroht zu fühlen. Wenn es sein musste, so lange, bis er jeden Faden seiner Hose beim Vornamen kannte. Er musste an den Tiger im Zoo denken, der sich ohne Vorwarnung mit der vollen Wucht seiner Empörung gegen die Scheibe geworfen hatte, nachdem ihn ein feister Mann minutenlang mit seinem Blick fixiert hatte.

Als Nico aufschaute, sah er zwei Stoffbären am Fensterchen, einen kleinen und einen großen. Meret zeigte ihnen das seltsame Wesen dort draußen im Gang und flüsterte ihnen etwas zu. Nico winkte und sah gleich wieder auf seine Knie, ganz unterwürfiges Tier. Als er seinen Blick das nächste Mal hob, winkten die Bären zurück. Er streckte ihnen die Schachtel mit den Zigaretten hin. »Wollt ihr auch eine?«, formte er mit den Lippen. Meret machte stellvertretend für die Bären eine angewiderte Grimasse, und er rieb sich übertrieben die Augen, als weinte er bitterlich. Dann grinste er rasch wieder, nicht dass sie erschrak. Aber Meret lugte gelöst zwischen den Bären hervor und zeigte zur Tür.

Merets Tagebuch

Einundzwanzig Wochen vor meinem dreizehnten Geburtstag, später

Heute war der Mensch mit dem weißen T-Shirt da, der immer mit dem Ding fährt, das nur zwei Räder hat. Zuerst war ich mir nicht sicher, ob es wirklich der gleiche war, der immer mit Julie geredet hat. Aber jetzt weiß ich es. Ich habe ihm lange zugesehen. Und als er das erste Mal gelacht hat, habe ich erkannt, dass er es ist. Er hat auf die gleiche Art gelacht wie früher mit Julie.
Er hat zuerst lange im Flur gewartet, bevor er in mein Zimmer gekommen ist. Das fand ich nett. Er hätte auch einfach reinkommen können. Die Tür war ja nicht abgeschlossen. Zudem hat Mihaela ihm den Schlüssel gegeben.
Er heißt Nico und er ist lustig. Aber er hat eine komische Stimme. Sie ist ganz anders als die von Mama oder von Julie oder von Mihaela. Sie klingt ein wenig so, wie wenn Elvis sagt »arjulonsomtuneit«. Also den von der Musik meine ich, nicht meinen Hamster. Logisch.

Ich kann natürlich nicht ganz sicher wissen, ob Nico wirklich, wirklich gut ist. Es könnte auch ein Trick sein. Vielleicht wartet er nur, bis ich glaube, dass er mir nichts macht, und dann nimmt er mich mit. Mama hat mal gesagt, dass man die Bösen nicht immer gleich erkennt. Manchmal sind sie am Anfang sogar noch netter als die

Guten. So wie die Hexe bei Hänsel und Gretel. Aber irgendwie kann ich mir das bei Nico einfach nicht vorstellen.

Jetzt ist er weg. Aber er kommt wieder, hat er gesagt. Er hat jetzt ganz viel zu tun. Er muss auf mich UND auf Mihaela aufpassen. Mama darf das auf keinen Fall wissen, sagt er. Sonst wird sie wütend auf Mihaela. Das will ich nicht.

Wegen mir muss Nico sich auf jeden Fall keine Sorgen machen. Ich könnte Mama sowieso nichts erzählen, auch wenn ich es wollte. Sie ist ja weg und ich habe kein Telefon. Und ich sage auch dann nichts, wenn sie wieder da ist. Aber ich habe Angst, dass Mama es trotzdem herausfindet und dann auch noch auf mich wütend ist. Irgendwie findet sie nämlich immer alles heraus. Wie damals mit Julie und dem Wohnzimmer.
Ich will aber heute noch gar nicht an solche Sachen denken. Es geht mir so viel besser, seit Nico gekommen ist. Jetzt ist es nicht mehr so schlimm, dass Mama weg ist.

Ich freue mich darauf, wenn Nico wiederkommt.
Vielleicht ist er ja ein Prinz wie bei Rapunzel. Ich werde ihn fragen.

Lieber Gott, mach, dass er einer ist. Das wäre schön. Und hilf, dass Mama nichts herausfindet.

Kapitel 29

Mittwoch, 24. Juli 2013, 16:11

»Und, was hast du so getrieben, während ich weg war?« Nico hatte es sich auf Merets Bett gemütlich gemacht und balancierte den kleinen Bären auf seinem Knie.

»Getrieben? Was heißt das?«

»Na, gemacht. Was hast du gemacht?«

»Das weißt du doch.«

»Ach ja? Und woher?«

Meret malte mit einem Kugelschreiber Kreise auf ein Blatt Papier und machte daraus mit kleinen Schwüngen Margeriten. »Das steht doch alles auf Mamas Plan«, sagte sie zu den Tintenblumen.

Stimmt. Nico erinnerte sich an den Plan, den Mihaela ihm gestern gegeben hatte. Darauf hatte Nora auf mehreren Seiten militärisch genau festgehalten, was Meret wann zu tun hatte und was sie wann zu essen bekam. »Das gibt ihr eine Struktur, etwas, worauf sie sich verlassen kann«, hatte Nora Mihaela erklärt. Das war offenbar auch der Grund für die Tassen für jeden Wochentag. Meret sollte sich beschützt fühlen von einem Alltag, der sie wie ein stabiles Gehäuse umschloss. Mit denselben Worten könnte man auch jeden beliebigen anderen Knast schönreden, dachte Nico. Die Frau hatte doch einen fetten Sprung in der Schüssel.

Mittlerweile war ihm auch aufgegangen, dass die vielen Breigläschen, die er über die Jahre hinweg angeschleppt hatte, nicht für Julie bestimmt gewesen waren, wie sie ihn immer glauben gemacht hatte, sondern für dieses Kind, das dem Breialter längst entwachsen war. Kein Wunder, dass das Mädchen so mager war. Mit Abscheu erinnerte er sich an Julies Show mit dem vorschnappenden Gebiss. Wie hinterlistig und berechnend.

Meret selbst schien nichts daran zu finden, dass sie nebst keimfrei verpackten Crackern, Käsestücken, Joghurts und Früchten mit Schale nur Kleinkinderessen bekam. Logisch. Woher sollte sie auch wissen, dass es noch mehr gab, wenn ihr ihre Mutter und ihre Großtante nie etwas anderes beigebracht hatten.
»Da ist alles drin, was man braucht, und es ist sauber«, hatte Meret ihm geduldig erklärt, wie einem begriffsstutzigen Schüler, der aus Prinzip und Langeweile immer alles hinterfragen muss. »Und der Rest ist da drin.« Sie zeigte ihm die Eisen-Vitamin-Kapseln und die Vitamin-D-Tropfen im Badezimmerchen, die sie offenbar täglich einnahm.
Als er wissen wollte, ob er ihr nicht mal etwas anderes zu essen mitbringen solle, war sie sichtlich amüsiert gewesen. »So wie der Hühnereintopf von deiner Mama meinst du?«
»Zum Beispiel.«
»Nein, danke. Den hatte ich schon.«
Nico spürte einen kleinen Stich. Auf seine Mutter ließ er nichts kommen. Aber er schob Merets Unverblümtheit darauf, dass sie vermutlich nie gelernt hatte, wie man

mit Menschen umging. Er versuchte es nochmals. »Es muss doch irgendetwas geben, was du dir wünschst.«

»Himbeeren. Ich möchte wieder mal Himbeeren essen. Julie hat mir mal welche gegeben, streng geheim, hatte sie gesagt. Das war das Allerbeste, was ich je hatte.«

Nico versprach, ihr Himbeeren zu bringen.

»Und jetzt erzähl mir, was heute auf deinem Plan steht. Ich habe ihn nämlich bei meiner Mutter vergessen.«

»Zuerst kommt natürlich die Körperkontrolle.«

»Wie bitte?«

»Körperkontrolle. Du weißt schon, schauen, ob ich sauber bin, ob meine Haut gesund ist und alles, und dann schreibst du es in dieses Buch hier.« Sie fischte ein Wachstuchheft aus ihrer Kommode, auf das jemand mit runder Schrift »Gesundheitsheft« geschrieben hatte. Es hatte einen groben schwarzen Umschlag mit rotem Bruch, die Seiten waren blau liniert. Nico blätterte darin. Neben jedem Datum waren fein säuberlich besondere Vorkommnisse notiert. Er überflog die Seiten.

9.10.2011, alter Mückenstich, aufgekratzt, entzündet. Temperatur 36,8. Desinfizieren, tägl. Fieber messen.

...

23.4.2012, Bauchschmerzen, Fencheltee, Stuhlkontrolle: keine Auffälligkeiten.

...

2.9.2013, linke Brust beginnt Entwicklung, M. klagt über ein Ziehen im Warzenhof.

...

14.11.2013, Rötungen und raue Stellen unterhalb des Bauchnabels. Bepanthen. Im Auge behalten.

…
17.12.2013, ungehorsam (Mathematik nicht erledigt), Nadelstrafe.
…

Nico strich sich grob mit der Hand über das Gesicht, als könne er damit alles Unfassbare der letzten Tage aus seinem Kopf herausstreichen, und holte tief Luft. Er mochte Meret nicht fragen, was mit Nadelstrafe gemeint war, eigentlich wollte er am liebsten gar nichts von dem hier wissen. Vor allem wollte er nicht, dass das Mädchen sich auszog. Ihm war klar geworden, dass Meret vor ihm mit großer Wahrscheinlichkeit noch nie einen Jungen oder einen Mann gesehen haben konnte. Das hier war ihm definitiv eine Nummer zu groß. Er fragte bemüht locker: »Und wenn wir das die nächsten Tage einfach bleiben lassen? Ich meine, dir geht's doch gut, oder?«
Meret überlegte, machte den Vogelkopf. »Ich denke schon, ja. Ich habe nur ein paar Mückenstiche, sonst ist alles gut. Aber du darfst Mama nichts davon sagen.«
»Wie denn? Mich gibt es hier doch gar nicht.«
Meret zog an ihrem T-Shirt, das ihr über dem Bauch etwas knapp geworden war, als wäre nach dieser Abmachung schon der schmale Streifen Haut über ihrer Hose zu viel der Blöße. Sie biss sich seitlich auf die Unterlippe und zog die Brauen hoch. »Aber wenn es dich nicht gibt, wer bist du dann eigentlich? Und woher kommst du wirklich? Vielleicht bist du ja gar nicht Mihaelas Sohn, du kannst mir ja alles erzählen, was du willst, ich kann keinen fragen, ob es wahr ist. Weißt du, was ich denke? Ich glaube, du bist ein Prinz.«

Nico prustete laut los. »Wow! Das hat mir noch keine gesagt. Außer meiner Mutter natürlich. Klingt aber gut. Cool, von jetzt an bin ich ein Prinz. Aber pscht, das bleibt unser Geheimnis.«

»Keine Sorge. Mit Geheimnissen kenne ich mich aus«, kicherte Meret. Sie sah so zerbrechlich aus und war doch so voller Energie, dass Nico sich daneben lasch vorkam wie ein Schluck Kamillentee. Meret schien das anders zu sehen, sie strahlte ihn an, als wäre er wirklich ein Prinz. Sie würde schon noch merken, was für ein Langweiler und Muttersöhnchen er war. Meret winkte ihm vor dem Gesicht herum. »He du, schläfst du oder was? Wir müssen jetzt Mathe machen. Bis zum Wochenende muss das Kapitel fertig sein, sonst wird Mama sauer. Sie will, dass ich nächste Woche mit irgendeinem Multi… Dings anfange.«

Nico seufzte. Mathe. Ausgerechnet. Aber davor konnte er sich nicht auch noch drücken. Nicht, wenn er Meret beschützen wollte. Und das wollte er, zu seinem Erstaunen, seit er sie das erste Mal gesehen hatte. Kaum zu glauben, dass das erst heute Morgen gewesen sein sollte. Meret saß mit gezücktem Stift am Tischchen und öffnete ein Heft, vollgekritzelt mit schiefen Zahlenblöcken. Sie schob Nico ein blaues Buch mit einem orangen Schnörkel hin. »Du musst mir daraus zehn Aufgaben auswählen. Von der Seite, wo das Zettelchen drinsteckt.«

Eine Stunde, ein paar Liter Schweiß und einen kalten Nikotinentzug später legte Meret ihren Stift nieder und zeigte Nico triumphierend die von Feuchtigkeit wellige Seite, die sie vollgerechnet hatte. Sie erklärte ihm, wo die Lösungen im Buch standen und wie er korrigieren solle, und Nico setzte grinsend rote Häkchen unter ihre Türmchen aus wilden Ziffern. Wer hätte das gedacht, ausgerechnet er hängte hier den Lehrer raus. Wenn das die Hugentobler aus der Schule im Kaff vorne wüsste.

Als Nächstes musste Meret ihm aus einem Buch vorlesen, das »Alice im Wunderland« hieß und offenbar von einem Psycho auf Drogen geschrieben worden war.
Eine weitere halbe Stunde später löffelte Meret einen Aprikosenquark, während Nico sich aus dem Fenster lehnte, soweit sein Gleichgewicht es zuließ, und endlich seinen Nikotinspiegel wieder in Ordnung brachte. Meret hatte ihm versichern müssen, dass es sie nicht störte. Im Gegenteil. »Es ist schön. Es erinnert mich an Julie«, hatte sie gesagt.
Nico blies den Rauch übertrieben beflissen durch den Glyzinientunnel hinaus. Dann schrammte er an der Fassade die letzte Glut vom Filter, steckte den Stummel in die vordere Hosentasche und fragte Meret: »So, und was kommt jetzt? Was würdest du am liebsten tun, wenn es keinen Plan gäbe?«
Meret staunte über die Frage, darüber, wie gleichgültig ihr alle Bedenken geworden waren, es kümmerte sie nicht mehr, ob Nico nun einer jener Leute von da draußen war, vor denen Mama sie immer warnte. Und wenn schon. Hauptsache, er war hier. Mit ihm war alles leicht und heiter. Sie drückte ihre Schülterchen nach hinten und sah ihn ernst an. »Ich möchte, dass du mit mir das tust, was Julie getan hat, wenn Mama weg war. Früher. Ich will mit dir unten Pfefferminzsirup trinken. Und du

musst einen Baileys trinken und mir Geschichten erzählen.«

Nico fand das absurd, aber immer noch hundertmal besser, als den nichtrauchenden Oberlehrer raushängen zu lassen oder sich mit bekifften Raupen und verspäteten Hasen herumzuschlagen. »Ok«, sagte er und ging gleich in den Flur, denn unten würde er rauchen können. Meret folgte dicht hinter ihm, unter jedem Arm einen der Bären. Nico war schon am Fuß der Treppe, als er bemerkte, dass sie nicht mehr hinter ihm war. Er drehte sich um und sah, wie sie sich oben hinsetzte und Stufe um Stufe auf dem Hintern die Treppe hinabrutschte.

»Was tust du denn?«, fragte er und ging ihr eine Stufe entgegen.

Sie schien seine Frage nicht zu verstehen: »Ich komme die Treppe hinunter. Das sieht du doch.«

Erst jetzt fielen Nico ihre Beine auf. Die Knie waren knochig und leicht geschwollen. Die Schenkel sahen außergewöhnlich mager aus, das Ganze wirkte irgendwie falsch und verwachsen, als könnten die Beine den Körper nicht tragen, obwohl auch der ungewöhnlich dünn und klein war, immerhin war Meret beinahe dreizehn. Wenn er da an die Mädchen damals in seiner Klasse dachte, an die saftigen Hüftröllchen, die über dem Jeansbund quollen, die Oberschenkel, die sich bei jedem Schritt aufreizend aneinander rieben, und die Brüste, die allen väterlichen Prügeldrohungen zum Trotz wie Mozzarellakugeln in allen Schattierungen und Größen aus den ausladenden Ausschnitten springen wollten, hochgeschoben von Draht, Acrylpads und einem engen Gummiband, das am Rücken gleich

noch ungewollt ein weiteres Paar Brüstchen hervorquetschte.
Meret war nicht nur ein wenig anders als die Mädels, die er kannte. Sie war nicht einmal von derselben Art oder vom gleichen Planeten. »Fuck!« Nico presste sich die Hand auf den Mund, um nicht noch mehr zu fluchen. Das mochte zu den normalen Mädchen in der normalen Welt passen, um sie zu beeindrucken oder zu ärgern, aber nicht hierher. Nicht zu ihr.
»Soll ich dich tragen? Noch ein gebrochenes Bein können wir nicht gebrauchen, sonst muss ich mich in der Mitte entzweischneiden, um dich und Mama gleichzeitig zu pflegen«, scherzte er mit vor Bestürzung verklebten Stimmbändern. Lieber hätte er Nora verprügelt, denn die war bestimmt schuld an dem ganzen miesen Elend hier.
Meret nickte. Nico riss sich zusammen und ging zu ihr hoch. Er setzte sich auf die Stufe gleich unter ihr. Ohne dass er etwas hätte sagen müssen, legte sie ihre Arme um seinen Hals, und als er langsam aufstand, klemmte er sich ihre Beinchen um die Taille und verschränkte seine Finger vor dem Bauch. Sie durfte ihm nicht entgleiten. Er war jetzt für sie verantwortlich. Vorsichtig ging er mit ihr die Treppe hinab. Er spürte das Vogelmädchen auf jedem Zentimeter seines Rückens, das Flattern ihres Herzchens. Sie legte ihre Wange an seinen Nacken und ihr Atem streichelte ihn. Er wollte sie nie mehr loslassen. Ganz behutsam setzte er sie unten auf dem Sofa ab, von wo aus sie ihm Anweisungen erteilte. Er zog die speckigen Vorhänge vor die geschlossenen Fenster. Auf das Mosaiktischchen stellte er zwei Gläser mit Pfeffer-

minzsirup, vom Baileys konnte er sie abbringen, dieses Altweibergesöff würde er nun wirklich nicht saufen, nicht einmal ihr zuliebe.

Nun saß Nico vis-à-vis von Meret auf Julies Fernsehsessel und kam sich vor wie ein Psychiater in einer billigen Realitysoap. »Und jetzt? Wie geht's weiter?«

Meret hob ihr Glas und sagte »wie die Franzööösen« und prostete dem Vorhang hinter Nico zu. Dabei schrumpfte sie ihr Mündchen zu einem kleinen Schnabel und nuckelte vom Rand ihres Sirupglases. »Nun, Herr Prinz, den es nicht gibt, musst du mir Geschichten vom Motel erzählen. Zuerst die von der dicken Emanuelle und von der Kutsche.«

»Aber ich kenne diese Geschichten doch gar nicht.«

Meret runzelte die Stirn, dann hellte sich ihr Blick auf. Sie war jetzt am Drücker und wusste ausnahmsweise mehr als die anderen um sie herum, die sonst immer alles zu durchschauen schienen oder zumindest so taten und ihr nur fetzenweise erklärten, was ihnen grad passte.

Also erzählte sie ihm eben selbst Julies Geschichten, die nun allein ihr gehörten. Sie waren ihr Schatz. Sie erzählte Nico von der teigigen Emanuelle, von der Kutsche und den Ebern, ja sogar von dem Mann, der seine Geliebte zum Fenster hinausgeschubst haben soll, weil sie nicht blasen wollte oder so was, das verstand sie selbst auch nicht so recht, und wie die Polizei gekommen war. »Julie hat immer gesagt, wie gut es ist, dass ich damals noch nicht da war. Die Polizei holt nämlich Kinder, musst du wissen.«

Zufrieden ließ sie sich rückwärts aufs Sofa kippen, Beine und Arme in der Luft wie ein Käfer. »Und nun hab' ich keine Lust mehr zum Reden. Ist blöd, wenn ich alles selber erzählen muss. Jetzt musst du mir etwas erzählen. Zum Beispiel, woher du kommst, Herr Prinz.«
»Zu Befehl. Ich werde dir mein Märchen erzählen.«
Meret rollte sich auf die Seite und steckte den Daumen in den Mund. »Oh ja«, sagte sie leise, ohne dabei den Daumen aus der Klemme ihrer Schneidezähne zu entlassen.

»Es war einmal ein Reich, weit im Osten. Das ist dort, wo die Sonne jeden Tag herkommt. In diesem Reich gab es eine Art strengen König, der allen Leuten befahl, immer nur das zu tun, was er ihnen sagte. Er hatte so große Angst, dass jemand mal ungehorsam sein könnte, dass er Männern und Frauen und sogar Kindern befahl, ihm alles zu berichten, was sie hörten und was die anderen taten. So passierte es manchmal, dass Kinder dem König verrieten, wenn ihre Eltern Dinge sagten wie: ›Der König ist zu streng‹ oder ›Der König verlangt zu viel Geld‹ oder ›Der König passt nicht gut auf uns auf‹. Dann warf er die Eltern ins Gefängnis und die Kinder gleich mit ihnen. So böse war er.
Im Land dieses Königs gab es viele Dörfer. Sie waren meist sehr klein. Oft bestanden sie aus nicht mehr als ein paar braunen Häuschen. Dazwischen lebten Ziegen und Schafe. Die Menschen waren sehr arm. Dennoch trugen die jungen Mädchen immer bunte Kleider. Auch in den Häusern war alles mit farbigen Tüchern verhängt. Auf jedem Tisch, auf jedem Bett, auf dem Boden und vor

den Fenstern hingen Stoffe mit Blumen darauf. Darum war es sehr bunt und oft sogar fröhlich dort, auch wenn die Leute kaum genug zu essen hatten. Die Blumentücher und der Schnaps halfen ihnen dabei.
In jener Zeit, in der unsere Geschichte spielt, lebte der König zwar schon nicht mehr, aber in den Köpfen der Menschen war er noch immer da, denn in jenem Reich passierten alle Dinge sehr langsam.
In einem dieser Dörfer, es war noch ärmer als alle anderen, lebte einmal eine junge Frau. Sie war unbeschreiblich schön. Ihre Haare waren schwarz wie das Gefieder eines Raben und ihre Augen hell wie das Wasser aus geschmolzenem Eis, das ihm Frühjahr als Bach durch das Tal beim Dorf toste. Die junge Frau war … genau, eine Prinzessin! Aber das wusste nur einer: Miro. Er war der Sohn des mächtigsten Mannes im Dorf. Jede Nacht trafen die beiden sich und er sagte ihr, dass sie seine Prinzessin sei.

Mit jedem Mal, das sie seine süßen Worte hörte, wuchs in der jungen Frau der Wunsch, ein Kind von ihrem Prinzen zu bekommen. Bis der Wunsch so groß wurde, dass daraus tatsächlich ein Kindchen entstand. Als die junge Frau spürte, dass in ihr ein neuer Prinz heranwuchs, freute sie sich so sehr, dass sie Miro schon in der nächsten Nacht davon erzählte. Doch der freute sich gar nicht darüber. Im Gegenteil. Wütend sagte er, sie sei schuld an diesem Unglück, und sprach nie wieder ein Wort mit ihr. Für ihn war sie keine Prinzessin mehr. Ja, sie war nicht einmal mehr ein gewöhnliches Mädchen. Sie war nur noch Luft für ihn. Du kannst dir gar nicht

vorstellen, wie unsäglich traurig die junge Frau nun war. Drei Tage später kam der mächtigste Mann des Dorfes heimlich zu ihr und gab ihr einen Beutel. Darin war etwas Geld. Er befahl ihr, damit für immer wegzugehen. Sonst müsse er sie töten. Sein Sohn solle ein reiches Mädchen aus einem andern Dorf heiraten und nicht so ein armes Ding wie sie.
Weil der mächtige Mann ein Freund des Königs gewesen war, hatten alle noch immer Angst vor ihm. So musste das Mädchen tun, was er ihr sagte. Als sie sich von ihrer Mutter verabschiedete, weinten die beiden so sehr, dass sogar der Himmel Tränen vergoss, es sollte noch sieben Tage und Nächte regnen. Die Mutter gab ihrer Tochter zum Abschied ihren eigenen Hochzeitsring und versprach, jeden Tag bei der Jungfrau Maria für sie zu beten.«

Meret öffnete die Augen: »Ich bete auch. Aber zu Gott. Ist Maria seine Frau?«
»Nein, seine Mutter.«
»Ah.« Meret nahm ihren Daumen wieder zwischen die Zähne und bedeutete Nico weiterzufahren.

»Die junge Frau reiste in die einzige große Stadt im Königreich. Der mächtige Mann hatte sie dort zu Leuten geschickt, die er kannte. Hier kam auch der kleine Prinz zur Welt. Die junge Frau liebte ihn sofort mehr als alles auf der Welt. Sogar noch mehr als Miro. Aber sie war zu arm, um für ihn zu sorgen. Darum schickten die Leute sie in ein reiches Land, weit, weit weg.

Die Reise war lang und hart. Doch im reichen Land erwarteten sie bereits ein paar Menschen aus ihrem Land. Sie hatten die Weisung, ihr eine Wohnung und eine Arbeit zu finden. Dann verschwanden sie wieder aus dem Leben der jungen Frau. Von nun an musste sie selbst für sich und den kleinen Prinzen sorgen. Und dafür, dass keinem auffiel, dass sie in dem reichen Land waren. Denn das war bei Strafe verboten.
Trotzdem ließen die Reichen die junge Frau für sich putzen und auf ihre Alten aufpassen. Sie verriet keinem von ihnen, dass sie eigentlich eine Prinzessin war und ihr Sohn ein Prinz. Es hätte sie wohl auch kaum interessiert. Aber immer wenn sie den Ring ihrer Mutter an ihrer Hand sah, erinnerte sie sich daran. Mit den Jahren wuchs ihr Finger so um den Ring herum, dass die Erinnerung an ihre Mutter und das Dorf ein Teil ihres Körpers geworden sind. Tja, und wenn sie nicht gestorben ist, so putzt sie wohl noch heute. Und ihr Sohn sitzt bei seinem Vogelmädchen und erzählt ihr komische Geschichten.«

Meret war eingeschlafen. Nico stand auf und streichelte ihr über die Haare. Trotz der Hitze zog er schützend eine dünne Sommerdecke über ihren kümmerlichen Körper. Dann legte er sich auf den Läufer neben dem Sofa und fiel ebenfalls in einen bernsteinfarbenen Nachmittagsschlaf.

Als sie erwachten, war es bereits dunkel.

Kapitel 30

Samstag, 27. Februar 1999

Hinter dem Vorhang knallt eine Fliege immer wieder gegen die Scheibe. Mit der Hartnäckigkeit der Verzweiflung versucht sie, den Himmel zu erreichen, den sie sieht, aber dem sie einfach nicht näherkommt. Ihr kleiner Körper klopft laut ans Glas und ihr Summen wird immer hektischer, steigert sich ins Panische. Dazwischen ist es still. Nora spürt die Erschöpfung des Insekts, als wäre sie es selbst, die dort hinter dem gelben Stoff kämpft. Das liegt vielleicht am Valium, das sie sich regelmäßig aus Katharinas Apotheke klaut.

Nora rutscht etwas weiter zur Wand, presst die Bettdecke fest auf die Matratze zwischen sich und Ezechiel. Wie eine frömmelnde Tante sitzt er seitlich mit geschlossenen Beinen auf ihrem Bett. Er schaut Nora an. Sie spürt es, obwohl sie nicht zurückschaut. Ihr Blick ist an den Vorhängen festgefroren.

»Du wirst sehen, es tut so gut.« Ezechiel löst Noras Hände von der Bettdecke und zieht sie zu sich. Wie zwei lahme Klöße liegen sie nun zwischen seinen schwammigen Fingern, er kann sie haben, sie gehören nicht mehr zu ihr. Ezechiel befeuchtet seine Lippen und zeigt ihr seine Zunge einen Tick zu lange, bevor er sie wieder einzieht und Nora anlächelt.

»Nicht an Jesus zu glauben, ist eine Sünde. Aber er vergibt dir auch das. Gib dich ihm hin, öffne dich, und du wirst

erlöst sein von deinem Durst, deinem Hunger und deiner Traurigkeit, glaub mir. Ich werde nicht ruhen, bis auch du ein Kind Gottes bist, ich gebe deine Seele nicht verloren, oh nein. Ein Bürki gibt niemals auf.« Seine Stimme ist jetzt weich, wie das Schnurren einer Katze. Nora kennt diese Tonart. Es ist die Sonntagsstimme, mit der Ezechiel als Gottesdienstleiter Gottes Staubsauger verkauft.
Nora dreht den Kopf zur Wand. »Ich will deinen Scheiß-Jesus nicht. Und ich muss ihn auch nicht wollen. Ich kenne meine Rechte. Ihr dürft mich nicht dazu zwingen. Es heißt Re-li-gi-ons-frei-heit. Schon mal gehört? Und sonst könnt ihr mich ja rausschmeißen, wenn ich nicht in euer Schema passe. Mir wär's noch so recht.«
Ezechiel schleudert ihre Hände unsanft auf ihren Bauch zurück, sie will sie nicht mehr. Sie sind verseucht. Es würde ewig dauern, bis sie sie so gründlich gewaschen hat, dass sie wieder zu ihrem Körper gehören. Ezechiel steht ruckartig auf, sein fleischiger Mund referiert weiter. »Ein wahrer Christ gibt keine Seele verloren. Möge Er dir verzeihen.« Wie eine Diva schreitet er aus dem Zimmer, ohne die Tür hinter sich zu schließen. Papa hätte sich göttlich amüsiert.

Nun betet Nora doch. Aber nicht zu einem Gott, sondern zu sich selbst. Du musst dich nicht fürchten. Er kann dir nichts mehr antun. Er kann dir das Essen nicht mehr verweigern. Du willst es gar nicht mehr. Und was man nicht will, kann einem auch keiner wegnehmen. Du hast die Macht. Es gibt niemanden, der dir noch wehtun kann.
Sie spürt, dass das nicht stimmt.

Als sie ihren Kopf endlich wieder zurückdreht, steht Katharina auf der Türschwelle. Wie lange sie schon da ist, weiß Nora nicht. Wie eine Spinne, die geduldig auf Beute wartet, denkt sie. Eine sehr kraftlose Spinne, aber auch eine sehr giftige. Als sie sich wegdreht, fällt die Tür zwischen ihnen ins Schloss.

Nora strampelt ihre Decke weg und öffnet der ermatteten Fliege das Fenster. »Grüß mir Papa.«

Kapitel 31

Donnerstag, 25. Juli 2013, 09:09

Wie lackiert sah sie aus. Ein dünner, roter Geleefilm überzog die Beeren. Die Vanillecreme schimmerte rosa dazwischen hervor. Meret versank völlig in den Anblick der Torte auf dem Wohnzimmertisch. So etwas Vollkommenes hatte sie noch nie gesehen. Sie beugte sich vor und schnupperte. »Sie riecht gut! Wie die Seife, die ich mal von Julie bekommen habe, als ich klein war. Kann man sie wirklich essen?«

Nico schaute sie herausfordernd an, ein Matador auf dem Weg in die Arena, und klaubte sich eine glänzende Himbeere vom Biskuitboden, sie hing voller Zapfen aus starrer Creme. Er stopfte sich die glänzende Frucht in den Mund und leckte jeden Finger einzeln sauber, untermalt mit einem lustvollen Grunzer. »Mh! Und jetzt du.«

Meret löste sorgfältig ebenfalls eine Beere aus der gelben Paste und schob sie sich in den Mund. Sie saugte vorsichtig, biss dann darauf und riss die Augen auf wie ein kleines Kind unter dem Weihnachtsbaum. Nun schnappten sich beide gleichzeitig eine weitere Beere und stießen mit den Köpfen zusammen. Meret gluckste und verschluckte sich fast vor Vergnügen. Abwechslungsweise stopften sie nun den Kuchen in sich hinein, in immer größeren Klumpen, immer hastiger, hustender, würgender, bis sie pappsatt und erschöpft vor Lachen die letzten Krümel

vom Karton pickten. Zum Schluss schnappte Nico ihn sich, leckte die runde, mit Silberfolie beschichtete Platte sauber und rülpste mit Hingabe.
Durch die Wohnzimmerjalousie sickerte die Sonne in Rinnsalen in ihr kleines Fest. Meret war still geworden. Nico betrachtete sie direkt und unverhohlen, wie er sich das im normalen Leben da draußen bei keinem trauen würde.
Es schien sie nicht zu stören, vermutlich war sie es gewohnt, durch das Kontrollfensterchen beobachtet und in einem Heft quadratzentimeterweise dokumentiert zu sein. Sie hatte noch nie sich selbst gehört. Unaufgeregt und neugierig erwiderte sie seinen Blick.

Bleich sah sie plötzlich aus, dachte Nico. Das musste an der Hitze liegen, vielleicht war sie ja trotz Schlafmilch einfach übernächtigt. Konnte echt kein Mensch mehr schlafen in diesem Brutofen. Er hatte auch fast die ganze Nacht wach gelegen, heimgesucht von dem Bild seiner Mutter, wie sie in ihrem vollgepinkelten Bett auf ihn gewartet hatte. Und Meret war ihm ebenfalls nicht mehr aus dem Sinn gegangen. Was war das für ein seltsames Leben, das sie in diesem Haus fristete? Er hatte sich den Kopf darüber zerbrochen, wer »die da draußen« sein könnten, von denen sie immer wieder gesprochen hatte, als wüsste er Bescheid. Warum sollte irgendjemand Meret holen wollen? Sie konnte unmöglich eine Illegale sein wie seine Mama. Soweit er wusste, waren Julie und Nora ganz normale Kuh-Schweizerinnen. Hatte Nora das Kind womöglich entführt? Das schien ihm absurd, vor allem weil er doch sonst bestimmt in einem der

Gratisblätter darüber gelesen hätte, die bei Mike stapelweise in der Kaffeeküche herumlagen, vermutlich einfach nur aus dem Grund, dass sie gratis waren.
Die halbe Nacht hatte er sich ausgemalt, wie er Meret mitnehmen würde und wohin sie gehen könnten. Aber stets hatte sich ein mächtiger Schatten in seine Wachträume gedrängt. Nora. Sie würde Meret nie und nimmer hergeben. Und wohin hätte er sie schon bringen können? Die Polizei kam nicht infrage. Wegen Mihaela und offenbar auch wegen Meret selbst.
Noch etwas anderes hielt ihn davon ab, zu konkrete Pläne für Merets Befreiung zu schmieden. Sie liebte ihre Mutter, oder was immer die für Meret war. Darum war Nico gar nicht sicher, ob sie überhaupt wegwollte. Es war offensichtlich, dass sie sich im Haus sicher und geborgen fühlte, solange jemand bei ihr war. Sie kannte nichts anderes. Das erinnerte ihn wieder einmal an eine Katze. Die Viecher tauchten dieser Tage ständig in seinem Leben auf. Katzen und Vögel. Vor zwei Jahren hatte er für kürzere Zeit mal eine Freundin gehabt, ein Mozzarella-Mädchen, weiß wie Käse. Sie hatte mit ihren Eltern im Nebenhaus gewohnt, tat es vermutlich immer noch, im 18. Stock, und eine Wohnungskatze gehabt. Nico hatte das gefangene Tier leidgetan und er hatte alles daran gesetzt, es wenigstens mal ins Treppenhaus mitzunehmen. Doch die weiße Katze mit dem Flokati und der platten Fresse hatte beharrlich keinen Schritt weiter getan als bis zur Türschwelle. Dort hatte sie sich auf einer winzigen Fläche eingerichtet, alle vier Pfötchen ordentlich in einer schnurgeraden Reihe, und ihn beobachtet. Einmal hatte er sie sogar zu ihrem Glück zwingen

und sie nach draußen tragen wollen. Die Narben auf dem Unterarm hatte er heute noch. Mit diesem letzten Gedanken war er gegen Morgen eingeschlafen.

»Mir ist übel.« Meret beugte sich über ihre vor dem Bauch verschränkten Arme. Die weiße Haut zusammen mit den Resten von Himbeergelee in ihren Mundwinkeln gab ihr den Look einer Vampir-Lolita. Hätte sie nicht in diesem Moment zu würgen angefangen, hätte Nico sie am liebsten mit dem Handy fotografiert.
»Shit!« Nico rannte in die Küche, fand aber nirgends einen Eimer, also kam er zurück, schwang sich die schimpfende Meret kurzerhand über die Schulter und brachte sie in die Toilette neben dem Keller. Wenigstens stank es nicht mehr von gestern. Meret erbrach die Torte in einem großen, nicht sehr präzisen Schwall über Nico, auf die Wand und in die Keramikschüssel. Nico dachte an seine Mutter und reichte Meret einen Bausch Toilettenpapier. Sie wischte sich den Mund ab und nickte Nico zufrieden zu, als wäre nun alles erledigt und nicht weiter der Rede wert. An ihrer Nase hing ein dickflüssiger Faden aus Speichel, Magensaft und Himbeergelee, den sie mit dem Saum ihres T-Shirts abwischte, während Nico die rosa Spritzer tiefer in sein T-Shirt rieb. Sie schien völlig frei zu sein von Scham, eher fasziniert davon, welche Abenteuer einem an einem ganz normalen Tag widerfahren konnten.
»Bringst du mir morgen nochmals einen Kuchen mit? Boah, hab' ich jetzt einen Durst!«

In der Küche wusch sich Meret das Gesicht unter dem Hahn, spritzte wie ein junger Hund die halbe Küche voll und trank in einem Zug ein großes Glas Wasser leer. Dann sah sie sich um. Hier war sie erst selten gewesen. Vielleicht fand sie ja wieder so etwas Praktisches wie das Messer damals. Sie legte den Finger auf die Arbeitsfläche und schritt in kleinen, feierlichen Schritten die Küche ab, immer am Rand des schmierigen Bodens entlang. Dabei zog sie den Finger hinter sich über die Brotbüchse mit dem Rollverschluss, um die Obstschale herum, aus der eine Wolke aufgescheuchter Fruchtfliegen hervorstob, weiter über den Fenstersims mit den kleinen Kakteentöpfchen und das Regal mit den Döschen und Nippes, über den Tisch mit der fliederfarbenen Wachsdecke bis zum Lichtschalter zwischen den unzähligen Fingerabdrücken auf der Tapete neben der Tür, wo sie ihre dreckige Fingerkuppe hinpresste und mit einer schwungvollen Schraubbewegung einen weiteren Abdruck hinterließ, bevor sie ihn gewissenhaft an ihrem kurzen Röcklein abputzte. Ein geheimer Stempel als Andenken an unsere Stunden zu zweit, dachte Nico.
»Sag mir einfach, wenn du fertig bist mit Staubwischen«, sagte er belustigt. »Dann schauen wir mal, was wir mit dem heutigen Tag anstellen. Ich bin für alles zu haben, außer für Mathe. Das schaff' ich kein zweites Mal.« Er zwinkerte ihr verschwörerisch zu und fügte an: »Übrigens, den Plan hab' ich schon wieder aus Versehen zu Hause liegen lassen. Soh-rry!«
Meret rollte die Augen und presste den Mund zusammen. Ein paarmal hob sie an, etwas zu sagen, biss sich aber nur auf die Lippen und schaute zu Boden. Sie kaute

offensichtlich an etwas herum. Nico wollte sie nicht drängen und drehte ihr den Rücken zu. Sie hatten Zeit. Er schob mit dem ungewaschenen Lappen ein paar Bakterien auf der Arbeitsplatte hin und her und spülte die Tassen vom Vorabend und vom Frühstück.
Meret räusperte sich. »Julie hat gesagt, wenn ich dreizehn bin, nimmt sie mich mit nach draußen.«
Nico drehte den Kopf über die Schulter zu ihr, aber nur so weit, dass er sie nicht ansehen musste, und fragte so beiläufig, wie es ihm gelang: »Ja, möchtest du das denn überhaupt?«
»Ich weiß es nicht. Ich glaube nicht. Und ich bin ja auch noch nicht ganz dreizehn. Aber irgendwie will ich es trotzdem ein bisschen. Ich habe einfach solche Angst.«
»Hm. Ja. Schwierig. Eigentlich darfst du sowieso auf keinen Fall raus. Also von mir aus können wir auch sehr gern einfach drinblieben.«
Meret sagte nichts.
Nico trocknete sich die Hände ab und setzte sich auf die Anrichte. Enttäusch sie nicht, du feiges Muttersöhnchen, höhnte der Straßen-Nico. Bevor er weiter darüber nachdenken konnte, hörte er sich sagen: »He, und wenn du es trotzdem mal tun möchtest, komme ich natürlich mit und beschütze dich. Easy.« Er hätte sich ohrfeigen können für diese unbedachte Bemerkung. Hatte er nicht schon genug Probleme? Aber nein, du musst ja hier den Helden raushängen lassen.
Meret schien ihn gar nicht gehört zu haben. Sie hatte den Kopf nach rechts geneigt, wie immer, wenn ihre Gedanken mit ihr wegflogen, und sagte ganz ernst:

»Lass uns das Haus ansehen. Ich will wissen, wo Mama schläft, wenn sie hier ist. Und ich will in Julies Zimmer. Ich kann immer noch nicht glauben, dass sie wirklich tot ist. Das ist sie doch, oder?«
Nico nickte unsicher. »Ok. Ja. Wir könnten im Keller anfangen und uns dann nach oben vorarbeiten. Oder möchtest du lieber ganz oben anfangen?« Er hatte schon wieder etwas Falsches gesagt, das spürte er sofort. Was für ein Minenfeld. Er musste mal in Ruhe eine rauchen.
Meret tippte ihm mit dem immer noch schwarzen Zeigefinger auf die Nase und sagte: »Man darf nie in den zweiten Stock hoch, verstehst du? Dort ist ein Geist. Aber wir können im ersten anfangen.« Dabei redete sie mit ihm, als sei er ein kleines Kind. So klang Nora.
»Alles klar. So machen wir's. Bist du sicher, dass du nicht noch mal kotzen musst?« Grinsend hob Nico Meret auf den Rücken, rauchen konnte er auch später noch. Er wusste, dass er sie hätte dazu ermuntern müssen, selbst zu laufen. Sie brauchte dringend mehr Muskeln, das sah sogar ein Blinder. Aber es war einfach zu schön, wenn sie sich an ihn schmiegte. Ihr schien es auch zu gefallen. Sie legte ihre Wange wieder an seinen Hals und die Zeit hielt an.

Sie fingen mit Mamas Kämmerchen gleich neben Merets Zimmer an. Nico stellte Meret sachte neben die durchgetretene Schwelle. Einen Moment lang sagten beide nichts und blickten sich nur um. Viel gab es allerdings nicht zu sehen. Meret verlor schnell das Interesse. Mama hatte nur ein Bett, einen Schrank und ein paar Bücher. Wie bei Meret war auch hier alles weiß gestrichen, die

Wände, die Fensterrahmen und sogar die Dielenbretter. Neben dem Bett stand eine kleine Lampe mit Alabasterfuß. Sie war der einzige Gegenstand, den Meret näher untersuchte.

»Sie ist so schön, sieh nur den Stein mit den vielen Streifen. Am liebsten würde ich sie zu mir nehmen, dann hätte ich auch mal eine echte, richtige Lampe. Mama will, dass ich nur Taschenlampen benutze, weil die nicht brennen können, wenn man sie mal vergisst.«

Bevor Nico etwas entgegnen konnte, hatte sie die Lampe zurückgestellt und war unterwegs zu Julies Zimmer.

Nun standen sie vor dem Himmelbett und Meret klatschte vor Begeisterung in die Hände.

»Wow, das ist wie im Märchen! Kennst du die Prinzessin auf der Erbse? Ich muss Mama fragen, ob ich hier schlafen kann, wenn sie wiederkommt.«

»Spinnst du? Dann merkt sie doch, dass du hier drin warst!«

Nico war auf einmal gar nicht mehr wohl bei der Sache. Doch Merets kindliche Freude hatte sich schon woanders niedergelassen, er konnte kaum mit ihrer Neugierde Schritt halten. Jetzt studierte sie gerade ein rosa Ding auf dem Hocker neben Julies Bett. Es sah aus wie eine Banane mit Rillen.

»Schau mal, wie lustig, es ist ganz schwabbelig. Weißt du, was das ist?«

Nico schnappte es ihr weg. »Nichts. Vergiss es.« Mein Gott, wenn sie nicht schon tot wär', würd' ich die Hexe persönlich erdrosseln, die perverse Sau, dachte er und kickte den Dildo unter das Bett. »So, jetzt haben wir hier alles gesehen, oder? Lass uns gehen.«

»Nein, noch nicht, sieh bloß!« Meret stand vor der Kommode aus gesprungenem Rosenholz mit stumpfen Wasserflecken und zog Schubladen auf, eine nach der anderen. »Da sind noch mehr von den rosa Dingern«, sagte sie zu sich selbst, ohne sich weiter damit aufzuhalten, den Blick schon auf die nächste Schublade geheftet. Nico atmete auf.

Plötzlich hielten beide gleichzeitig inne. Vom Parkplatz herauf drangen Stimmen. Nico ging zum Fenster und spähte zwischen den Vorhängen hinaus. Ein VW-Bus mit offenen Türen stand quer vor dem Motel. Ein junges Paar saß darin. Nun stieg der Mann aus. Er trug diese hässlichen Sandalen, wie sie jene tragen, die allen zeigen wollen, dass sie auf Reisen sind, dazu kurze Hosen und lange Haare. Nico streckte seinen Arm hinter sich und bedeutete Meret, vom Fenster wegzubleiben. Der Mann schaute sich um und ging in Richtung Rezeption.
»Bleib hier, ich geh' rasch runter.«

Kaum war Nico weg, kroch Meret auf den Knien zum Fenster und spähte über den Sims. Nico tauchte auf, viel kleiner, als sie ihn mittlerweile kannte, so wie früher, als er Julie besucht hatte und sie ihn nur von oben sehen konnte. Er ging zu dem Mann hin und sprach mit ihm. Dabei gestikulierte er übertrieben und zeigte zum Motel und dann zur Straße.
Trotz der Hitze hatte Meret eine Gänsehaut. Jetzt waren sie doch gekommen. Sie musste sich verstecken. Aber sie war wie festgeklebt an dem Fenster. Nun sah sie, wie Nico sich eine Zigarette anzündete und lachte. Ihr wur-

de kalt. Natürlich. Er selbst hatte sie hierhergelockt, und nun würden sie kommen und sie mitnehmen. Es war genau, wie Mama immer gesagt hatte: Das Böse versteckte sich im Netten, damit man alle Vorsicht vergaß. Alles ergab plötzlich Sinn. Das viele Lachen, die Himbeertorte, das Märchen vom Prinzen. Alles war nur Teil eines Plans gewesen, damit sie Nico vertraute und er sie fangen und wegbringen konnte.
Meret schnaufte panisch. Sie überlegte, wo sie sich am besten verstecken könnte. Da sah sie aus dem Augenwinkel, wie Nico dem Mann auf den Oberarm klopfte und mit offenen Händen und hochgezogenen Schultern eine entschuldigende Geste machte, bevor dieser wieder einstieg. Nico bückte sich leicht nach vorn und winkte zu der Frau im Bus hinein. Mit ratterndem Motor verschwanden die beiden wieder und Nico schlenderte zum Haus zurück. Dabei warf er noch zwei, drei Mal einen Blick über die Schulter.
Meret biss sich auf die Oberlippe, um nicht laut zu jauchzen, und presste ihre Fäuste vor ihrem Gesicht zusammen, bis alles an ihr vibrierte. Er war eben doch gut! Wie hatte sie bloß an ihm zweifeln können? Übermütig vor Erleichterung hüpfte sie im Zimmer umher, durch ihre Beine strömte eine ungekannte Kraft.

Als Nico zurückkam, stürmte sie lachend zu ihm und umfing ihn mit ihren Ärmchen. Dabei drückte sie ihr Gesicht auf seine Brust, wie sie das immer bei Mama machte, wenn die es zuließ.
»He! He! He! Ist gut, ich bin ja wieder da. Nur ein paar Verirrte, kein Grund auszuflippen.« Nico schob sie von

sich weg, etwas zu grob und verlegen. »Lass uns lieber die Schubladen fertig durchgehen. Wir haben noch ein ganzes Haus vor uns.«
Meret war aufgekratzt, kicherte fidel und zog ihn mit sich zur Kommode zurück. »Schau …« Aus einer Schublade quoll ein Wust Briefe. Sie stammten von einem Steiner und ein paar anderen Männern, deren Namen ihr nichts sagten. Darunter fanden sie ein paar Fotos, die sie ebenfalls auf die Kommode legten. »Na, die sehen aber lustig aus, so ernst.« Meret machte ein grimmiges Gesicht. »Und komische Kleider haben die an, schau mal, der dämliche Hut.« Erst jetzt fiel ihr Blick auf ein Album. Drin waren Fotos von einem kleinen Mädchen, das fast so aussah wie Meret. Unter einem der knisternden Zwischenblätter lag ein Zeitungsartikel. Das Papier war gelb und spröde.
Nico nahm Meret das Album aus den Händen und ging damit zum Bett. Meret setzte sich dicht neben ihn.

Vermisstmeldung: Wer hat diese junge Frau gesehen?

Seit Dienstag, 8. Juni 1999, wird die 16-jährige Schülerin Nora H. aus Dillikon vermisst. Die Kantonspolizei Aargau bittet die Bevölkerung um Mithilfe.

Dillikon (AG), Montag, 14. Juni 1999. *Nora H. ist am vergangenen Dienstag nach der Schule nicht wie gewohnt nach Hause gekommen. Zuletzt gesehen wurde sie gegen Ende der fünften Lektion der Gymnasialklasse 4B im Schulhaus Ambach. Nach der Mittagspause, welche die*

Schülerin in der Regel im Umkreis des Schulhauses verbrachte, erschien das Mädchen nicht mehr zum Unterricht.

Die Pflegeeltern aus Dillikon, die sich seit fast einem Jahr um Nora H. kümmern, haben seither nichts von ihr gehört. Sie machen sich große Sorgen und bitten um Mithilfe aus der Bevölkerung. Nora sei sehr labil. Sie habe erst kürzlich den Vater verloren. Ihre Mutter sei bereits vor einigen Jahren verstorben.

Zum Zeitpunkt ihres Verschwindens trug Nora H. ein hellblaues T-Shirt, dunkelblaue Jeans und weiße Turnschuhe, Marke Adidas. Sie hat rotblonde, schulterlange Haare, grüne Augen und auffallend viele Sommersprossen.

Wer Angaben über den aktuellen Aufenthaltsort der Gesuchten machen kann, wird gebeten, sich mit der Kantonspolizei Aargau in Verbindung zu setzen.

Über dem Text war das Bild einer sehr jungen Nora zu sehen. Sie lachte, die Haare flogen ihr wild um den Kopf, einige Strähnen hingen ihr ins Gesicht. Offensichtlich war das Bild in einem glücklichen, windigen Moment aufgenommen worden, irgendwo draußen. Meret strich mit dem Finger über Noras Papiergesicht. »Das ist Mama. Sie sieht so jung aus und so hübsch und so lustig.«
Nico nickte. Er hatte nicht gewusst, dass Nora in einer Pflegefamilie gelebt hatte, überhaupt wusste er nichts über sie. Und je mehr er erfuhr, desto seltsamer schien sie ihm.

»Bestimmt ist sie weggelaufen. Zugestoßen ist ihr offensichtlich nichts, sonst wäre sie nicht hier, oder?« Nico überflog den Artikel nochmals. Er konnte sich mehr zusammenreimen, als er Meret zeigen wollte. Vermutlich hatte die Alte sie damals hier versteckt. Zu ihr gepasst hätte es allemal. Er war sicher, dass dies hier der Schlüssel war zu Merets Geschichte als Gefangene in diesem Haus.

Meret legte sich zurück unter den Baldachin. »Du hast sicher recht. Ich bin müde. Erzählst du mir eine Geschichte? Aber nicht nochmals dieselbe.«
»Ich kenn' keine andere. Ich hatte nur die eine.«
»Na gut. Ich hole ›Alice‹. Dann erzählst du mir eben daraus, so habe ich heute doch noch meine Hausaufgaben gemacht.«
Sie schlüpfte durch die verzogene Tür, und Nico hörte sie am anderen Ende des Flurs mit ihrem Hamster sprechen. Was für ein verrücktes Mädchen. Er legte sich auf den Rücken und schob seine Arme unter das Kissen hinter seinem Kopf. Was war das? Er drehte sich auf die Seite und hob es an. Darunter lagen Geldscheine, Unmengen davon, ungebündelt und knittrig. Geschwind legte er das Kissen zurück und seinen Kopf darauf. Gerade noch rechtzeitig, bevor Meret hereintippelte und ihm ein Buch dicht vors Gesicht hielt. »Bitte sehr. Lies mir einfach ab da vor, wo das Band zwischen den Seiten liegt.«

Schon wieder dieses blöde Buch. Viel zu gruselig, richtig krank. Aber im Vergleich zu diesem Haus hier war es so harmlos wie ein Vanillejoghurt.

Meret hatte sich bereits wieder zusammengerollt und nuckelte an ihrem Daumen. Sogar ihre Bären hatte sie mitgebracht. Sie lugten vorne aus ihrem T-Shirt. Nico begann ihr vorzulesen. Er konnte sich kaum konzentrieren. Das Geld! Er musste später darüber nachdenken, was er damit tun sollte. Hierlassen oder mitnehmen?

»Vor dem Hause stand ein gedeckter Teetisch, an welchem der Faselhase und der Hutmacher saßen; ein Murmeltier saß zwischen ihnen, fest eingeschlafen, und die beiden andern benutzten es als Kissen, um ihre Ellbogen daraufzustützen, und redeten über seinem Kopfe miteinander.
›Sehr unbequem für das Murmeltier‹, dachte Alice, ›nun, da es schläft, wird es sich wohl nichts daraus machen.‹
Der Tisch war groß, aber die drei saßen dicht zusammengedrängt an einer Ecke: ›Kein Platz! Kein Platz!‹, riefen sie aus, sobald sie Alice kommen sahen. ›Über und über genug Platz!‹, sagte Alice unwillig und setzte sich in einen großen Armstuhl am Ende des Tisches.
›Ist dir etwas Wein gefällig?‹, nötigte sie der Faselhase. Alice sah sich auf dem ganzen Tische um, aber es war nichts als Tee darauf. ›Ich sehe keinen Wein‹, bemerkte sie.
›Es ist keiner hier‹, sagte der Faselhase.
›Dann war es gar nicht höflich von dir, mir welchen anzubieten‹, sagte Alice ärgerlich.
›Es war gar nicht höflich von dir, dich ungebeten herzusetzen‹, sagte der Faselhase.
›Ich wusste nicht, dass es dein Tisch ist; er ist für viel mehr als drei gedeckt.‹
›Dein Haar muss verschnitten werden‹, sagte der Hut-

macher. Er hatte Alice eine Zeit lang mit großer Neugierde angesehen, und dies waren seine ersten Worte.
›Du solltest keine persönlichen Bemerkungen machen‹, sagte Alice mit einer gewissen Strenge, ›es ist sehr grob.‹
Der Hutmacher riss die Augen weit auf, als er dies hörte; aber er sagte weiter nichts als: ›Warum ist ein Rabe wie ein Reitersmann?‹
›Ei, jetzt wird es Spaß geben‹, dachte Alice. ›Ich bin so froh, dass sie anfangen, Rätsel aufzugeben – ich glaube, das kann ich raten‹, fuhr sie laut fort.
›Meinst du, dass du die Antwort dazu finden kannst?‹, fragte der Faselhase.
›Ja, natürlich‹, sagte Alice.
›Dann solltest du sagen, was du meinst‹, sprach der Hase weiter.
›Das tue ich ja‹, warf Alice schnell ein, ›wenigstens … wenigstens meine ich, was ich sage – und das ist dasselbe.‹
›Nicht im Geringsten dasselbe!‹, sagte der Hutmacher. ›Du könntest ebenso gut behaupten, dass ›Ich sehe, was ich esse‹ dasselbe ist wie ›Ich esse, was ich sehe.‹«

Nico stolperte über die altmodischen Formulierungen und stockte immer wieder. Nach einer Viertelstunde gab er auf.
»Das muss reichen für heute, ich ertrag' das nicht länger.«
»Ok. Weißt du, Alice gibt sich manchmal selbst eine Ohrfeige, steht ganz am Anfang vom Buch. Das mache ich auch ab und zu. Es hilft, wenn ich Dinge tun will, die Mama verboten hat. Trotzdem will ein Teil von mir sie immer wieder tun. Wie zum Beispiel jetzt. Gehen wir nach draußen?«

Nico sah Meret an, als hätte sie in Zungen gesprochen.
»Ist das dein Ernst?«
»Ich weiß nicht. Ja und nein. Mit dir würde ich es vielleicht probieren. Du hast gesagt, dass du mich beschützen kannst. So wie vorhin, als du den Mann mit dem großen, lauten Auto weggeschickt hast.«
Shit. Aber er musste zu seinem Wort stehen. Und dann war da ja noch das Geld. Vielleicht könnte er sie tatsächlich von hier wegbringen. Er würde in Ruhe über alles nachdenken. Später.
»Gut. Aber wir sind ganz vorsichtig. Zum Anfangen öffnen wir nur kurz die Tür und du guckst ein bisschen raus. Dann machen wir sie wieder zu. Ok?«

Meret stand im Flur hinter der Türöffnung. Sie war riesig, wie eine Wunde in der Mauer. In Merets Kopf platzte etwas. Dass es da draußen so hell war, hatte ihr keiner gesagt. Das stand auch in keinem der Bücher, die sie kannte. Das Licht zwang ihre Augen zu, drückte auf ihre Lider, schimmerte orange durch sie hindurch. Sie spürte, wie etwas Heißes ihren Arm berührte. Sie legte die andere Hand darauf. Da war nichts. Nur Hitze und ihre Haut. Es muss das Hell sein, das machte, dass es in ihrem Arm kribbelte. Meret zog ihn zu sich ins Haus zurück. Sofort war das Prickeln weg.
Sie versuchte erneut, ihre Augen aufzuzwingen. Das Licht drang sofort durch die Schlitze in sie hinein. Aber immerhin erkannte sie jetzt den Platz. Er sah so aus, wie sie ihn kannte. Bloß flacher, größer und greller. Und laut war es. Das Rauschen der Blätter und das Brausen der Autos hinter dem Motel taten weh in den Ohren. Als

sie den Kopf etwas hob, schrak sie zurück und zog ihn unwillkürlich tief zwischen ihre Schultern. Da oben war nichts. Einfach gar nichts. Das also war der offene Himmel, von dem die Mutter immer sprach. Er war ihr viel zu weit und viel zu hell.

Meret hielt sich am Türrahmen fest, ihr war schwindlig und der Boden unter ihren Füßen war weg. Alice fällt nach unten, ich falle nach oben, dachte sie. Dann warf sie die Tür ins Schloss und setzte sich erschöpft auf die unterste Treppenstufe.

»Ich kann das nicht. Mama hat recht. Ich gehöre ins Haus und nicht nach da draußen.«

»Blödsinn. Du hast das super gemacht! Wir anderen hatten einfach viel, viel, viel mehr Zeit als du, um uns an alles zu gewöhnen. Du schaffst das, wirst schon sehen. Ich helfe dir.«

Nico setzte sich ebenfalls auf die Treppe und zog Meret an seine Schulter. »Vogelmädchen«, flüsterte er in ihr Haar, »ich bringe dich jetzt nach oben. Dann gehe ich zu meiner Mama. Später komme ich wieder. Und sobald es dunkel ist, versuchen wir es nochmals. Das ist viel einfacher, du wirst sehen.«

Bevor er ging, schlich er nochmals in Julies Zimmer und holte das Geld. Es mussten etliche zehntausend Franken sein, vielleicht sogar mehr.

Kapitel 32

Mittwoch, 10. März 1999

Ezechiel schließt die Tür hinter sich, schiebt den Riegel lautlos vor und dreht sich zu Nora. Die Zeiten, in denen er sie im offenen Zimmer besucht hat, sind vorbei.
»Jesus-Zeit!«, frohlockt er und reckt seine Arme hoch. Nora denkt an das Revuegirl aus Papas Fotosammlung aus den Fünfzigern, das eine Tafel über dem Kopf hält, auf der steht »What I want is a Coke«. Fehlt nur noch, dass ein Studiopublikum auf Kommando in johlenden Applaus ausbricht. Nora fixiert ihren Pflegevater. Starrt absichtlich auf die kinderkopfgroßen Schweißflecken unter seinen gebügelten Achseln, als wären nur die zu ihr gekommen. Ohne den Mann mit dem Dörrbananenschwanz im Schlepptau. Papa hat gedörrte Bananen am Stück geliebt. Ihr sind die gummigen braunen Dinger mit dem süßlichen Geruch schon immer zuwider gewesen und sind es erst recht, seit Papa ihr mit seinem anzüglichsten Grinsen gesagt hat, dass sie in Zürich umgangssprachlich Elefantenpopel genannt werden.
Sie will nicht an Papa denken, er kann ihr nicht helfen und er hält es sicher kaum aus, dem hier machtlos zuzusehen, von wo immer er ist. Sie will auch nicht an Ezechiels Elefantenpopel denken. Also schickt sie alles weg, was sie fühlen macht, und wandert in ihren Kopf, zieht sich in die Kommandozentrale zurück,

wo die unerbittlichen Beobachtungskameras laufen, mit denen sie alle durchleuchtet und archiviert, die ihr bös wollen.
Du bist nervös, Emil Bürki, denkt sie. Seit sie weiß, dass er in Wahrheit wie ein Schweizer Komiker heißt und nicht wie ein Prophet, nennt sie ihn nur noch Emil. Wenn sie überhaupt mit ihm spricht.

Papa hat immer gesagt: »Es ist gut, wenn du weißt, wo die Schwächen eines Menschen sind. Dann kann er dir nichts anhaben. Aber pass auf, dass er nicht erfährt, was du alles weißt. Sonst wird er versuchen, dir zu schaden. Beobachte genau und schweige. So hast du immer eine letzte Patrone im Gewehr. Verschieß sie nur, wenn du angegriffen wirst. Du wirst sehen, diese Patrone wird dich stark machen. Und wer stark ist, kann großzügig und gelassen sein.«
Sie hat damals kein Wort verstanden von dem, was er weinselig geschwatzt hat. Aber sie hat es sich gemerkt, wie alles, was Papa ihr über das Leben beizubringen versucht hat. Einfach, weil es von ihm kam, einfach, weil er nach Geborgenheit roch, einfach, weil seine Stimme ihr Zuhause war, und einfach, weil sein verrücktes, großes Herz die ganze Welt umschloss. Papa. Wenn Emil geahnt hätte, wie viele Patronen ihr Gewehr noch hat, wäre sie nach Papas Logik erledigt.

Ezechiel setzt sich auf ihr Bett. »Du gehörst mir«, sagt sein Mund. Seine Augen sind hungrig, gierig. Wie ein Vampir, der frisches Blut wittert, denkt Nora und muss fast schmunzeln. Von einem übergewichtigen Vampir mit einem Kreuz um den Hals hat sie noch nie gehört. Papa hätte ihm selbst gemachtes Knoblauchbrot serviert und ihr zugezwinkert. Es wäre ein ganz privates, diebisches Vergnügen gewesen, eine Heimlichkeit nur zwischen Papa und ihr, über die sie noch Jahre später gelacht hätten.

»Es freut mich, dich so heiter zu sehen. Ich sehe sonst nur Trotz und Unzufriedenheit in deinem engelsgleichen Gesicht. Wie schade.«

Wie immer nimmt Emil Noras Hände an sich, als gehörten sie ihm. Er umfasst sie und platziert das Paket aus vier Händen feierlich auf seinen Oberschenkeln. Nora kennt die Haut unter dem Cord. Sie ist fast ohne Haare, und um jede verkümmerte Haarwurzel ist ein roter Hof.

»Vater unser im Himmel,
Geheiligt werde Dein Name.
Dein Reich komme.
Dein Wille geschehe,
Wie im Himmel, so auf Erden.
Unser tägliches Brot gib uns heute.
Und vergib uns unsere Schuld,
Wie auch wir vergeben unsern Schuldigern.
Und führe uns nicht in Versuchung, sondern erlöse uns von dem Bösen.
Denn Dein ist das Reich und die Kraft und die Herrlichkeit in Ewigkeit. Amen.«

Ezechiel schiebt das Handpaket in seinen Schritt hinauf. Nora schickt ihren Verstand ganz aus ihrem Körper fort, auch aus der Kommandozentrale, das hat sie längst gelernt. Durch den Nebel aus geilem Schweiß und Pitralon hinweg. Durch die Zimmerdecke, durch den Dachboden, durch das Dach, durch die Hochnebeldecke, durch die Stratosphäre und bis in die Unendlichkeit hinaus. Zu Papa.

Kapitel 33

Donnerstag, 25. Juli 2013, 21:39

Der Platz vor dem Motel hatte sich seit Tagen mit Hitze vollgesogen. Nun drückte sie aus jedem Riss im Asphalt in den Abend hinauf. Selbst die Elstern zogen es heute vor, ihre Füße auf der struppigen Wiese zu behalten. Lahm hüpften sie zwischen den Stoppeln herum, zupften da an einem Gräschen und hackten dort auf einen trockenen Käfer ein. Ihr königliches Gefieder wirkte matt, und sogar zum Schäkern schien es den beiden an diesem Abend zu schwül.

Der Himmel hatte ein tiefes Azur angenommen. Es war makellos und klar – außer dem Abendstern behauptete sich noch kein Himmelskörper gegen sein Leuchten. Nico hatte die Haustür mit einem von Gustavs Militärschuhen blockiert. Nun war er dabei, zwei Küchenstühle vor die warme Hauswand zu stellen. Meret sah ihm vom Flur aus dabei zu, schon weit weniger überwältigt vom endlosen Raum dort draußen als am sengenden Mittag. Er schien schon ewig her. Gehörte zu einem anderen Leben. Die verschiedenen Leben kamen und gingen dieser Tage in einem Tempo, dass es einem schwindlig werden konnte.

»Du wist sehen. Jetzt wird es schon viel einfacher sein. In der Nacht ist der Himmel viel weniger groß als am Tag. Zudem kann niemand dich sehen, wenn es dunkel

ist. Bitte sehr.« Mit einer Verbeugung deutete er auf den Stuhl gleich neben der Tür. »Du kannst mit einem einzigen Schritt raus und rein und rein und raus, so wie es dir gefällt.«
Zufrieden betrachtete er sein Werk und zündete sich eine Zigarette an. Ein Glühwürmchen in der Dämmerung. Meret schob ihren Fuß über die Schwelle, die Hand fest am Rahmen, und setzte sich auf den Stuhl. Dort saß sie einen Moment lang kerzengerade wie eine Primaballerina, die Hand noch immer am Türrahmen, nur um gleich wieder aufzuschießen und sich einen halben Meter in den Flur zurückzuziehen. Sie spielte das Spiel noch ein paarmal, jedes Mal blieb sie ein klein wenig länger auf dem Stuhl sitzen, bis sie auch ihre Hand mit in den Abend hinausnahm.
»Es ist schön.«
Sie musste an Elvis oben in ihrem Zimmer denken. Daran, wie er in seiner Kokosnuss verschwand und nur herauskam, wenn er seinen Käfig inspizierte, fraß oder seine Runden radelte. Auch er hatte nie den offenen Himmel über sich, nur einen Käfig und drumherum ihr dunkles Zimmer. Armer Kleiner.
»Können wir Elvis holen? Das hier gefällt ihm sicher auch.« Sie beschrieb einen großen Bogen mit den Armen.
Nico drückte sich nachdenklich mit der Handfläche die Nasenspitze platt und schaute zum Glyzinien-Fenster hoch. Noch immer war ihm die Vorstellung unheimlich, dass Meret ihn über Jahre hinweg von dort oben beobachtet hatte. Sie hatte ihm erzählt, dass sie ihm immer dabei zugesehen hatte, wenn er ein Snickers oder eine

Cola aus dem alten Automaten holte. Sie kannte ihn schon so viel länger als er sie.
»Ok. Aber du bleibst dafür hier draußen auf dem Stuhl sitzen und rührst dich nicht vom Fleck, bis ich wieder hier bin. Kriegst du das hin?«
Meret lehnte sich mit grimmiger Miene nach hinten und verschränkte die Arme. »Was denkst du denn?«

Nachdem Nico ihr den Käfig mit Elvis vor die Füße gestellt hatte, hielt Meret es noch fast eine Dreiviertelstunde lang aus. Sie sog die Luft ein, lauschte den Autos und spürte mit jeder Faser ihres Körpers, wie die Dunkelheit dichter und tröstlicher wurde. Es war wie eine andere Art von Schlafmilch.
Elvis schien die neue Umgebung nicht zu kümmern. Er kam zwar aus seiner Kokosnuss und registrierte geschäftig die neuen Gerüche in seinem Reich, präzise und konzentriert wie ein Archivar der Moleküle. Doch als Parzival neugierig unter der Himbeerhecke hervorlugte und dann mit pendelndem Bauch auf ihn zutrottete, hatte Elvis für seinen Geschmack genug erlebt und verzog sich in seine Nuss. Parzival schnupperte an den Gitterstäben und verzog sich ebenfalls.

Meret bückte sich zu Elvis und murmelte ein paar zärtliche Beteuerungen zwischen den Gitterstäben hindurch. Dann stand sie auf und wagte einen kleinen Schritt. Fußlänge um Fußlänge ging sie immer weiter weg vom Haus in die Welt hinein, die hier anfing und nie mehr aufzuhören schien. Nico hatte sich auf den zweiten Stuhl gesetzt und schaute ihr rauchend dabei zu. Ihre ersten

Flugversuche, dachte er stolz. Und er war dabei. Nur dank ihm fanden sie überhaupt statt. Er war eben doch cool.
Meret balancierte auf einem unsichtbaren Seil. Die Arme hielt sie seitlich von sich gestreckt. Schwankend hielt sie inne und drehte sich zu ihm um. Sie strahlte. Ja, dachte Nico, sie wurde flügge. Und wie ein Küken ließ sie nun die Flügel hängen und bettelte. »Meine Beine sind so müde. Trag mich heim, Herr Prinz, bitte.«
»Nein. Je mehr du deine Beine benutzt, desto stärker werden sie. Du musst üben.«
Meret lachte: »Du bist so was von unlogisch. Vom Gehen werden sie doch erst recht müde. Zudem tun mir die Knie weh!«
»Du findest schon noch selbst heraus, dass ich recht habe. Komm, gehen wir rein. Für heute hast du wirklich genug erlebt.«
»Sagt wer? Und überhaupt, wie misst man, ob jemand genug erlebt hat?«
Meret balancierte zu Nico zurück, er streckte ihr die Hände entgegen und zog sie auf seine Knie. Sie saß ganz vorne auf seinen Oberschenkeln, ihre Sitzbeinhöcker bohrten sich in seine Haut. Dann rutschte sie nach hinten, bis ihr Rücken Nicos Brust berührte, und legte ihren Kopf an seinen Hals, den Mund nah an seinem Ohr.
»Weiß du eigentlich, wozu das Loch neben der alten Kutsche gut ist?«
Nico hörte sie nicht. Ihr Atem streifte ihn, und Millionen kleiner Gefühle schwirrten um ihn herum wie ein Mückenschwarm, setzten sich auf ihn, krabbelten und

saugten sein Blut. Jede einzelne Zelle in ihm dehnte sich zu einem Universum.
Meret kippte ihren Kopf in den Nacken und schaute ihn von unter her an. Er sah ihr in die Augen und wünschte sich, dass das hier nie aufhörte. Da prustete Meret lauthals los. »Du bist ein Monster!« Nico sah sie verletzt an, aber da lachte sie nur noch ausgelassener. Endlich hatte sie sich so weit gefasst, dass sie wieder sprechen konnte. »Schau mich mal so an, als ob ich richtig rum wäre. Siehst du's jetzt?«
Nico konzentrierte sich, und als sein Hirn sich endlich auf die verkehrte Welt einließ, sah er Merets Fratze mit den bösen Augenschlitzen. »Iiiih. Und ich dachte immer, du seist hübsch. Alles nur eine optische Täuschung!«
Er packte Meret und sie strampelte und quietschte. »Lass mich los, du Monster, und gib mir endlich eine Antwort! Ich hab' gefragt, ob du das Loch in der Wiese kennst, das Bassin.«

Nico warf sie sich über die Schulter und ging mit ihr zum Bassin hinüber. Dort stellte er sie wieder auf die Füße. »Meinst du das hier?«
»Genau. Julie hat mir erzählt, dass Mama da früher drin gebadet hat, als sie klein war. Das will ich auch mal tun.«
»Aber da ist doch gar kein Wasser drin. Abgesehen davon bist du schon viel zu groß für dieses mickrige Planschbecken.«
»Stimmt gar nicht! Julie hat gesagt, dass sogar mal eine dicke Frau drin gebadet hat. Wenn die da reingepasst hat, reicht es für mich ja wohl längstens.«

Meret setzte sich an den Rand, die Hände zwischen die Oberschenkel und den rauen Beton geklemmt, und ließ die Beine ins leere Bassin baumeln, die Zehenspitzen berührten den warmen Boden. Sie wollte es nicht zugeben, aber Nico hatte recht, von Nahem sah es wirklich mickrig aus. Ein eckiges Loch in einer staubigen Wiese, rissig und voll mit trockenem Moos. Sonst nichts. Dennoch gefiel es ihr zu wissen, dass Mama hier drin ein Kind gewesen war, so wie sie. Das machte sie menschlich. Sie fühlte sich ihr näher, als sie es seit Langem getan hatte. Fast so wie in der Zeit, als Mama noch nicht immer wegmusste.

Nico ging zum Motel hinüber und holte den Schlauch, mit dem Julie früher den Parkplatz und die Treppen sauber gespritzt und den Rasen gewässert hatte. Er war vom Herumliegen sperrig geworden und wollte die Windungen nicht mehr hergeben, in welchen er so lange geschlafen hatte. Nico zog heftig, aber der Schlauch folgte ihm nur in störrischen Bögen und reichte nur knapp bis zum Bassin hinüber.
Nico stellte sich breitbeinig hin und schraubte an der rostigen Düse herum, anfänglich blubberten nur braune Blasen heraus, dann wurde der Strahl fester und das Wasser frischer. Nico richtete ihn auf Merets Beine, sie kreischte vergnügt und er legte den Schlauch auf den Grund des Bassins, wo er einen Tanz vollführte wie eine wild gewordene Schlange. Nico schlüpfte hastig aus seinen Sneakers und stellte einen Fuß auf den ausgebleichten Gummi.

Meret sah zu, wie ihre Füße langsam im kalten Wasser versanken, von der Sohle über die Nägel, die Knöchel bis über die knochigen Fesseln. Es war das seltsamste, schönste Gefühl, das sie je erlebt hatte, außer vielleicht die Male, in denen sie gemerkt hatte, dass sie mit Teilen ihres Körpers selbst magische Dinge machen konnte. Ihr Kopf war warm, während aus ihren kalten Füßen kühles Blut wie Glückswellen in ihre Zellen hochschwappte, immer weiter hinauf, bis die Härchen auf ihren Armen sich aufstellten und sie Gänsehaut bekam. Sie war nun ganz sicher, dass Mama das Bad geliebt haben musste, auch wenn es klein und alt war. Es war das wunderbarste Ding auf der Welt! Mittlerweile stand ihr das Wasser schon bis zu den Kniekehlen und es war so kalt, dass ihr die Sehnen wehtaten. Aber sie konnte nicht aufhören, darin herumzugehen, mit den Füßen über die Stellen mit den eingetrockneten Algen zu fahren, bis diese ganz glitschig wurden.

Nun rollte Nico seine Jeans hoch und kam zu ihr hinein, wobei er leidend das Gesicht verzog. »Uah! Mann, ist das kalt!« Er bespritzte Meret mit Wasser, aber nur mit einer kleinen Hand voll. Schließlich durfte er ihr keine Angst einjagen, all dies hier war neu und verboten für sie.

Aber sie war so außer sich vor kindlicher Freude, dass sie einfach zurückspritzte, verhalten zuerst, doch schon bald waren die zwei in eine wilde Schlacht verwickelt und jauchzten und kreischten selbstvergessen in ihrem Mikrokosmos aus glitzernden Tropfen und Haut, die sich in liebevollen Schubsern berührte und löste und wieder suchte. Der Boden des Beckens war mittlerweile so glatt, dass sie ständig das Gleichgewicht verloren,

und irgendwann wäre Meret um Haaresbreite mit dem Hinterkopf auf dem Beckenrand aufgeschlagen.
Nico erwachte jäh aus dem Rausch. »So, es reicht! Wenn dir etwas passiert, sind wir beide geliefert. Zudem erkältest du dich sonst noch.« Er hob das protestierende Bündel aus dem Bassin und stieg hinterher. Beide zitterten vor Kälte und Glückseligkeit. Die Kleider klebten an ihren Körpern, und Merets Lippen sahen aus, als hätte sie einen ganzen Korb voller Heidelbeeren verputzt. Oder als wäre sie tot. Unmutig stieß Nico Luft aus der Nase. Er wollte den Gedanken schnell wieder wegscheuchen wie eine lästige Fliege. Aber er sollte in ihm weitersummen, noch viele Jahre lang.

Die Nacht spannte sich samtig über sie und das alte Haus und schluckte die Wipfel der Bäume. Zwei kleine Menschen saßen im Licht der alten Neonschrift und wunderten sich nicht einmal, wohin die Welt verschwunden war.
Am Horizont blinkte ein Wetterleuchten. Meret tauchte aus ihrem Traum auf und sagte leise: »Ich will ins Bett. Ich bin müde und mein Kopf tut weh.« Mit tauben Füßen und geschwollenen Knien tappte sie zu Elvis' Käfig, während Nico das Wasser abdrehte. Den Schlauch würde er später wegräumen.

Als Meret im Bett saß und ihre Schlafmilch trank, sagte sie: »Es ist wirklich nur ein Loch in der Wiese. Aber es ist so schön.«
Sie stellte die Tasse auf den Nachttisch und zog ihre Bären an sich. Nico streichelte ihre Wangen.

»Ich muss zu Mihaela. Soll ich später nochmals wiederkommen und hier schlafen?«
Meret nickte träge.

Nico schlich sich erst weit nach Mitternacht in ihr Zimmer zurück. Mihaela hatte trotz der Temesta ewig nicht einschlafen können und er hatte bei ihr gesessen und einfach ihre Hand gehalten, als wäre sie nicht seine Mutter, sondern seine Großmutter.
Irgendwann hatte er sich dann entschuldigt und war in sein Zimmer gegangen, um das Geld zu zählen. Es waren 83'420 Franken in Hundertern, Fünfzigern, Zwanzigern und Zehnern.

Als Nico Merets Tür öffnete, war Elvis noch immer geschäftig und verbreitete seinen Mief aus Holzspänen und Hamsterpisse. Über allem lag der zarte Geruch von Merets Haut.
Nico überlegte, ob er sich Julies Bettzeug holen und sich damit ein Nest auf dem Boden bauen sollte. Doch dann schlüpfte er einfach aus seiner Jeans und legte sich an den äußersten Rand von Merets Matratze. Dort verharrte er steif und reglos auf dem Rücken und sehnte sich nach einer Zigarette, ließ es aber bleiben, weil er befürchtete, Meret könnte erwachen, wenn er nochmals aufstand.
Was für ein Haus. Wie von selbst drehte er sich auf die Seite und schmiegte sich beinahe an Meret. Der enge Spalt zwischen ihren Körpern füllte sich mit der Gewissheit, endlich zu Hause zu sein.

Kapitel 34

Freitag, 26. Juli 2013, 09:12

»Hast du keinen Hunger?« Mit noch vollem Mund biss Meret in ihre vierte Scheibe frisches Brot mit Butter und Erdbeermarmelade. Sie würde nie wieder diese trockenen Cracker von Mama essen. Überhaupt musste sie mit ihr über ein paar Dinge sprechen, auch über den Zeitungsartikel, wie Nico den Bericht mit dem Bild ihrer jungen Mutter genannt hatte. Sie wusste nur noch nicht, wie sie das anstellen sollte, ohne dass Mama böse wurde. Und vor allem, ohne Mihaela und Nico zu verraten.

Der war schon seit der frühen Dämmerung wach, geweckt von einer Heiterkeit, wie er sie nie gekannt hatte. Am liebsten hätte er gesungen, Meret wachgekitzelt, laut gelacht, geraucht, ja sogar ein Bier getrunken und geweint gleichzeitig, nur um nicht zu platzen. Aber er hatte sich gezwungen, still zu liegen, dieses hauchzarte Geflecht zwischen ihnen noch nicht zu zerreißen, unter dem alles so eindeutig, machbar und einfach aussah. Natürlich wusste er, dass nichts, aber auch rein gar nichts einfach war an seiner und Merets Situation. Und machbar schon gar nicht. Aber das Wissen um Julies Geld gab ihm den Mut, noch ein Weilchen in der Welt des Unmöglichen zu verweilen. Hier und jetzt, am Ende des Glücks, war er tatsächlich ein Prinz. Krass!

Schließlich hatte er es doch nicht länger ausgehalten, untätig neben Meret liegen zu bleiben. Außerdem hatte er dringend seine Zigarette gebraucht.

Er hatte lautlos eine Seite aus Merets Matheheft herausgetrennt und ihr geschrieben, dass er bald wieder da sei. Dann war er mit dem Rad zur Bäckerei gefahren und hatte frisches Brot und Croissants geholt und ein paar Himbeerschaumtörtchen. Der Geruch von Morgentau, Tabak und Gebäck war herrlich. Sogar der Kasten sah heute weniger deprimierend aus als sonst.

Auf dem Rückweg hatte Nico kurz bei seiner Mutter vorbeigeschaut. Der Chlorgeruch im Treppenhaus hatte ihm die Kehle zugeschnürt. Egal was kommen mochte, dies hier war nicht mehr sein Zuhause.

Im Lift hatte er dem getönten Spiegel die Zunge herausgestreckt und den Mittelfinger gezeigt.

Eilig hatte er Mihaela Kaffee gekocht, ihr Wasser, frische Windelhöschen, eine Packung Feuchttücher und die restlichen Ponstan neben das Bett gelegt. Die süßlich stinkende Plastiktüte mit den vollen Höschen und allerlei anderem Unrat hatte er in der Küche in den Abfalleimer gestopft, immer hoffend, seine Mutter nicht zu wecken. Er liebte sie, aber er ertrug sie nicht. Sie war der Stein in seinem Weg und der Klotz an seinem Bein.

Er dachte an das Geld, das er ganz unten in seinen Schrank gesteckt hatte, wo Mihaela nicht mehr ranging, seit sie da eine Schachtel Kondome gefunden hatte. Sie hatte ihn zwar nie darauf angesprochen, aber indem sie sie demonstrativ auf das Körbchen mit den frischen Socken gelegt hatte, hatte sie ihn wissen lassen, dass sie Bescheid wusste. Seither hatte sie den Schrank nie wieder angerührt. Sie legte ihm die frisch gebügelte Wäsche nur noch auf das Bett. Vermutlich war das als stummer Vorwurf gedacht, als Strafe, aber Nico fand es befreiend. Wenigstens ein schrankgroßes Stück Welt gehörte ihm allein und keiner drang darin ein. Dann dachte er daran, wie seine Mutter sogar seine Unterhosen für ihn bügelte. Es gab ihm einen Stich. Trotzdem, er würde ihr nicht ewig helfen können, er würde sie enttäuschen. Da war es wohl das Mindeste, dass er ihr jetzt ein paar seiner kostbaren letzten Meretminuten schenkte. Verdammt, er wollte nicht nur Mitleid mit ihr haben, sondern sie auch respektieren, aber im Moment kriegte er das einfach nicht gebacken. Und schon hasste er sie wieder. Seufzend setzte Nico sich neben die Balkontür und rauchte noch eine Zigarette. Er hielt es kaum aus, daran zu denken, dass Nora heute Abend spät aus Paris zurückkehren und spätestens morgen Abend nach Meret sehen würde. Wenn ihr Flugzeug nicht abstürzte, kein Irrer sie niederstach oder sie sich nicht vom Acker machte und das Mädchen ihrem Schicksal überließ. Bei der wusste man ja nie. Und warum sie sich erst morgen wieder selbst um ihre Tochter kümmern wollte, wenn sie doch schon heute zurückkam, kapierte auch kein Mensch. Das war doch krank.

»Du hast dich verliebt.« Mihaela hatte es nur geflüstert, aber Nico fuhr zusammen, als hätte sie ihn angebrüllt. Alle Tagträume waren mit diesem einen Satz verpufft. Wie konnte sie es wagen, dieses Große, andere, was ihn und Meret verband, mit einem so gewöhnlichen Wort zu entweihen? Was wusste sie schon von den wahren

Gefühlen? Den richtig großen, jenen, die nicht einmal einen Namen hatten, so groß waren die. Fahrig vor Empörung drückte Nico seine Zigarette aus und erhob sich. »Mama, ich muss los. Melde dich, wenn du etwas brauchst.«

Vor dem Motel brannte die Sonne bereits wieder auf den Asphalt und ätzte die letzten Reste der vergangenen Nacht weg. Meret schlief noch, als Nico den kleinen Tisch in ihrem Zimmer für sie deckte.
Er setzte sich auf ihren Stuhl und sah ihr beim Schlafen zu. Ein Kind. Sein Vogelmädchen.
Als sie endlich erwachte und ihn entdeckte, lächelte sie. »Du bist noch da. Wie schön.« Dann setzte sie sich an das Tischchen und untersuchte all die Leckereien, die sie noch nie gesehen hatte.
»Aber sei heute bitte etwas vorsichtiger mit essen. Das mit dem Kotzen musst du dir ja nicht gleich zur Gewohnheit machen.«
Meret gab ihm einen Knuff, er war viel zu heftig. Er lachte und puffte sanft zurück. Da trommelte Meret mit den Fäusten auf ihn ein, plötzlich blind vor Wut.
»Du bist so blöd! Du weißt ganz genau, dass gar nichts von dem hier zur Gewohnheit wird! Mama kommt heute Abend aus Paris zurück und spätestens morgen gegen Abend kommt sie wieder zu mir, hat sie gesagt. Dann ist das alles sowieso vorbei. Wenn ich also wegen irgendwas kotzen muss, dann weil ich so traurig bin und nicht wegen ein paar blöden Brötchen!«
Sie kickte den Stuhl um und warf sich aufs Bett.
Nico bemühte sich, gelassen zu bleiben. Dass sie so

wütend werden konnte, hatte er nicht für möglich gehalten. Verstehen tat er es besser, als er ihr zeigen durfte. Am liebsten hätte er sich gleich neben sie auf das Bett gehauen und mitgeheult. Aber sie würde das kaum verstehen, es würde sie nur noch mehr verunsichern. Er hörte sich zu, wie er ihr freundlich versicherte: »Ach was, wir finden bestimmt eine Lösung. Es wird sicher nur halb so schlimm. Und es ist doch auch schön, dass deine Mama wiederkommt. Du freust dich, oder?«

Was für ein Schleimer war bloß aus ihm geworden? Er nahm sich den Sozi-Psycho-Scheiß ja nicht mal selbst ab. Fuck. Er roch, wie der Stress scharf unter seinen Achseln hervorstank, er kroch aus ihm heraus und verpestete alles um ihn herum. Verseuchtes Gebiet, Sondermüll. Wenigstens etwas an ihm war ehrlich. Trotzdem klemmte er die Arme enger an den Brustkorb und hoffte, dass Meret es nicht roch.

Aber sie sah nicht so aus, als ob sie sich mit geruchlichen Feinheiten herumplagte. Sie hatte ihr Gesicht flach in ihr Kissen gepresst und strampelte mit Armen und Beinen. Kurz bevor Nico sie Mund-zu-Mund-beatmen wollte, hob sie den Kopf, ihr Gesicht war krebsrot und verheult, und schrie: »Ich weiß es doch auch nicht! Ja, ich freue mich auf sie! Aber ich will trotzdem nicht, dass sie wiederkommt! Nie mehr! Ich will lieber, dass du dafür bei mir bleibst.«

Oh, das hast du ja wirklich gut hingekriegt, Herr Romanescu, verhöhnte er sich selbst. War immer noch besser, als mitzuheulen. Jetzt hieß es cool bleiben und Zeit schinden.

»Ich könnte dich besuchen, wenn sie nicht da ist.«

Doch Meret hatte offenbar beschlossen, alle Hoffnungen im Keim zu ersticken.
»Du hast keine Ahnung. Mama merkt alles. Das erlaubt sie nie! Vergiss es. Das macht alles nur schlimmer. Zudem will ich nicht, dass sie traurig ist.«
Jäh wurde sie von einer Verzweiflung mitgerissen, die viel größer war als sie selbst, und Nico konnte nichts anderes tun, als unbeholfen danebenzusitzen und sie festzuhalten. Er musste doch auf sie aufpassen, sie trösten. Aber egal zu welchen Worten er auch ansetzte, sie steckten in ihm fest, verrotteten noch in seinem Mund, so faul waren sie. So strich er ihr über den Rücken, in Trance, immer von oben nach unten und wieder von oben nach unten. Er nahm sie durch seine Finger in sich auf.

Langsam wurde Meret ruhiger. Ihr Gesicht war noch scheckig und die Lidfalten über den Augen weggequollen. Ihre dünne Haut wölbte sich nun als pralles Kissen vom Wimpernkranz zu den Brauen hoch. Nico konnte die blauen Äderchen darin sehen, ein violettes Flusssystem. Dabei wusste Meret vermutlich auch das nicht. Was ein Fluss war. Wieder wurde ihm klar, dass er nicht einmal eine vage Vorstellung davon hatte, wie ihre innere Weltkarte aussah. Was sie kannte, verstand und wie sie die einzelnen Bruchstücke miteinander verband. Sie kuschelte ihren Kopf in seinen Schoß, arglos, vergrub sich darin und murmelte: »Nico. Ich bin so müde, müde, müde. Ich will schlafen.«
Ein wehrloses kleines Kind, sein Vogelmädchen.
»Tu das, Kleine. Ich muss ohnehin wieder nach meiner Mama schauen. Sag mal …« Er zog seine Hand von

ihrem Rücken weg und pulte ein unsichtbares Häutchen vom Daumen, damit sie ihm nicht wieder entglitt, dorthin, wo sie fortan hingehörte.

»Ja?«

»Hast du wirklich keine Ahnung, wohin deine Mutter geht, wenn sie nicht hier ist?«

Meret zögerte. »Sie kommt zu mir und dann geht sie wieder weg. Sie sagt, sie muss daran arbeiten, dass wir bald für immer zusammen sein können. Aber wo sie hingeht, sagt sie nie.«

»Wieso fragst du sie nicht?«

Meret sah ihn an, als hätte er komplett den Verstand verloren. »Das darf ich doch nicht. Sonst muss sie mich bestrafen oder sie redet nicht mehr mit mir. Das ist noch schlimmer. Und dann ist sie traurig.«

Nico stand auf und stellte die Teller und die Tassen auf das Tablett. Er hatte keine Ahnung, was er noch sagen konnte. Auf ihre Mutter zu schimpfen, brächte nichts. Wenn er sie nicht verlieren wollte, musste er sehr behutsam vorgehen. »Ich räume das hier mal weg. Das Brot nehme ich mit nach Hause, damit deine Mutter nichts Verdächtiges findet. Dann bring' ich dir das Übliche hoch. Ich weiß nicht genau, ob deine Mutter nicht doch schon heute Nacht rasch kommt. Ich werde dir genügend Vorräte hinstellen. Sie darf mich auf keinen Fall hier antreffen. Mann, sie weiß ja noch nicht einmal, dass meine Mutter einen Unfall hatte. Schaffst du eine weitere Nacht allein?«

Merets Augen wurden verdächtig feucht, aber sie bejahte. »Sag mal. Wie wäre es, wenn wir herausfänden, wohin sie jeweils geht?«, fragte er scheinbar beiläufig, als er das Besteck quer übereinander auf die schmutzigen Teller legte. Echtes Besteck, keine eingeschweißte Plastikware.

Meret verschwand im Bad. Als sie wiederkam, streckte sie ihm ein Visitenkärtchen hin:

Stefan Bittermann
Head of Communication
Private Bank Lion
Rennweg 12
8001 Zürich
stefan.bittermann@banklion.com

»Umdrehen!«, befahl sie.
Auf der Rückseite der Karte war eine schwungvolle persönliche Notiz in Tinte, die Nummer eines Mobiltelefons und eine Adresse. »Ich warte auf dich, vierter Stock, dritte Tür links nach der Treppe. Der Wein ist dekantiert, mein Herz erobert, S.«
»Woher hast du das?«
»War in Mamas Tasche.«
Nico fragte sich, welche Geheimnisse sie noch vor ihm verbarg, er drehte die Karte in den Händen. »Heißt das, dass du mit mir rausfinden willst, wohin sie geht?«
Meret zuckte gleichgültig mit den Achseln. »Wenn du mir hilfst, könnte es klappen.« Ihre Halsschlagader hämmerte wild unter den roten Strähnen.
Nico nahm sein Handy aus der Tasche. »Gut. Ich bin dabei. Du kannst mir jederzeit sagen, wenn du es dir doch noch anders überlegst, ok? Schau, damit kannst

du mich anrufen, wenn deine Mutter morgen Abend wieder wegfährt. Ich werde dich dann abholen. Hast du schon mal ein Telefon benutzt?«

Meret schüttelte den Kopf. Sie hatte ihre Mutter schon dabei beobachtet, wie sie telefonierte. Aber so ganz durchschaute sie nicht, wie das gehen sollte. Sie griff nach dem Telefon. Wie oft hatte sie sich gewünscht, einmal eines in den Händen zu halten. Es war schwerer, als sie es sich vorgestellt hatte. Das Glas war dunkel. Nico zeigte ihr, wie sie es zum Leuchten brachte und wie sie damit Mihaelas Nummer wählen konnte. Er würde sich ihr Handy ausleihen. Solange sie krank war, sollte sie sich eben auf das Festnetz beschränken.

Zum Schluss schrieb er alles auf einen Zettel. Meret würde ihn in ihrem Tagebuch verstecken. Erst jetzt fiel ihr auf, dass sie gar nicht mehr daran gedacht hatte, seit Nico sie besuchte. Nun war er es, der ihre Geheimnisse kannte, dachte sie.

»Bitte komm, Fieber wird schlimmer, Mama« leuchtete es plötzlich auf dem Telefon. Meret streckte es Nico erschreckt hin.

»Komme gleich«, tippte Nico mit zwei schnellen Daumen und gab Meret das Handy zurück. »Versteck es gut. Von nun an bist du nicht mehr allein. Und wenn du heute Nacht nicht schlafen kannst, rufst du mich einfach an, ja? Alles wird gut, das verspreche ich dir. Ich weiß nur noch nicht genau wie.«

Meret lächelte schief, dann grub sie ihre Nase in seine Brust. Nico löste den Zimmerschlüssel vom Schlüsselbund, damit sie ihr Zimmer von innen her verschließen konnte. Zur Sicherheit. Für den Fall, dass Nora doch früher käme.

Als er die Tür hinter ihr geschlossen hatte und mit dem Tablett zur Treppe ging, sah er sie hinter dem Fensterchen knien. Ihre beiden Bären winkten ihm zum Abschied.

Im Wohnzimmer und in der Küche richtete er hastig alles so her, dass es wieder aussah, wie er es angetroffen hatte. Er füllte Parzivals Näpfe mit Trockenfutter und frischem Wasser und stopfte sich einen ganzen Blister Temestas in die Jeans. Das war das Mindeste, was Nora seiner Mutter schuldig war.

Kapitel 35

Freitag, 26. Juli 2013, 21:56

»Nora, bitte, es gibt keinen Grund, da jetzt hinzufahren. Keinen!«

Stefan stand vor der Wohnungstür, die Arme in die Hüften gestemmt. Er wollte nicht allein sein, Nora nicht schon wieder an den Alltag verlieren, sich noch ein wenig festhalten an den vergangenen Tagen. Es war nicht nur einfach gewesen in Paris, schön ja, aber auch hart. Nora hatte ihm mitgeteilt, dass sie keine Kinder bekommen konnte. Das hatte er schon seit Längerem befürchtet. Sie hatten ja nie verhütet, und bestimmt hätte es sonst längst eingeschlagen. Sie hatte offenbar schon alle Tests machen lassen, heimlich und ohne ihn. Sie habe sich einfach nie getraut, es ihm zu sagen, um ihn nicht zu enttäuschen, hatte sie gesagt. Die Ärmste! Stefan hatte geweint wie ein kleiner Junge, als sie ihm das alles anvertraut hatte. Gut, dass sie wenigstens in ihrem Zimmer gewesen waren und nicht in irgendeinem Restaurant. Was ihm wirklich wehtat, war nicht die Tatsache, dass sie keine Kinder bekommen konnte. Mein Gott, so was kam vor. Aber dass sie nicht mit ihm über ihre Sorgen gesprochen und den ganzen Kummer allein ausgestanden hatte, das war bitter. Er tat doch alles, damit es ihr gut ging und sie sich geborgen fühlte. Und – es dauerte einen Moment, bis er es sich eingestehen konnte – es war beleidigend. Sie hatte ihn einfach so von etwas ganz Großem ausgeschlossen und ihn übergangen. Das Thema ging ihn ja wohl auch etwas an! Dennoch war er nicht wütend geworden, das lag nicht in seinem Wesen. Eher traurig. Er liebte sie. Mehr musste er nicht wissen. Darum hatte er sie für die verbleibenden Tage in der Stadt der Liebe noch mehr auf Händen getragen, ihr bei noch mehr Gelegenheiten beteuert, was sie ihm bedeutete, und ihr noch mehr Aufmerksamkeiten gekauft. Sie sollte sehen und spüren, wie treu er zu ihr stand.

Tatsächlich war sie sehr sanft und zugänglich gewesen, wie selten zuvor. Bestimmt würde sie ihre Meinung noch ändern und mit ihm Kinder adoptieren, wenn sie erst merkte, dass er sie nicht verurteilte. Und dass sie ihm nie sagte, dass sie ihn ebenfalls liebte, nun, so war sie eben. Schmerzlich, aber wahr.

Wie auch immer, jetzt musste erst mal die Alte anständig unter den Boden gebracht werden, und dann sähe sicher alles anders aus. Er durfte einfach die Nähe zu Nora nicht mehr verlieren, musste dranbleiben, den dünnen Faden aus Vertrauen, den sie in Paris hatten spinnen können, nicht reißen lassen.

Darum wollte er auch nicht einsehen, warum Nora schon wieder in das fürchterliche Haus zurückwollte. Es machte ihm Angst. Sie hatten doch kaum erst ihre Koffer ins Ankleidezimmer gestellt und eine Flasche Crémant aufgemacht, und schon wollte sie weg von ihm. Das war ihm unheimlich. Und das Haus war ihm unheimlich. Es forderte einen Teil von Nora für sich. Verdammt, er mochte sie nicht länger mit einem Ort teilen, zu dem er eh keine Beziehung hatte.

Dass es nicht der Ort war, der sich zwischen ihn und Noras Herz stellte, sondern sie selbst, spürte er vielleicht, aber solche Feinheiten in Worte zu fassen, war noch nie seine Stärke gewesen. Er mied die düsteren Seiten dieser Welt. Sie waren etwas für die anderen. Er lebte im Licht.

Nora verstand Stefans Versuche, sie hierzubehalten. Aber sie musste weg. Nicht nur, um Meret zu sehen. Auch weil sie schier erstickte in seiner Nähe.
Ihr Plan war nicht aufgegangen. Im Gegenteil. Statt sich in Paris sanft von ihr wegschieben zu lassen, hatte Stefan sich nur noch klettiger an sie geheftet. Am liebsten hätte sie ihn dafür geschlagen, ihn angespuckt, ihm gesagt, dass sie seinen Geruch nicht mehr ertrug, nicht den Anblick seiner viel zu seidigen Brusthaare, die sich wie Katzenfell anfühlten, widerlich, nicht die Berührung seiner Hände, die nie richtig zupackten. Seine sanfte Zögerlichkeit machte sie rasend. Aber sie hatte jeden Tag schon vor dem Frühstück zwei Lorazepam geschluckt, damit sie alle Emotionen wie aufgespießte Schmetterlinge vor sich behalten konnte. Klar, geordnet, beschriftet, aber tot. Vergangene Nacht hatte sie sich eingestanden: Im Guten würde sie Stefan nie loswerden. Sie würde darum Julies Geld holen und Papas alte Freundin anrufen, die damals aus der DDR geflohen war. Papa hatte immer mit vor Respekt geschwellter Brust gesagt, wenn man mal einen Auftragskiller bräuchte, Betti könne selbst den organisieren, so ein Teufelsweib sei das. Bestimmt könnte sie ihr mit Pässen helfen, sie hatten sich immer sehr gemocht. Betti war die Einzige gewesen, die Papa

verlassen hatte und nicht umgekehrt. Im Frieden. Und Betti konnte die Klappe halten. Sobald sie die Papiere hätte, würde Nora mit Meret verschwinden, ohne das Haus zu verkaufen. Das wäre ohnehin zu kompliziert geworden mit den Besichtigungen und allem. Wenn sie Stefan schrieb, dass es ihr gut gehe und er sie nicht suchen solle, hatte er kein Recht, sie polizeilich aufspüren zu lassen, oder? Den Rest würde sie dann schon irgendwie hinkriegen, sobald sie weg wären und sie Zeit hatte, um nachzudenken. Nun hatte sie halt keinen Plan, war auch egal. All die vielen, die sie sich bislang ausgedacht hatte in ihrem Leben, hatten sich ja doch nicht bewährt. Weder hatte sie bei Julie leben dürfen nach Papas Tod noch hatte sie Ezechiel zu trotzen vermocht oder Stefan von Meret zu erzählen getraut. Nicht mal Julie war bei ihr geblieben, wie sie es ausgemacht hatten, als sie beschlossen hatten, das Baby im Verborgenen aufzuziehen. Abgesehen davon war die Tante ihren Anordnungen und Plänen auch nur nach Belieben gefolgt. Nora musste trotzdem lächeln beim Gedanken an die liebe alte Schachtel. Sie war beinahe glücklich, stellte sie verwundert fest. So wie damals, als sie und Julie die Kleine in das frisch gestrichene Zimmer im zweiten Stock gebracht hatten, in das der alte Steiner kurz vor seinem Tod noch die Nasszelle und das Klo eingebaut hatte. Gratis, weil er gemeint hatte, es sei für Julies und sein neues Liebesnest, der Trottel. Das Leben war damals so überschaubar und fröhlich gewesen. Einfach und geradlinig eben. Damals, vor der großen Lügerei. Vor der unsinnigen Idee, es mit Stefan zu probieren.

Sie erinnerte sich gut an den Nachmittag, an dem sie ihn bei Julie zum Tee eingeladen hatte. Am liebsten hätte sie ihm damals das Haus und die Tante einfach verschwiegen, doch er wollte sie heiraten, ergo wollte er ihre Familie kennenlernen. Von seiner hatte sie sich ja schließlich auch besichtigen lassen müssen, reine Formsache, da die ohnehin den größten Teil des Jahres in Miami Golf spielte. Nora sollte sie noch genau ein einziges Mal sehen, auf der Hochzeit, und ihre Gesichter dann vergessen, wie Menschen aus dem Gedächtnis verschwinden, mit denen man mal zufällig im Zug einen Anstandsschwatz hat halten müssen.
»Du musst ihn einfach mitbringen, Nora«, hatte Julie insistiert. »Wenn du ihn wirklich haben willst, bleibt dir gar nichts anderes übrig. Jeder Mann will wissen, wo seine Frau herkommt, und sei es nur, um sie von dort zu entführen und sie zu retten. Das ist nun mal das gute alte Kauf-nicht-die-Katze-im-Sack-Spielchen.«
Natürlich war es eigentlich um etwas anderes gegangen: Julie selbst hatte Stefan kennenlernen wollen. Sie wollte sichergehen, dass Nora sich keinen Waschlappen oder einen Schlafzimmermacho anlachte. Nora hatte sich wie immer gewundert, woher ihre Tante nur diese Ausdrücke herhatte. Vermutlich aus dem Fernsehen. »Anlachen« gehörte auch dazu. Wenn Nora das Wort nur schon hörte, dachte sie an Rotlichtviertel und GI-Romantik. Und Julie liebte große Auftritte, Stefans Debut hatte ihr eine der längst selten gewordenen Gelegenheiten dazu geboten. Julie war wild entschlossen gewesen, die Sache in die Hand zu nehmen. Alle Einwände Noras hatte sie mit einem ungeduldigen »Äääch!« abgetan.

Was sie einmal entschieden hatte, war Gesetz, außer wenn es um Meret ging. Da galt nur Noras Wort.
Für den Schwiegergroßneffen, wie Julie Stefan affektiert bezeichnete, hatte sie zur Abwechslung sogar das Haus geputzt. Was bei ihr hieß, dass sie den Lappen mit den grauen Troddeln rasch in Wasser und Seife tunkte und ihn dann ein paarmal um die Tischbeine und über den Küchenboden schmierte. Zur Krönung hatte sie im Supermarkt eine ermäßigte Bananenroulade besorgt. »Es soll ihm ja nicht allzu gemütlich werden hier. Wir wollen schließlich keinen Dauergast aus ihm machen. Das arme Kind kann doch nicht ständig schon am Nachmittag Schlafmilch trinken, nur weil es dem Herrn nach einer Visite ist«, hatte Julie verkündet, ganz so, als wäre es Stefan gewesen, der auf der ganzen Sache bestanden hatte.
In dem Maße, in dem Nora der Besuch eines potenziellen Ernährers für sie und Meret auf dem Magen gelegen hatte, war Julie Feuer und Flamme gewesen für »Plan Stefan«, wie sie die Angelegenheit getauft hatte. Sie bereitete ihr diebisches Vergnügen. Am Mittag vor Stefans Aufwartung war sie in einen feinen Strickpullover geschlüpft, natürlich ohne BH, unter dem ihre Brüstchen in Form, Größe und Konsistenz von gebrauchten Teebeutelchen mit grotesk großen Warzenzapfen durchgeschimmert hatten. Ihre wenigen verbliebenen Haare hatte sie in eine verwackelte Wasserwelle gelegt.

Erst als Stefan sich schon ins Wohnzimmer gesetzt hatte und sich von Julie mit anzüglichen Nichtigkeiten zuplätschern ließ, hatte Nora bemerkt, dass die Tante einen

ihrer Gesichtsmassagestäbe in die Obstschale auf dem Tischchen gelegt hatte, zwischen Bananen und Äpfel, schön obendrauf, unübersehbar. Es hätte wohl wie das Versehen einer verwirrten alten Frau aussehen sollen. Von wegen.
Nora hatte beschlossen, Julie gegenüber absichtlich nicht darauf einzugehen. Diese Freude würde sie dem listigen Weibchen nicht gönnen. Zuerst war sie zwar stocksauer geworden. Doch dann war Papa in ihre Erinnerungen geschlüpft und sie hatte ihn lachen gehört, verzückt von diesem wunderbaren Scherz. Ja, er hätte sich bestimmt kindisch gefreut über seine Lieblingstante. Nora hatte sich einmal mehr gefragt, warum der schwarze Familienhumor sie in der Erbfolge einfach ausgelassen hatte. Vielleicht weil's lustig war, einen so ernsten Menschen zwischen all die Spinner zu setzen. Sehr witzig. Ein Experimentchen der Natur. Sie haderte noch immer damit, dass bei ihr offenbar nur Gustavs melancholisches, rasch entzündliches Naturell durchgeschlagen hatte.

»Nora, Herzchen, du bist ja gar nicht bei der Sache. Ich und dein fescher Verlobter unterhalten uns grad prächtig über das Bankgeheimnis«, hatte Julie gezwitschert. Nora war sich in ihrem rot-weiß gepunkteten Monroe-Kleid vorgekommen wie eine Statistin und hatte sich nur herbeigesehnt, dass diese lächerliche Übung ein baldiges Ende fände. Gefühlte hundert Baileys und Anzüglichkeiten später war der »Plan Stefan« für Julie abgehakt gewesen. Sie hatte den Ärmsten ständig mit ihrer hautigen Hand betatscht, mal am Arm, mal am Oberschenkel, einmal hatte Nora sie sogar dabei erwischt,

wie sie lasziv mit der Zungenspitze über ihre Lippchen geleckt hatte wie eine urzeitliche Echse. Das reichte. Sie war aus ihrem Stuhl hochgeschossen.
»Julie, es tut mir leid, aber wir müssen los.« Stefan hatte sie verständnislos angesehen, ihr aber nicht widersprochen.
»Ach, ihr jungen Leute, immer so in Eile. Aber ihr habt ja so recht, die Zeit vergeht in der Jugend viel zu schnell. Genießt die Liebe, solange sie noch frisch ist, hehe. Schöner Mann, es war mir eine große Ehre. Also meinen Segen habt ihr.«
Als ob das irgendein Schwein gekümmert hätte, dachte Nora, zudem hatte es hinten und vorne nicht gestimmt, Julie hatte Stefan als Chorknaben abgestempelt, und jeder, der sie kannte, konnte ihr das auf fünfzig Meilen gegen den Wind ansehen und es aus ihrem spöttischen Tonfall heraushören. Stefan hatte es nicht gemerkt.

Immerhin hatte die Farce genützt und er war ein nicht minder begnadeter Heuchler als Julie. Nachdem er Stein und Bein geschworen hatte, bald und oft wiederzukommen, war er entschlossen gewesen, nie wieder einen Fuß in dieses Haus des Grauens zu setzen. Nora hatte sich gewundert, ob er zu viele Filme gesehen hatte, aber vor allem hatte sie aufgeatmet. Julie war eine kauzige, lüsterne Alte, aber sie hatte ein gutes Herz und einen schlauen Kopf. Sie wusste die zu schützen, die sie liebte. Mit ihrem Gehabe hatte sie Stefan für immer von seinem Bedürfnis geheilt, Noras Familie zu sehen. Er hatte genug Likör und Sedimente vertaner Jahre abgekriegt, dass er sogar angeboten hatte, Julie ein gutes Altersheim zu finanzieren, nur um das Thema aus der Welt zu schaffen. Aber Nora hatte ihn davon überzeugen können, dass Julie für so was zu schrullig und zu eigenbrötlerisch sei. So ließen die drei alles auf sich beruhen. Nur ab und zu sollte sich Stefan in den kommenden Jahren darüber beschweren, dass Nora ständig zu Julie fuhr, oft selbst an den Wochenenden.

Nach dem peinlichen Nachmittag damals hatte Nora ihn im Auto auf die Wange geküsst, daran konnte sie sich noch gut erinnern, und ihre Nase gegen seine feinen Stoppeln gedrückt. Für ein paar kostbare Stunden hatte sie ihn sogar fast geliebt, aus Dankbarkeit dafür, dass nun alles beim Alten bleiben konnte. Und das mit ihm und Meret würde sich auch noch fügen, hatte sie sich damals weisgemacht. Es sprach doch alles dafür. Stefan war drollig und vertrauenswürdig. Dass es vor allem Einfachheit war, eine tiefe Aversion gegen Unannehmlichkeiten jeglicher Art, hatte ihr damals noch keinen Kummer bereitet. Er wollte ein übersichtliches, ästhetisches Leben. Auf Ungewohntes reagierte er wie ein Esel auf eine Pfütze. Er blieb stehen und bockte, aber nie im Bösen, sondern aus schierer Hilflosigkeit.

»Warum musst du schon wieder von mir fort?«, quengelte er jetzt und schmiegte sich an sie, ließ sein Hand wie eine Vogelspinne unter ihrem Rock hochkrabbeln und versuchte, ihr in den Schritt zu greifen. Nora stieß ihn weg. »Nicht! Ich bin doch keine Melone auf dem Markt, die du auf ihre Reife prüfen musst.«

»Komm jetzt, Schatz.« Stefan schnupperte an ihren Brüsten. »Eine Melone muss man auch mit der Nase untersuchen, wenn man sicher sein will, dass es die richtige ist. Ah, die ist perfekt …«

»Gott, bist du kindisch heute.« Nora strich sich ihr Chiffonkleid über Brust und Beinen glatt. »Ich verstehe nicht, warum du so ein Aufhebens machst. Ich bin ja nur kurz weg. Schau dich doch mal um: Auspacken kann ich morgen noch, die Putzfrau wäscht alle Wäsche, die Wohnung ist wie immer makellos und der Kühlschrank gefüllt. Und sonst kommst du eben mit.« Das half immer.

Wie erwartet rümpfte Stefan die Nase. »Nein danke. Und überhaupt, es gibt sehr wohl einen Grund, warum ich dich bei mir haben will. Ich liebe dich.«

Sie ertrug Stefans Hartnäckigkeit nicht mehr. Früher einmal hatte sie ihr geschmeichelt, jetzt war sie wie das stete Tropfen eines Wasserhahns, das sie in den Wahnsinn trieb. Sie hatte Angst, dass etwas in ihr platzen könnte. Sie stellte sich vor, wie sie ihn treten würde, ins Bein, ins Gesäß, in den Bauch, in die Nieren und sogar ins Gesicht.

Sie war bestürzt über diese Gier nach roher Gewalt, die sie in letzter Zeit ohne Vorwarnung überkam. Denn genau das war es: eine Gier, ein Trieb, fast größer als sie selbst. Das letzte Mal war sie sich selbst so ausgeliefert gewesen, als die Mädchen in der Schule ihr einen faulen Apfel ins Gesicht gedrückt hatten, weil sie etwas gegen die Handarbeitslehrerin gesagt hatte, um damit zu beweisen, dass sie keine blöde Streberin war.

Papa war in die Schule zitiert worden, um sein tobendes Mädchen zu besänftigen. Er kam einfach zu ihr, umschloss sie fest mit beiden Armen und summte »Guten Abend, gut' Nacht«, Mamas Wiegenlied. Ihre Rage wurde immer kleiner und verkroch sich schon bald zahm und verlegen in ihre Ecke zurück. Aber das war auch ein ganz anderer Zorn gewesen damals. Er war schlicht gewesen und saß nicht tief. Der hier brodelte in einem Fass aus Enttäuschungen, die über viele Jahre gegoren hatten, bis die Gase den Deckel wegsprengten. Jetzt war es offen und machte ihr Angst. Nora schnappte sich ihre Tasche, schob Stefan unsanft zur Seite und ging aus der Wohnung.

Schnaubend wuchtete sie sich ins Auto. So konnte sie unmöglich fahren, das war viel zu gefährlich. Wut und Beruhigungsmittel machten sie benommen. Zittrig schob Nora die Elvis-CD rein. »I wonder if … you're lonesome tonight …«
»Yes, Baby, I sure am«, antwortete Nora und fischte sich eine Zigarette aus der Tasche auf dem Beifahrersitz. Als sie sie gegen die glühenden Ringe des Anzünders drückte und daran sog, war alles Zigarette, leinwandgroß, das Knistern brennenden Tabaks, verglimmendes Papier, ein Rauchkringel vor dunklem Grund. Die Zigarette im Mundwinkel, startete sie den Motor.
Sie freute sich so auf Meret. Sie hatte ihre Entscheidung getroffen. Stefan sollte sie bitte einfach loslassen und vergessen, wie eine Wohnung, in der man früher einmal ein paar gute Jahre verbracht hat.

Die weißen Streifen in der Mitte der Straße blinkten an ihr vorbei und beruhigten sie. Als sie am Mega-Möbelhaus vorbeikam, war sie nur noch aufgeregt vor Vorfreude. Nach dem Ortsschild riss sie das Steuer nach links und quietschte übermütig auf den Parkplatz.

Zu Hause! Sie warf einen Blick in den Rückspiegel, wischte sich mit Spucke einen Krümel Wimperntusche vom unteren Augenrand und stieg zusammen mit einem Schwall kühler Luft in den Abend hinaus. Sie würde Meret nicht wecken. Nur schauen, ob es ihr gutging. Ihr rasch die »J'aime Paris«-Tasse hinstellen, sie küssen und wieder heimfahren. Sie musste sich mit Stefan versöhnen. Morgen Nachmittag würde er mit Henrik zum Badminton gehen. Dann würde sie nochmals hierherkommen.

Nora strauchelte über etwas Hartes. Quer über dem Parkplatz lag der alte Gartenschlauch des Motels.

Kapitel 36

Samstag, 27. Juli 2013, 18:02

Obwohl es noch immer fast dreißig Grad warm war, fröstelte Nico, als er nach dem Gespräch mit Nora Mihaelas Handy wieder in seine Jeans steckte. Er hatte behauptet, er habe seines verlegt.

Bereits zum hundertsten Mal hatte er nachgesehen, ob Meret sich gemeldet hatte. Er hatte kein gutes Gefühl. Nora war beim Abschied so komisch ruhig gewesen. Er überlegte, ob sie vielleicht bemerkt haben könnte, dass er das Geld genommen hatte. Er spielte sogar kurz mit dem Gedanken, es zurückzulegen, doch dann sagte er sich, dass sie unmöglich überhaupt wissen konnte, dass es dort war. Sie hätte es sonst sicher längst mitgenommen, alles andere wäre absurd.

Scheiße, aber warum meldete sich Meret nicht? Hoffentlich war alles in Ordnung mit ihr. Den ganzen Tag über war er nahe dran gewesen, zu ihr zu gehen, aber dann hatten seine Bedenken gesiegt. Wenn Nora ihn im Haus erwischte, würde er Meret vielleicht nie wieder sehen. Doch was, wenn ihr etwas zugestoßen war? Nora war ja den ganzen Tag noch nicht bei ihr gewesen. Was für eine Mutter war das überhaupt? Kein Wunder, dass sie Panik vor der Polizei hatte. Die war überhaupt nicht sauber, die Frau. Jetzt erst wunderte er sich, dass Nora nicht weiter nach Mihaelas Krankheit gefragt hatte. Sie schien ihre Zweifel zu haben an der Geschichte. Oder sie war einfach eine egozentrische Kuh. Oder beides.

»Hast du gehört, Mama? Nora kommt morgen zu dir.«
Mihaela nickte. Sie sah eingefallen aus. Das Fieber war zwar nicht weiter gestiegen und die Spitzen der Schmerzen waren runder geworden, aber die Sorgen und Qualen der vergangenen Tage hatten sie sichtlich mitgenommen. Nico verspürte schon wieder das verhasste Mitleid mit ihr. Und sofort noch heftigere Wut auf Nora. Beides schien untrennbar miteinander verbunden zu sein.
»Ich mache uns etwas zu essen.«
Nico strich Mihaela die Decke glatt und sie faltete ihre Hände drauf. Wie aufgebahrt sah sie jetzt aus mit ihrem wächsernen Gesicht und den gelben Augäpfeln tief in ihren Höhlen. Von der stolzen Frau, die einst ihren Sohn gerettet hatte, war nicht viel mehr übrig als der Ehering ihrer Mutter und ein Prinz.
Nico schaltete den Fernseher ein. Das würde sie etwas ablenken von ihrem Selbstmitleid und der ständigen Grübelei. Beten in Ehren, aber für Nico taugte das eher, um sich eine Depression herbeizumurmeln, als um darin Trost zu finden. Zumindest hatte er bei seiner Mutter nie etwas anderes beobachten können. Der Katholizismus und Mamas Status als Illegale hatten ganze Arbeit geleistet, ihre Unterwürfigkeit war mittlerweile unverbrüchlicher Teil ihres Charakters geworden. Sie konnte sich gegen niemanden mehr zur Wehr setzen. Darum würde Nora sich statt mit ihr mit ihm herumschlagen müssen, wenn alles aufflog. Das war er seiner Mutter noch schuldig, bevor er ging.

Auf dem Bildschirm flackerte gerade ein hagerer Mann auf die Kamera zu. Er trug einen Nylonkittel und fuchtelte mit einem Staubwedel in einer unbeschreiblich biederen Dreizimmerwohnung herum. Dabei sprach er von sich selbst nur in der dritten Person als »Mutti, die halt einfach ›Glämer‹ im Blut hat«, und das ohne Punkt und Komma. Aber Mihaela schien es zu gefallen. Sie lachte sogar kurz auf.

In der Küche schob Nico Mihaelas Babuschka-Köche grob zur Seite, einer rollte auf den Boden, und am trockenen Klang hörte er, dass er einen Sprung abbekommen haben musste. Er stellte ihn rasch wieder zu seinen Kumpels auf den Sims. Die Köche brachten ihn auf eine Idee. Er musste eine Geschichte in einer anderen verstecken. Wenn Nora morgen nach dem Geld fragen würde, dann würde er zugeben, dass er es gefunden hatte. Mit so viel Ehrlichkeit rechnete sie bestimmt nicht. Also würde sie vielleicht auch alles Weitere glauben, was er sagte. Er würde behaupten, es sei ihm gestohlen worden. Das war zwar absurd. Aber sie konnte ihn nicht anzeigen, denn erstens konnte sie nicht beweisen, dass es das Geld je gegeben hatte, und zweitens würde er sie dann ebenfalls anzeigen, weil sie ein Kind gefangen hielt. Vor allem aber würde sie ihre Wut nicht an Meret oder an seiner Mutter auslassen, da er ja gestanden hatte, dass er das Geld genommen hatte und niemand sonst.
Kurz, es konnte ihm egal sein, ob Nora etwas gemerkt hatte oder nicht. Das Geld gehörte jetzt ihm. Ihm und Meret. Er öffnete das Fenster. Dreizehn Stockwerke tiefer spielte eine Gruppe Kinder Verstecken. Von hier

oben konnte er sie alle sehen. Zwei kauerten hinter den Abfallcontainern. Wie doof, da konnte man doch von der anderen Seite her die Füße sehen. Ein Mädchen in einem dunkelroten Kleid schummelte gerade und schlich in ein neues Versteck. Er hatte noch nie verstanden, was so lustig sein sollte an diesem Spiel. Der Kitzel der Angst vor dem Entdecktwerden oder der Triumph über die Misserfolge des Jägers?

Nico saugte die letzte Tabakglut aus dem Filter und wählte Mikes Nummer. Dabei starrte er auf die vier Hausklone, die um ihn herumstanden wie gelangweilte Gouvernanten, steif und freudlos. Überall Schießscharten von Küchenfensterchen, jede mit gehäkelten Vorhängen, Zeichnungen aus Fensterfarbe oder Disneystickern zu etwas Persönlichem gemacht. Tiere pissen in eine Ecke, um ihr Revier zu markieren, wir dekorieren unsere Küchenfenster, dachte Nico gerade, als Mike ein cholerisches »Hallo« in sein Ohr dröhnte.

»Hallo, Chef, ich bin's, Nico. Sorry die Störung am Wochenende.«

»Nico? Sagt mir nichts. Kennen wir uns? Nein, Spaß beiseite, Junge. Sag mir jetzt nicht, dass du auch nächste Woche deine Mutter babysitten musst. Dann können wir dieses Gespräch hier nämlich gleich beenden, und zwar für immer.«

»Nein, nein, alles gut. Ich komme am Montag pünktlich wie eine Eieruhr.«

»Na, dann ist ja gut. Und jetzt komm zur Sache. Was willst du?«

»Den alten Opel nochmals ausleihen. Muss mit der Mutter ins Krankenhaus. Ich denke, das ist das Beste für sie.«

»Erzähl mir keinen Scheiß. Hahaha. Das Auto kannst du gern haben, Roma. Aber behaupte nie wieder, dass du denken kannst. Hahaha.«
Dann verpasste er Nico einen Gratissermon darüber, wie der mit der Zunge das ganze Auto blank lecken werde, wenn er dem Juwel auch nur den kleinsten Kratzer zufügte. Beide wussten natürlich, dass das Auto längst nur noch ein einziger großer Kratzer auf vier Rädern war. Es ging hier ums Prinzip. »Und das stell ich dann auf Youtube, dann wirst du vielleicht doch noch berühmt, Gipsy. Habe ich mich klar ausgedrückt?«
»Sehr. Vielen Dank. Und Grüße von Mama.«
Mike hatte bereits aufgelegt. Nico zeigte dem Telefon halbherzig den Finger. Noch immer keine Nachricht von Meret. Er steckte das Telefon in seinen Hosenbund, damit er das Vibrieren auch garantiert spürte, wenn sie sich meldete.

Er versuchte, ruhig zu bleiben, belegte zwei Toastbrote mit Gurken und Dill und schnitt sie diagonal in Dreiecke. Dabei behielt er die ganze Zeit seine Kippe im Mundwinkel, bis ihn der Rauch in der Nase biss und die Augen tränten. James Dean macht Brötchen. Er spuckte den Filter in den Ausguss und schickte einen Schluck Magensaft nach. Er sollte endlich wieder mal mehr essen und schlafen und dafür weniger rauchen und Kaffee trinken.

Er musste unweigerlich daran denken, wie Meret die Himbeertorte ausgekotzt hatte. Und wie rührend sie danach gelächelt hatte, sein Vogelmädchen. Er vermisste sie so. Wenn sie ihn nicht anrief, würde er eben einfach zu ihr fahren. Er würde schon aufpassen, dass ihn Nora nicht erwischte. Und überhaupt, wenn hier jemand einen anderen bei etwas Verbotenem erwischen konnte, dann war es wohl umgekehrt. Und heute Abend würden sie der Schlampe folgen und herausfinden, wo die sich ständig rumtrieb, wenn sie ihre Tochter sitzen ließ. Vorausgesetzt, der Mut hatte Meret nicht verlassen.

In der Werkstatt stieg Nico auf den Besucherstuhl neben der Tür und holte das magnetische Kästchen vom Heizungsrohr herunter, in dem der Reserveschlüssel für den alten Opel lag, den sie als Betriebsauto benutzten. Wobei Betriebsauto ein ganz schön großkotziger Ausdruck war dafür, dass Nico mit der Rumpelkiste Botengänge für den jungen Steiner erledigen musste. Mike selbst würde sich nie in etwas anderem blicken lassen als in seinem Porsche. Nico nannte ihn nur den hochglanzpolierten Schwanzersatz.

Als er vor das Motel fuhr, sah er es sofort. Der Schlauch lag noch immer quer über dem Platz. Die Elstern waren gerade dabei, auf ihm herumzuhacken, offenbar hielten sie ihn für den Regenwurm des Jahrhunderts. Scheiße! Nico legte den Kopf auf das Lenkrad und schlug mit den flachen Händen auf das Armaturenbrett. »Scheißescheißescheiße.« Das hätte nicht passieren dürfen.

Meret lag auf ihrem Bett. Sie war noch angezogen. Neben ihr stand eine Tasse mit kalter Schlafmilch. Mama hatte sie ihr gebracht. Sie war nur kurz geblieben, obwohl sie sich so lange nicht gesehen hatten. Sie hatte

Meret rasch geküsst und war dann ohne etwas zu sagen in Julies Zimmer verschwunden, zumindest hatte es so geklungen. Danach war sie irgendwie seltsam gewesen, freundlich, aber nicht wie Mama, eher wie eine Puppe vielleicht. Die Haut um die Augen war rot gewesen. Sie hatte fest geatmet, ihr Brustkorb war ganz schnell hoch- und runtergegangen, als sie Meret in den Arm genommen hatte. Und sie hatte gefragt, ob Meret etwas über das Geld wisse. Wie seltsam. Was für Geld? Dann hatte Mama sie viel zu fest gedrückt und hin- und hergewiegt und immer wieder gesagt: »Pscht, vergiss es, Kleine, vergiss es einfach.«
Irgendetwas hatte nicht gestimmt. Ganz und gar nicht. Auch wenn Mama Meret mindestens fünfmal gesagt hatte, wie lieb sie sie habe. Sie hatte ja nicht mal gefragt, wie es ihr ergangen war in den Tagen allein im Haus. Wenig später hatte sie gesagt, sie müsse los und käme am Sonntag wieder. Dann für länger.

»Ich will wissen, wo sie hingeht.«
Nico setzte sich zu ihr und legte seine Hand auf ihren Arm. Er versuchte, Meret nicht zu schelten, er musste seine Aufregung vor ihr verbergen. Er fürchtete, dass sie sich andernfalls von ihm zurückziehen würde. »Warum hast du mich denn nicht angerufen?«
»Ich wollte doch. Aber ich habe es nicht geschafft. Ich weiß nicht, wie ich den Code eingeben muss.«
Wie hatte er das nur übersehen können? Er hätte ihr alles noch viel besser erklären müssen.
»Ist nicht schlimm, Kleine. Jetzt bin ich ja da. Gibst zu mir das Kärtchen mit der Adresse?«

Meret nickte, rührte sich aber nicht von der Stelle. Nico dachte daran, welche Anstrengung es sie gekostet haben musste, die letzte Nacht allein zu sein mit einem Telefon, von dem sie nicht wusste, wie sie es benutzen konnte. Sein Magen krampfte sich zusammen. Er würde sie nicht mehr allein lassen, komme, was wolle.
Meret zog das Kärtchen unter ihrem Kissen hervor und streckte es Nico hin, ohne ihn anzusehen. Er ging vor dem Bett in die Knie, mit dem Rücken zu Meret. Sie stieg auf. Diesen Tanz beherrschten sie schon wie Liebende.
»Ich will noch etwas draußen sitzen, bevor wir gehen. Es ist so schön. Mama kommt ja erst morgen früh wieder. Wir haben Zeit«, flüsterte sie ihm ins Ohr.

Vor dem Haus setzten sie sich auf den warmen Asphalt. Meret schnupperte und horchte die ganze Weite in sich hinein. Es gab so vieles nachzuholen, nachzuleben. Eine lange Weile sagte keiner etwas. Es war angenehm, wie Schwimmen in einem grünen Fluss. Nico musste wieder an »Ophelia« denken. Meret war so schön, ohne es zu wissen. Sie erkannte zwar ihr Spiegelbild, aber sie kannte nicht den Vergleich mit anderen Mädchen.
»Lass uns zusammen weggehen.«
Er hatte das nicht sagen wollen, aber jetzt war es schon gesagt.
»Mama suchen, meinst du?«
»Nein. Wirklich weg. Nur du und ich. Ich habe Geld gefunden.«

Meret zog die Brauen zusammen. »Warum wollen eigentlich alle immer weg mit mir, und trotzdem bin ich immer noch hier?«
Nico musste grinsen, auch wenn er lieber geweint hätte.

Mittlerweile war es dunkel geworden. Nico trug Meret zum Auto. Er hatte ihr die Bären geholt, damit sie etwas Vertrautes bei sich hatte, wenn er sich auf den Verkehr konzentrieren musste. »Sag mir bitte sofort, wenn es nicht mehr geht. Autofahren ist sicher schwierig für dich. Alle Dinge werden ganz schnell an uns vorüberziehen. Aber das meint man nur, eigentlich tun sie das gar nicht. Sie bleiben, wo sie sind. Wir sind diejenigen, die sich bewegen, verstehst du? Am besten legst du dich einfach auf die Rückbank, machst die Augen zu und stellst dir vor, du wärst in deinem Bett.«
Meret kroch ins Auto und legte sich hin. Das Kunstleder war von der Hitze des Tages wie aus Gummi. Es war angenehm, wie ihr ganzer Rücken, ihr Hinterkopf und die Rückseite ihrer Beine warm wurden davon. Die Decke über ihr war übersät mit Hunderten kleiner Löcher. Je länger Meret sie ansah, desto näher schienen sie zu kommen. Wenn sie die Augen schloss und wieder aufschlug, hatten sich die Löcher zurückgezogen und kamen von Neuem auf sie zu. Meret streckte die Hand zu ihnen hoch und staunte, dass die Decke sich gar nicht wirklich bewegt hatte. Alles geschah nur in ihren Augen drin.
Nico sah ihr im Rückspiegel zu. »Alles ok?« Meret fand seine Augen im Spiegel und nickte. Nun startete er den Motor und fuhr im Schritttempo ein paar Meter weit. Meret machte sich steif wie ein Brett und drückte die

Bären an sich. Die Augen behielt sie jetzt offen, den Kopf gegen Nicos Blick im Rückspiegel gedreht. Sie konnte den Nachthimmel sehen, aber es war nicht schlimm, sie hatte ja ein kleines Haus um sich herum und Nico war bei ihr.

Sie bogen auf die Landstraße ein. Die Baumwipfel schnellten nun in immer kürzeren Abständen auf Meret zu. Sie zog den Kopf zwischen die Schultern, bei jeder Kurve stemmte sie eine Hand flach gegen Nicos Rückenlehne, die andere suchte Halt auf der Kofferraumabdeckung. Der kleine Bär war auf den Fußboden gefallen.
Plötzlich wurde das Auto noch viel schneller und lauter, dafür fuhr es gleichmäßiger und ohne Kurven. Meret versuchte, sich langsam aufzusetzen. Sie griff mit der Hand nach Nicos Nackenstütze und zog sich hoch. Er lächelte in den Rückspiegel.
»Na, wie geht's, du Abenteurerin?«
Schwer zu sagen. Das hier war so unwirklich. Lange Stäbe mit einer Lampe oben drauf schossen in regelmäßigen Abständen über das Auto hinweg. Der Himmel war unten durchbrochen von rosa und zitronengelben Streifen, oben war er fast schwarz. Schön sah es aus. Und Angst machte es auch. Als hätte er sie gehört, griff Nico jetzt mit der freien Hand hinter sich und erwischte Merets Fingerspitzen. Er drückte sie.

Riesengroße Häuser sausten neben dem Auto vorbei, der Himmel war weiter heruntergerückt und milchig, alles war voller Lichter. Sie waren gelb, blau oder orange. Einige von ihnen formten Wörter auf den Häusern oder beleuchteten gigantische Bilder mit Menschen und Autos darauf. Vieles davon hatte sie noch nie gesehen. Mittlerweile saß Meret ganz dicht an Nicos Rückenlehne geschmiegt. Wenn ein anderes Auto vorbeiglitt, duckte sie sich.

Immer mehr Häuser und immer mehr Menschen gab es hier. Die Menschen sahen so unterschiedlich aus! Sie waren klein oder groß, ganz rund oder sogar braun. Sie gingen draußen neben der Straße her. Es gab viele von ihnen! Sie gingen meist zu zweit oder in Gruppen, redeten, lachten, einige hatten ihre Arme zusammengehakt, andere standen vor den Häusern herum, rauchten vor großen, hellen Fenstern, saßen auf Stühlen und Bänken. Inzwischen war ihr Auto umgeben von einer ganzen Gruppe anderer Autos. Meret hatte Angst. Es waren so viele und sie waren viel zu nahe bei ihnen.

Merets Atem ging flach. Ständig musste sie tief Luft holen, damit sie nicht anfing zu weinen. Sie legte sich wieder auf die Rückbank und machte die Augen zu. Ihr Herz schlug hart gegen den großen Bären in ihrem Arm. Es tat richtig weh. Nico hatte jetzt beide Hände am Steuer und konzentrierte sich ganz auf die Straße. Nur seine Spiegelaugen schauten immer wieder nach ihr. »Wir sind gleich da.« Meret nickte und tat so, als wäre sie unsichtbar und dies ein schrecklicher Traum. Sie wollte nach Hause. Wenn das hier vorüber war, würde sie nie wieder vom Haus weggehen, zumindest nicht weiter als bis zum Bassin. Sie betete still. Lieber Gott, es tut mir so leid, dass ich einfach weggegangen bin. Ich möchte, dass alles wieder ist wie früher, als Julie noch da war. Einfach mit Nico dazu. Ich verspreche ganz fest, dass ich es nie

wieder tun werde. Aber bitte, bitte, bitte mach, dass das hier schnell vorbeigeht. Ich fürchte mich so.
Trotzdem bat sie Nico nicht, umzukehren.

Die Häuser hielten an. Nico schaltete den Motor aus und Meret setzte sich langsam auf.
Sie schwiegen. Neben dem Auto stand ein Haus. Es war lang, viel länger noch als das Motel, und es hatte mehr Fenster als Mauern. Überall standen Töpfe mit Pflanzen.
»Noch können wir einfach wieder nach Hause fahren, wenn dir das hier zu viel ist. Wir können auch an einem anderen Tag wiederkommen.«
Meret hätte liebend gern in ihrem Bett gelegen, die Decke über sich, eine Schlafmilch im Bauch. Aber dafür war es nun zu spät. Auf diesem tröstlichen Bild hatten sich Flecken gebildet, sie wurden stetig größer und breiteten sich unaufhaltsam aus, wie der Efeu zwischen der Glyzinie. Sie überwucherten das Zimmer, das Haus, Mama, und zum Schluss wuchsen sie in Meret hinein, schlangen sich um ihre Lungen und nahmen ihr die Luft zum Atmen.
»Ich muss sehen, wo sie ist. Nur ein Mal. Bring mich zu ihr.«
Nico ging ums Auto herum und nahm Meret auf den Rücken, als ihnen gerade zwei Mädchen mit langen Haaren und nackten Bäuchen entgegenkamen. »Trägst du mich auch mal?«, fragte die rundere von ihnen. Die beiden prusteten los und gingen weiter.
»Ein andermal vielleicht«, rief Nico ihnen hinterher und lachte. Warum sagte er so etwas? Meret legte den Kopf schief. »Kennst du die?«

»Nein. War nur Spaß.« Meret verstand gar nichts und drückte sich noch fester an den tröstenden Rücken vor ihr.
Nico bestellte den Außenlift und hielt Merets Oberschenkel fest an seine Flanken gedrückt. Sein T-Shirt war nass und er spürte den schnellen, flachen Atem des Vogelmädchens, während der Lift sie vier Stockwerke hochhob.

Die Tür öffnete sich auf eine Galerie hinaus. »Lass mich runter«, befahl Meret. Nico stellte sie auf die Füße, wollte sie stützen, bis sie fest stand, aber sie schüttelte ihn ab. Konzentriert ging sie vor ihm nach links auf die Galerie und las die Schilder an den breiten, blauen Türen. Auf dem vierten stand »Bittermann-Helbling«. Hinter dem riesigen Fenster daneben sahen sie weit hinten einen Tisch, noch weiter weg ein u-förmiges Sofa. Es war größer als Merets Zimmer. Ein Mann stand davor und redete. In der einen Hand hielt er ein Glas mit etwas Gelbem, die andere tanzte zu seinen unhörbaren Worten auf und ab. Immer wieder nahm er dazwischen einen Schluck aus dem Glas. Auf dem Sofa sah man eine rötliche Halbkugel. Sie hob sich etwas an und drehte sich. Jetzt sah man das Gesicht dazu. Es war Mama! Sie hörte dem Mann zu und lächelte. Es sah ganz anders aus als das Lächeln für Meret. Sie zeigte dabei viel mehr Zähne und nickte ständig. Nun hielt der Mann ihr sein Glas hin, aber sie streckte ihm die Zunge heraus. Dann lachten beide. Der Mann ging zu dem großen Tisch und füllte etwas Dunkles in ein Glas und gab es Mama. Sie nahm es und stand auf, ging ganz nah zum Mann hin. Er neigte den Kopf nach vorn und küsste sie hinter das Ohr. Meret stieß einen heiseren Laut aus und rannte zurück zum Lift. Die Beine knickten unter ihr ein, aber sie stand immer wieder auf und stützte sich an der Wand ab. Neben dem Lift führte eine Treppe nach unten. Bevor Nico begriff, was sie vorhatte, stolperte Meret bereits die ersten Stufen hinab. Sie hielt sich am Geländer fest, aber sie sackte ständig ein, wie eine Katze nach einer Narkose. Nico rannte hinter ihr her. »Meret, so warte doch!« Aber sie hörte nicht auf ihn, schlug seine Hände weg. Er griff nach ihrem Arm, versuchte es mit beruhigenden Worten. »Kleine, du tust dir weh.«

»Ich bin nicht deine Kleine! Und ich bin nicht Mamas Prinzessin, ich bin überhaupt nichts!«

Sie schlug mit den Fäusten auf ihn ein, trommelte und trommelte, bis ihre Kraft versiegte. Nico nahm sie auf den Arm wie ein verletztes Tier und ging mit ihr zum Auto.

Was sie nicht sahen, war die rothaarige Frau, die ihnen von der Balustrade aus zusah.

Den ganzen Heimweg über sagten beide nichts. Schweigend trug Nico Meret in ihr Zimmer.

Die Zimmertür war offen. Nico hatte vergessen, sie richtig zuzuziehen, als er die Bären geholt hatte. Parzival saß träge vor dem verschlossenen Hamsterkäfig. Meret reagierte nicht auf ihn, aber Nico scheuchte ihn ins Treppenhaus. Erst als Nico Meret in ihr Bett gepackt hatte, als Fenster und Türen sicher geschlossen waren, die stickige Luft sie schützend umfing und ihr Schutzwall intakt war, sah sie Nico an.

»Sie lebt dort mit einem Mann. Und sie sieht glücklich aus. Sie will mich gar nicht zu sich holen und mit mir weggehen. Sie hat die ganze Zeit gelogen.«

»Das kannst du doch gar nicht wissen.«

»Doch.«

Es brachte nichts, heute noch weiter zu diskutieren. Auch wollte er Nora nicht verteidigen. Das hatte sie nicht verdient. »Soll ich heute Nacht bei dir bleiben?«

»Nein. Mama kommt morgen früh. Dann werde ich ihr sagen, was ich weiß. Und dann gehe ich mit dir fort. Vielleicht.«

»Pscht.« Nico legte sich neben sie und wiegte sie in den Schlaf. Dann knipste er nochmals die Taschenlampe neben Merets Bett an und suchte den Schlüssel, damit Nora am Morgen eine geschlossene Tür vorfand.

Mihaela schlief schon fast, als er nach Hause kam. Aber sie öffnete träge die Augen und streckte die Hand nach ihm aus. »Bitte versprich ihr nichts, was du nicht halten kannst, Nicolino. Tu ihr nicht weh.«

»Sei endlich still, verdammt.«

Kapitel 37

Sonntag, 28. Juli 2013, 07:16

Meret lag schon wach, als Mama am Dispenser im Flur hantierte. Sie tut so, als wäre alles wie immer, dachte Meret. Wie konnte sie bloß?

Die Luft war zäh und das Licht im Zimmer farblos, wie vor einem Gewitter. Nora sagte nichts, als sie hereinkam. Alles an ihr war viel leiser als sonst, jede ihrer Bewegungen war verhalten. Sie setzte sich zu Meret aufs Bett, streichelte ihr die Haare aus dem Gesicht und lächelte sie zärtlich an. Das hatte sie schon lange nicht mehr getan. Und damals war es eine andere Mama mit einer anderen Tochter gewesen, dachte Meret.

Meret schüttelte unwillig den Kopf. Sie musste jetzt stark bleiben, sonst würde sie Nico nie wieder sehen und alles würde für immer so bleiben, wie es schon immer gewesen war. Sie würde in ihrem Zimmer die ewig gleichen Dinge tun und essen und darauf warten müssen, was Mama ihr gab. Nähe, Zeit oder eine Strafe.

Meret setzte sich gerade hin und legte die Bären weg. Sie machten sie zu klein für das, was jetzt kam. »Mama, wohin gehst du, wenn du weggehst?«

Nora sah Meret direkt in die Augen, neigte ihr Kinn zur Brust und den Torso zu Meret, sodass ihre Gesichter ganz nah waren. Meret rührte sich nicht vom Fleck, zog sich nicht zurück, wie sie es früher getan hätte, sondern erwiderte den Blick klar.

Nora sprach in einer flachen Linie, wie immer, wenn sie sehr wütend war und es nicht zeigen wollte: »Warum fragst du so etwas, Meret? Du machst mich traurig und das weißt du.«
Meret stampfte mit dem nackten Fuß auf. »Nein, Mama, *du* machst *mich* traurig! Ich weiß von dem riesigen Haus zwischen den vielen anderen Häusern und dem großen Tisch und dem Mann. Ich habe gesehen, wo du hingehst, wenn du mich allein lässt.«
Was sie gestern Abend gesehen hatte, war also nicht nur Einbildung gewesen. Nora schloss die Augen und harrte darauf, dass die Welt endlich, endlich aufhören mochte, sich zu drehen. Doch sie rotierte nur noch schneller und schneller, als wollte sie all die Geschöpfe mit ihren armseligen Sorgen ins All katapultieren und sich ein für allemal von ihrem Ballast befreien. Wie damals, als Ezechiel ihr zwischen die Beine gefasst hatte, ihr seine Zunge in den Rachen gestoßen und die Finger in die Scham und, später, sein mumienhaftes Glied. Keiner konnte ihr mehr wehtun. Niemand und nirgends. Sie war nicht da. Ihr Verstand war frei.

Meret hatte sich vor Nora hingepflanzt und überragte sie um einen halben Kopf. »Mama. Mach die Augen auf und sieh mich an. Nico war hier. Er weiß alles und er will mich mitnehmen.«
Dass sie nicht wirklich wegwollte, sagte sie nicht. Dazu war sie viel zu aufgebracht und enttäuscht. Zum ersten Mal tat sie Mama mit Absicht weh.
Nora reagierte noch immer nicht. Alles, was sie vernahm, war tief in ihr drin. Dort war die einzige Stimme,

die es je gegeben hatte. Ihre eigene. Alle anderen waren gekommen und gegangen. Mama, Papa, Ezechiel, Julie. Und jetzt Meret.
»Mama, hörst du mir überhaupt zu?« Meret wischte sich unsanft mit den Handballen die Tränen von den Wangen. Nora lächelte freundlich. Wie eine schöne Schaufensterpuppe. »Mama? Was tust du? Sieh mich nicht so an! Und hör auf zu lächeln. Das hier ist nicht lustig. Ich will jetzt endlich wissen, warum du mich hier gefangen hältst. Denn das ist es doch, was du tust. Nico hat es mir erklärt. Und draußen war ich auch. Es ist gar nicht schlimm dort. Und du hast das die ganze Zeit gewusst! Du hast mich fast dreizehn Jahre lang belogen!« Nun konnte sie kaum mehr sprechen zwischen den abgehackten Schluchzern, Rotz lief ihr aus der Nase, über das Kinn und über die Schlüsselbeine. »Das einzig Schlimme bist du!«

Nora kehrte schlagartig zu Meret zurück. Diesmal würde sie ihren Verstand brauchen. Wenn sie ihn weiter frei fliegen ließ, würde sie alles verlieren, was sie noch hatte. Wie einen Geist beorderte sie ihn in die Flasche. Sie hatte sich selbst etwas vorgemacht. Es gab sehr wohl jemanden, der ihr wehtun konnte. Ihre Tochter. Jetzt sah sie alles kristallklar.
Sie öffnete ihre Arme. »Komm zu mir. Du hast recht, es ist Zeit, dass wir reden.« Verdutzt und misstrauisch setzte sich Meret wieder auf das Bett, sie atmete immer noch schnappend. Auf ihrem Hals breiteten sich rote Flecken aus. Nora nahm ihre Hand, sie war ganz nass. Mit dem Zeigefinger der anderen fuhr sie Merets Brauen nach,

die Nase hinab, dem Bogen der Oberlippe nach, wo der rötliche Flaum mit Rotz verklebt war. »Du bist so schön. Das Schönste auf der Welt.«
Bevor Meret etwas sagen konnte, erhob Nora sich geschäftig, strich ihre Hände an den Oberschenkeln trocken. »Gut. Ich werde dir alles erzählen. Du hast recht. Das hätte ich längst tun sollen. Aber nicht hier. Wir gehen nach oben in den zweiten Stock. Dort machen wir es uns gemütlich. Ich mach' uns Tee und dann komme ich dich holen.«

Wie zum Zeichen dafür, dass sie Meret wirklich ernst nahm, ließ Nora die Tür offen. Meret hörte sie unten in der Küche, der Wasserkessel pfiff heiser. Da erst sah Meret Nicos Zettel von ihrem letzten Frühstück auf dem Boden liegen. Sie hob ihn auf und schob ihn in den Gummizug ihrer Shorts. Es war das Einzige, was sie von ihm hatte, und würde jetzt ihr Glücksbringer sein. Daran, dass Nora ihn auch gesehen haben könnte, dachte sie nicht. Im Flur schepperten schon die Tassen auf dem Tablett, das Nora zu ihr balancierte. Vom Flur aus rief sie heiter: »Komm mit. Du musst mir die Tür nach oben aufmachen, ich bin voll beladen.«
Sie lachte ein kurzes, abgehacktes Lachen. Es erinnerte Meret an die Elstern.
Ihre Beine taten wieder weh. Aber sie dachte an Nicos Versprechen, dass sie vom Laufen stärker würden, und ignorierte das Ziehen. Mama schien nicht einmal zu wissen, wie viel Mühe ihr das Gehen bereitete. Kein Wunder. Wann hatte sie sie auch schon gehen sehen?
»Nimm«, Nora hielt Meret ihren kleinen Finger hin, an

dem das Band mit dem Schlüssel baumelte. »Es ist der lange mit dem dicken Bart. Geh voraus.«
Meret tastete sich den Flur entlang bis zu der Tür in den zweiten Stock. Sie dachte daran, wie sie mit Nico hier gewesen war. Ohne ihn war es gleich viel unheimlicher. Der Schlüssel ließ sich nicht auf Anhieb drehen, sie musste an der Tür herumhebeln und spürte Noras Ungeduld im Nacken.
So oft hatte sie sich schon ausgemalt, was hinter dieser Tür wohl sein mochte. Sie kannte nur Julies Schauergeschichten über Annis aufgedunsene Leiche und den bösen Gustav. Manchmal, wenn die Schlafmilch noch nicht gewirkt hatte und sie wach lag, meinte sie, Geräusche von dort oben zu hören. Aber Julie hatte sie getröstet und gesagt, das sei nur das Haus selbst. Alte Häuer hätten so viel erlebt, dass sie ab und zu seufzen müssten. Und dieses Haus seufze halt ganz besonders oft. »Nur keine Panik auf der Titanic«, hatte sie gesagt und ihr zugezwinkert. »Und wenn der Geist vom Alten doch noch aufkreuzt, dann wird ihm das leidtun! Glaub mir, Kleine.«
Wäre doch Julie da und klopfte einen ihrer bitterbösen Sprüche, dann wäre das hier sicher nur halb so schlimm. Ohne sie wollte Meret nicht da hinaufgehen. Es grauste sie. Als das Schloss endlich mit einem metallischen Klacken nachgab und die Tür wie von selbst zu Meret hin aufschwang, zuckte sie zusammen. Sie linste nach oben. Die Treppe hinter der Tür war steil und mit demselben beigen Spannteppich bezogen wie der Flur im restlichen Haus. Es roch auch nicht anders als auf dieser Seite der Tür. Meret war fast ein wenig enttäuscht.

Der ganze Respekt, aber auch die heimliche Sehnsucht nach der geheimen Welt dort oben erschienen ihr nun wie viel Wind um nichts. Sie musste an das Bassin denken. Das war zwar auch nichts als ein Loch im Boden, von dem sie Dummerchen jahrelang geträumt hatte. Aber die Nacht mit Nico hatte es so schön gemacht. Schöner als alles, was sie je hatte träumen können. Bis vor ein paar Tagen hatten ihr die Bilder gefehlt, der Stoff, um in sich drin etwas von dieser Zartheit zu weben.

»Geh schon, das Tablett wird nicht leichter«, drängte Nora im Schatten hinter ihr, und Meret zwang ihre Beine die Treppe hinauf. Oben angekommen ging sie einen Schritt zur Seite, damit Nora nachkommen konnte, und sah sich um. Die Türen waren etwas kleiner als im ersten Stock. Es waren ebenfalls fünf. Sie waren verzogen und mit einer dunklen, cremigen Farbe dick gestrichen. Nora zeigte mit dem Kinn zur ersten Tür. »Da.«
Jetzt erst sah Meret die Spuren von damals, als die Polizei sich gewaltsam Zugriff hatte verschaffen müssen. Ihr Magen zog sich zusammen. Ihr war übel und sie spürte den Schweiß, der wie Sirup Stirn, Nacken, Rücken und Schenkel überzog. Hier oben war die Luft noch drückender als in ihrem Zimmer unten. Der Himmel vor dem kleinen Fenster neben dem Schlafzimmer hatte die Farbe einer alten Taube.
Meret drückte die dunkle Messingklinke, und die Tür gab nach.

Ein Gestank nach altem Mülleimer haftete sich umgehend an ihren Gaumen. Er drang in die Schleimhaut

und breitete sich in ihr aus, bis er jede Fläche auf und in ihrem Körper mit Ekel überzogen hatte. Er war nicht heftig, nur ein dünner Film, doch als sie schlucken wollte, erfasste sie Brechreiz. Salziges Wasser schoss ihr in die Augen und brannte. Dann war es schon ausgestanden. Was blieb, war jenes uralte Unbehagen, das sie kannte, seit sie fühlen konnte und wusste, dass es in diesem Haus ein verbotenes Stockwerk gab.
Das Zimmer lag direkt über jenem von Julie. Es hatte zwei kleine Fenster. Über dem unbezogenen Bett mit dem großen gelben Fleck auf der Kunststoffmatratze war die Zimmerdecke abgeschrägt. Es war brütend heiß.
»Mach die Fenster auf«, sagte Nora, während sie das Tablett auf ein kleines Beistelltischchen stellte und ihnen frischen Pfefferminztee eingoss. Meret gehorchte verwirrt. Nie zuvor hatte sie von ihrer Mutter die Erlaubnis bekommen, ein Fenster zu öffnen. Vor einer Woche noch hatte sie geweint, weil Mama nach Paris gefahren war, und jetzt war sie mit ihr zusammen im zweiten Stock, öffnete Fenster, war in einem Auto gefahren und Mama würde ihr all die Fragen beantworten, die zu stellen ihr nie erlaubt gewesen war.

»Leg dich hin.« In Noras Stimme schwang wieder ein Echo jener Entschlossenheit mit, vor der Meret sich ein Leben lang gefürchtet hatte. Es war der Tonfall jener, die wissen, was richtig ist und was falsch. Nur glaubte Meret nicht mehr daran, dass Nora zu jenen Leuten gehörte. Sie tat bloß so.
Dennoch setzte sie sich widerstrebend auf das Bett. Als sie sich zurücksinken ließ, puffte die Matratze eine ver-

dorbene Wolke ins Zimmer. Meret stützte sich auf ihre Ellbogen und nahm die Tasse, die ihr Mama gab. Es war die »J'aime Paris«-Tasse, die sie ihr gestern gebracht hatte, damit Sisi keine Doppelschichten mehr schieben musste.

»Mit extra viel Zucker zur Feier des Tages.«

Nora sah sie wieder mit diesem liebevollen Ausdruck an, den sie früher so oft gehabt hatte, wenn sie Meret gebadet hatte oder sie zusammen auf dem Bett herumgetollt waren. Es war die Liebe, die sie als kleines Mädchen von Mama bekommen hatte, wenn sie ihr die Hand beim Einschlafen gehalten und für sie »Guten Abend, gut' Nacht« gesungen hatte. Es war eine gute Liebe gewesen. Meret vermisste sie. Traurig trank sie ihren Tee.

Sie beschloss, noch einen Augenblick mit dem Fragen zu warten, den Moment heil sein zu lassen und Mamas Wärme aufzusaugen. Sie reichte Nora die Tasse und legte sich hin.

Die legte sich neben sie und streichelte ihr mit dem Zeigefinger über die weiße Wange.

Das war schön. Meret rollte sich noch ein bisschen fester zusammen, krümmte sich ganz zu Mama heran. Sie war ein kleines Tierchen. Alles war so weich und sie war leicht. Mama strich ihr eine feuchte Strähne aus der Stirn.

Lange Zeit sagten beiden nichts.

Dann öffnete Meret kurz die Augen. »Ich vermisse Julie«, sagte sie leise. Ihre Zunge war so schwer und die Augen fielen von selbst wieder zu. Das war schön. Sie schwamm in einer dunkelorangen Welt, drehte sich um sich selbst und nichts hielt sie fest.

»Ach, Kleine, irgendwo in mir drin war mir immer klar gewesen, dass ich recht hatte. Sie haben dich gefunden, mein Herz, und jetzt habe ich dich verloren.«

Nora hatte nur noch zu sich selbst gesprochen. Meret schlief. Ihr Atem ging regelmäßig und tief.
Nora sah sie an, durchdrungen von Liebe in ihrer unerträglichsten Form: Traurigkeit. Sie könnte das Mädchen einfach viele Stunden lang schlafen lassen. Noch war es dafür nicht zu spät. Vier Temestas sind viel, aber längst nicht genug, um jemanden zu töten, nicht einmal ein so mageres, kleines Wesen.
Sie küsste Meret sachte auf die Stirn. Die Wärme ihrer Haut drang in Noras Lippen, begierig aufgesogen von jeder Zelle. Sie legte Meret das Kissen auf das Gesicht. Ließ es liegen, ein paar Gedankenfäden lang, legte dann die Hände drauf, leicht noch wie zwei Herbstblätter. Nun lehnte sie sich langsam mit ihrem Körper vor, immer weiter, machte sich schwer und schwerer, bis ihr ganzes Gewicht in ihren Händen lag, auf dem Kissen, auf dem schlafenden Gesicht ihres Kindes. Sie presste immer weiter. Meret bäumte sich auf. Nora blieb auf ihr, bleiern wie der Himmel über ihrer Welt, drückte ihr die dünnen Arme auf die Matratze, hielt sie fest. Meret strampelte und kickte, halb im Schlaf, halb im letzten Versuch, an die Oberfläche des schwarzen Brunnens zu gelangen, in den sie gestürzt war. Nora drückte immer weiter, Kopf und Herz ganz leer. Auch als das Zucken längst aufgehört hatte, lag sie noch nass und massig auf ihrem Kind. Die Oberarme taten ihr weh.

Vorsichtig hob Nora das Kissen, schaute ihr Mädchen ein letztes Mal an. Strich ihr behutsam die feuchten Haare aus dem Gesicht.
»Schlaf gut, meine Prinzessin.«

Keine Pflegefamilie würde Ezechiels Kind je quälen.

Tages-Anzeiger, Zürich
Montag, 29. Juli 2013

Bluttat in Freikirche

Renommierter Pfarrer der »Neuen Kinder Gottes« niedergestochen: In Dillikon AG ist am Sonntagabend Ezechiel (Emil) B., ein führendes Mitglied der aargauischen Freikirche, während seiner Predigt mit einem Speer tödlich verletzt worden.

Simon Kobler

Augenzeugen zufolge, die zum Zeitpunkt des Attentats in der Kirche am Luegislandweg zugegen waren, wurde der Priester kurz nach 19 Uhr von einer Frau mit einem Wurfspeer angegriffen und brutal niedergestochen. Die Tatwaffe sei vermutlich afrikanischer Herkunft. Der Frau gelang anschließend die Flucht.

Zeugen gesucht
Wie die Aargauer Kantonspolizei auf Anfrage mitteilte, soll es sich bei der mutmasslichen Täterin um die 30-jährige N. H. handeln. Über die Hintergründe ihrer Tat ist bisher wenig bekannt. Anwohner aus der Nachbarschaft sagten gegenüber dieser Zeitung, dass N. H. Ende der Neunzigerjahre für mehrere Monate als Pflegekind in der Familie B. gelebt habe – bis die damals 16-Jährige im Juni 1999 als vermisst gemeldet wurde. Die polizeiliche Suche war trotz Zeugenaufruf ergebnislos geblieben. Die Polizei ging daher von einem freiwilligen Verschwinden*

aus. Eine Annahme, die sich bestätigte, als sich N. H. kurz nach Erreichen ihrer Volljährigkeit beim Einwohneramt von Breitenach meldete. In dieser Aargauer Gemeinde hatte ihre inzwischen verstorbene Großtante ein Motel betrieben, welches in den Siebziger- und frühen Achtzigerjahren weitherum als Stundenhotel verrufen war.

Täterin wird als sanftmütig beschrieben

S. B., der Mann der mutmasslichen Täterin, hat sich laut Polizei in stationäre Obhut begeben und konnte bisher nicht befragt werden. Laut Aussagen eines nahen Bekannten, der nicht namentlich genannt werden möchte, stehe er massiv unter Schock. S. B. habe seine Frau stets als sehr sanftmütig erlebt und ihre fünfjährige Ehe als harmonisch bezeichnet.*

** Namen der Redaktion bekannt*

Walliser Bote, Visp
Montag, 5. August 2013

Tote Frau am Gletschersee

Unweit des Märjelensees am Rande des Grossen Aletschgletschers stiessen zwei Wanderer am vergangenen Samstag auf die Leiche einer Frau. Offenbar lag sie etwas abseits vom Höhenweg neben einem Geröllbrocken und war sehr gut erhalten. Sie war dem Waadtländer Ehepaar nur aufgefallen, weil die Frau einen Ort gesucht hatte, um sich zu erleichtern. Der Wanderer, ein pensionierter Botaniker aus Martigny, erklärte gegenüber dem Walliser Boten, er schätze das Alter der toten Frau auf ungefähr 30 Jahre. Neben der Leiche habe er eine fast leere Wodkaflasche und mehrere leere Blister eines angstlösenden Medikaments gesehen, welches er zufällig kenne. Aufgrund der Nähe zu den Eismassen vermute er Unterkühlung und Substanzmissbrauch als Todesursachen – auch wenn er sich als Laie nicht in Spekulationen versteigen wolle. Im Arm soll die tote Frau zwei Stoffbären gehalten haben. Die Kantonspolizei Wallis hat für heute 14.30 Uhr in Fiesch eine Pressekonferenz angekündigt.
Mz.

Danksagung

Bei allen Büchern lese ich die Danksagung immer sehr aufmerksam, und schon als kleines Mädchen habe ich mir Hunderte Male ausgemalt, was ich selbst schreiben würde, wäre es mir je vergönnt, eine verfassen zu dürfen. Jetzt ist es so weit, und ich merke, dass mir all die Trockenübungen keinen Deut nützen. Darum danke ich hier einfach wild drauflos und entschuldige mich bei jenen, die allenfalls vergessen gegangen sind. Auch euch danke ich natürlich von Herzen.

Ich danke meinem Mann für seine unsägliche Geduld, seinen Humor und den Mut, mit einer Frau zu leben, die ihn schon am frühen Morgen mit einem makabren Einfall aus dem Schlaf redet, ihn auch spätnachts noch bekniet, einen Text zu korrigieren, und ihm dabei ständig argwöhnisch über die Schultern linst. Mit dir zusammen ist alles bunter, schöner, schräger, wärmer, lustiger. Ich danke meinen wundervollen Kindern, die im Gegensatz zu meinem Mann keine Wahl hatten und doch mit einem liebevollen Schulterzucken akzeptieren, dass ihre Mutter schreibt und daher nicht immer ganz zurechnungsfähig ist. Ich danke auch meinem Bruder für die finanzielle Unterstützung, ohne welche dieses Buch vermutlich noch nicht fertig wäre, und meinen Eltern fürs Elternsein. Sie seien hiermit zu mindestens fünfzig Prozent freigesprochen von der Mitverantwortung für meine dunkle Fantasie. Wer kann schon etwas für die Gene? Großer Dank gebührt auch Lena, Pauline, Martina und Claudia, die mich als Erstleserinnen unverblümt, aber freundschaftlich und sehr konstruktiv kritisiert haben, sowie Aje für ihre journalistische Schützenhilfe gegen meine Textblindheit, Silvia, Rita, Steffi und Luca für ihre Schreibhilfe, Dora Koster für ihr unerschütterliches Vertrauen in mich und Judith für ihre fantastischen Geschichten über das Motel aus ihrer Kindheit. Und last but not at all least danke ich André Gstettenhofer, Patrick Schär und Ina Serif vom Salis Verlag dafür, dass sie mir zeigten, wie man Bücher schreibt, mir bei meinen Experimenten unverbrüchlich zur Seite standen und stehen und mich dabei so oft zum Lachen bringen. Nicht zu vergessen sind natürlich auch Nina und Alex, die mir zu später Stunde und bei entsprechendem Pegel dazu verholfen haben, überhaupt ein Buch zu schreiben – und es meines Wissens am nächsten Morgen nicht schon bereut haben. Damit sind sie mit mir den ersten Schritt vom Traum zur Wirklichkeit gegangen.

Und damit auch das geklärt ist: Die Figuren in meinem Buch sind fiktiv. Ähnlichkeiten mit lebenden Personen haben sich diese selbst zuzuschreiben. (Für dieses Zitat danke ich dem großen Mani Matter.)

Foto: Sebastian Schaub

Zur Autorin

Andrea Fischer Schulthess (*1969) ist eine Schweizer Autorin, Bloggerin und Geschichtenerzählerin. Nach einem Zoologiestudium an der Universität Zürich vertiefte sie ihr Wissen in der Safari-Bar und machte einen kurzen Exkurs an ein paar Gymnasien, wo sie sich als Biolehrerin versuchte, aber an ihrer angeborenen Aversion gegen Schulhäuser scheiterte. Also wurde sie das, was alle werden, die gerne alles sind: Journalistin. Sie arbeitet seit 1999 für diverse Schweizer Medien, unter anderem für den »Mamablog« des Tages-Anzeigers. Seit 2009 hat sie zudem ein eigenes Theater mit ihrem Mann, das Minitheater Hannibal, für das sie allerlei Absurdes schreibt, Figuren baut und spielt. »Motel Terminal« ist ihr erster Roman. Sie lebt mit besagtem Mann und zwei Kindern in Zürich.